阴阳师

第一卷

〔日〕梦枕貘 著

林青华 施小炜 译

南海出版公司

新经典文化股份有限公司
www.readinglife.com
出　品

目录

阴阳师

林青华 译

琵琶之宝玄象为鬼所窃

一

这是一个奇男子的故事。

打个比方说，这个故事，是关于一个像夜空中随风飘动的云朵般的男子。在昏暗中飘动的云朵，看不出它在一瞬之间形状有何改变，但若一直注视着它，会发现不知不觉中形状改变了。本是同一片云，形状却无从把握。

就是这样一个男子的故事。

他的姓名为安倍晴明，是一位阴阳师，生于延喜二十一年，应在醍醐天皇之世。但这个人物的生辰死忌，却与本故事没有直接关系。也许不弄清这类数字，反倒能增添故事的妙趣。

不必在意这些问题吧。那不妨信笔写来好了。这种写法说不定正适合安倍晴明这个人物。

平安时代仍然是民智未开的时代，有好几成人仍对妖魔鬼怪的存在深信不疑。在这样的时代，人也好鬼怪也好，都屏息共居于京城的暗处，甚至在同一屋檐下。妖魔鬼怪并没有藏身于边远的深山老林。

阴阳师，说白了，叫占卜师也不妨。称为幻术师、神汉似乎也可以，但都不够准确。

阴阳师观星相、人相。既测方位，也占卜。既能念咒，也使用幻术。

他们拥有呼唤鬼怪的技术，那种力量肉眼无法看见，与命运、灵魂、鬼怪之类的东西进行沟通也不难。朝中甚至也设有此种职位，朝廷设有阴阳寮。

晴明被朝廷授予“从四位下”的官阶。一位是太政大臣。二位是左、右大臣和内大臣。三位是大纳言、中纳言。朝中议事，晴明有相当的发言权。

在《今昔物语集》里面，记载着这位安倍晴明的好几件趣事。

据书上说，晴明自幼师从阴阳师贺茂忠行修行。自那时起，晴明便显示了某些阴阳师独具的特殊才能，可归入天才之列。

《今昔物语集》记载，晴明年纪尚小，某个夜晚随师父忠行外出，到下京一带。

下京位于京城南面。从大内穿过朱雀门，沿朱雀大路走到尽头，差不多在京城南端的罗城门附近。大内到罗城门之间约八里有余。

晴明一行乘车外出。

《今昔物语集》没有载明是何种车。应该是牛车吧。何故连夜前往下京，书中也同样没有写清楚。不妨假设是偷偷摸摸去那里会相好的女人。

忠行自己乘车，随行人员徒步。随行者包括晴明在内仅二三人。除了牵牛引路和提灯照明的，余下的一人就是晴明。他这时的年龄，书中没有提及。试着推测的话，应该只有十岁出头。

其他随行人员都穿一身精干的直垂，晴明却穿着显旧的窄袖便服配裙裤，赤脚。他穿的应该是别人的旧衣服。

按常理来说，他身上的旧衣服难掩才华，脸上该透着凛然之气才是。其实不然。他那端正的脸庞，肯定是这个年龄常见的娃娃脸。

在某个重大关头，却表现出颇为老成的言行——他应是这种类型的少年。

可能在老师忠行眼里，年轻的晴明瞳仁深处，时时闪现着他人没有的才华的火花。但也仅此而已。

因为忠行察觉晴明内蕴的灵气，其实是始于这个晚上发生的事。

还是言归正传。

牛车平稳地走着，来到京城边上。忠行在车里睡得很踏实。走在车旁的晴明，无意中往前方一望，发现有种怪异的东西。

从对面走来的，不正是青面獠牙的“恶鬼”吗?

随行的其他人似乎丝毫没有察觉。

晴明马上打开车窗。

“忠行大人……”

他唤醒睡梦中的忠行，急急报告所见的情况。

忠行醒来，把头探出车窗外，往前望去，果然看见一群鬼魅远远走来。

“停车。”忠行对随行人员下令，“躲到牛车的阴影里，屏息不动。不能发出一点声音！”

忠行运用方术，让鬼魅看不见牛车和这些人，便走了过去。

自此以后，忠行常让晴明跟在身边。据说他将自己平生所学悉数传授给了晴明。

《今昔物语集》有云:“如灌水入瓮。”意谓贺茂忠行将自己的瓮中之水——阴阳之法，毫无保留地倒入安倍晴明这瓮里。

忠行死后，据说晴明的住宅位于土御门大路以北、西洞院大路以东的方位。若从处于大内中心的紫宸殿来看，则为东北面，即艮（丑寅）的方位，也就是鬼门。

平安京的东北方有比叡山延历寺，而大内的东北方位又设置阴阳师安倍晴明的住处，这样的双重安排并非偶然。

平安京这座都城的形状和结构如此设计，是因为发生藤原种继被暗杀的事件之后，要保护桓武天皇免受废太子早良亲王的怨灵侵害，所以仅十年就放弃了长冈京，转而建都平安京。

不过，这些都是晴明出生之前的事。与这里要讲的故事没有直接关系。回到《今昔物语集》。

且说晴明住在鬼门方位的宅邸里，有一天，一位老法师前来拜会。老法师身后跟着两个十来岁的童子。

“法师因何事来访？”晴明问道。

“我居住在播磨国。”法师答道。

报上自己的名号智德之后，老法师旋即说明来意。

自己一直想修习阴阳道，就听到的传闻而言，最精于此道的阴阳师就是您。请无论如何也要教我阴阳之法，一点点也好……

智德老法师将这番意思告诉了晴明。

听了老法师的话，晴明心想，这位法师正是精于此道的人，这番安排正为试探我。

晴明察觉到了老法师真正的目的：他阴阳之道颇高，一定是来试探自己的。带来的两个童子也许是式神。

唔，也好。晴明心中暗笑。

所谓式神，也可写成识神，就是一种平时肉眼看不见的精灵。

它不算上等的灵，是杂灵。阴阳师用方术将杂灵作为式神，用以驱使。但根据阴阳师的功力，所操纵的杂灵的档次或为上等，或为下等。

“原来如此。”

晴明边点头边在心里赞叹：并非等闲之辈啊。因为自称智德的老法师所用的式神，是半吊子水平的人难以控制的。

“我明白您的意思了。可是，今天还有些推不掉的重要事情……”

晴明对老法师解释，请他暂且回去，稍后择过吉日，再烦请移步见教，是否可以？

说着，晴明把双手伸到袖内，悄悄结了印，默念一咒。

“那就等择过吉日……”老法师搓搓手，用手抵住额头，回去了。

可是晴明没有动。他抱着胳膊站在那里，仰望天空。

不久，他估计老法师已走出一两个街区，却见老法师穿过敞开的大门返回，边走边四下张望，不放过可能藏人的地方，诸如门口、上下车处。

老法师再次来到晴明跟前，说道：“本该跟在我身边的两个童子，忽然不见了。是否可请赐还？”

“还给您？”晴明佯作不解地对老法师说，“我没干什么呀。您刚才也在场，很清楚的。我就站在这里，怎么能把两位童子藏匿起来呢？”

听了这话，老法师向晴明低头致歉：“对不起。其实那不是童子，而是我使用的式神。今天我是来试探您的功力的，可实在望尘莫及。请原谅我吧。”

老法师一副不知如何是好的样子。

“您要试探我不妨，但草草行事可骗不了我。”

晴明说话的腔调为之一变，得意地笑了。

一种不算粗俗也不那么高雅的笑容，浮现在他的唇边。那唇悄然解除了咒文。

很快就有两名童子从外面跑进来，手中各自托着酒肴。

“让他们在外面买的。难得让我高兴，这些酒菜你们就带回去吧。”

如果此时晴明真的调侃一句，倒是适时而有趣的事，但《今昔物语集》上并没有记载，只写了两名童子飞跑进来。

老法师心悦诚服，说道：“自古驱使式神并非难事，但将他人操纵的式神收藏起来，可不是一般阴阳师做得到的啊。”

老法师激动得脸都涨红了，定要拜晴明为师，并写下自己的名签交给晴明。

一般说来，亲手写下自己的名签交给对方，在练方术的人中间是绝少有的事。这样一来，就等于把性命交到对方手上。

《今昔物语集》的记载还有这样一段。

有一天，安倍晴明前去居住在广泽的宽朝僧正的住处。年轻的贵公子和僧人都挤过来要跟他说话。大家都听过关于晴明的传闻，要说的话自然集中在方术上面。

“你是惯使式神的，那么，你可以用这个方法杀人吗？”有人直截了当地问。

“这行当里的秘事，也好这样贸然打听吗？”

说不准晴明就是以一种骇人的眼神，直视这名提问的贵公子。

等这位贵公子露出胆怯的神色，晴明才掠过一丝自得的微笑，说道：“哪能轻而易举就杀人呢。”

他让贵公子们放心，也许还加上了一句：

“哈，不过方法可是太多啦。”

“那杀死小虫子之类的，肯定轻而易举吧？”又有一位贵公子问。

“哦，没错。”

晴明应答之时，庭院里恰好有五六只青蛙跳过。

“你能杀死其中一只吗？”这位贵公子继续追问。

“可以。不过……”

“有什么妨碍吗？”

“杀未尝不可，但杀了之后却无法让它复生。无益的杀生是罪过。”

“试一下身手吧。”

“我很想见识一下。”

“我也是。”

“我也是。”

贵公子和僧人们都聚拢过来。

对于晴明的方术，大家早有耳闻，都想亲眼见识那番光景。这番好奇心让众人眼睛发亮。

从这种情势来看，若此时晴明借辞推托、不当场出手，就会成为众人的话题，被说成“这家伙也不过如此，有名无实”。

晴明瞥一眼众人，说：“你们真要让我做罪过之事吗？”

他随即念念有词，伸出右手，用白皙的手指从垂落屋檐的柳条上随手摘取一片嫩叶，将叶子往空中一抛，念咒。

叶片飞舞在空中，轻轻落在一只青蛙上面。就在一刹那间，青蛙被压烂了，当场死掉。恐怕是蛙肉与内脏涂地。

僧等见此，皆大惊失色。

《今昔物语集》如是说。

晴明似乎还在家中无人时使用式神。家中明明没有人在，板窗却能自动打开、关闭；即使没有人去开门关门，房门也能自行开关。

种种不可思议的事，发生在晴明周围。

翻翻其他资料，看样子这位安倍晴明偶尔好使方术吓人，从智德法师和杀青蛙的例子中就可以看出这一点。晴明好像颇以此为乐。一方面正正经经，给人一丝不苟的印象，其实也有孩子气的一面。

以下只是我的想象：安倍晴明这家伙，恐怕在为朝廷服务的同时，也有不少与凡人相同的地方，尤其对人情物理了如指掌。

他是一位身材修长、肤色白净、目光如水的飘逸美男子。

当衣着典雅的他漫步走过，宫中的女人们目睹其风采，一定会窃窃私语。想必也收到过一些血统高贵的女人送出的、写有含情脉脉的和歌的书信。

晴明凭借自己的聪明，处世几乎万无一失，但似乎也有无意中出言莽撞的时候，例如一不留神就对天皇脱口而出：“哎，哎！”

浮现出典雅微笑的双唇，有时也会浮现出卑劣的笑。

由于阴阳师这一职业的性质，他既须通晓人性的黑暗面，在宫中又须具备相当高的修养。汉诗要熟记于心，吟咏和歌的能力要有，乐器方面也须有一两种拿得出手，比如琵琶、笛子之类。

我想，平安时代是个风流典雅却又黑暗的时代。

此时，我就要讲述这位男子的故事。他像风中浮云一样，飘然隐身于多姿多彩、风流文雅却阴森可怖的黑暗之中。

二

朝臣源博雅登门拜访安倍晴明，是在水无月之初。

水无月即阴历六月，以现在的阳历而言，大约是刚过七月十日。这期间，梅雨尚未结束。

连续下了好几天雨，这天难得地放晴了，但也不算阳光明媚，天空像蒙了一层薄纸般白茫茫的。

时值清晨。树叶和草叶湿漉漉的，空气清凉。

源博雅边走边望着晴明宅邸的围墙。这是大唐建筑式样的围墙，齐胸以上的高度有雕饰，顶上覆以山檐式装饰瓦顶，令人联想到寺庙。

博雅身披水干，足蹬鹿皮靴。

空气中悬浮着无数比雾还细小的水滴。在这样的空气中步行，水干的布料就会吸附这种小水滴，变得沉重起来。

朝臣源博雅是一名武士，左边腰际挂着长刀。看样子年过三十五，但没到四十。走路的样子和言谈间透着习武之人的阳刚气质，相貌倒显得平和，神色中有一种较真的劲儿。

此刻，他一副劲头不足的样子，看来心中有事牵挂。

博雅站在门口。院门大开，往里面探望，看得见院子里的情景。满院的草经昨夜雨水滋润，青翠欲滴。

这岂非一座破庙？

这样的表情浮现在博雅脸上。

虽说还不至于到荒野的程度，院子也的确未加修整。

正在此时，芬芳的花香钻进了博雅的鼻腔。原因一望而知。草丛中长着一棵经年的大紫藤，枝节上仍有一簇盛开的紫藤花。

“他真的已经回家了？”博雅嘴里咕哝。

早就知道晴明是个喜欢任由草木随意生长的人，但眼前所见似乎又太过分了。就在他叹气的时候，正屋那边出现了一个女子的身影。虽说是女子，却身着狩衣和直贯。①

女子走到博雅跟前，微微躬一躬身，说道：“恭候多时了。”

这是个年方二十、瓜子脸的美丽女子。

“在等我？”

“主人说，博雅大人马上就到了，他要我出迎。”

博雅跟在女子身后，心里琢磨为何晴明知道他要来。

女子带他来到屋里。木板地上放着榻榻米，晴明盘腿坐在上面，两眼盯着博雅看。“来啦……”

“你知道我要来嘛。”

博雅说着在同一张榻榻米上坐下来。

“我派去买酒的人告诉我，你正向这边走来。”

“酒？”

“我出门有一段时间了，太想念京城的酒啦！你是怎么知道我已经回来的？”

“有人告诉我，昨夜晴明家的灯亮了……”

“原来如此。”

“这个把月你到底去哪儿了？”

“高野。”

“怎么忽然就……”

---

①狩衣，平安时代由狩猎服演变而来的男式便服；直贯，公卿贵族日常穿的束脚肥腿裙裤。

“有些事情想不明白。”

“想不明白？”

“就是说，忽然想到了某件事，所以去找高野的和尚谈谈。”

“什么事？”

“这个嘛……”晴明挠挠头，望着博雅。

这两个人的年龄都不易猜。从外表看，晴明显得年轻，相貌也更端正，鼻梁挺直，双唇如薄施粉黛般红润。

“是什么事呢？”

“你是个好人，不过对这方面的事可能没多少兴趣吧。”

“你得先说是什么事呀。”

“咒。”晴明说道。

“咒?!”

“就是去谈了一些有关咒的事情。”

“谈了些什么？”

“比如，到底何谓‘咒’之类的问题。”

“‘咒’难道不就是‘咒’吗？”

“这倒也是。只是关于咒究竟为何，我忽然想到了一种答案。”

“你想到了什么？”博雅追问。

“这个嘛，比如所谓咒，可能就是名。”

“什么名？”

“哎,别逗啦,博雅。一起喝上一杯重逢的酒好啦。”晴明微笑着说。

“虽然不是为酒而来，酒却是来者不拒。”

“好，上酒！”晴明拍拍手掌。

廊下随即传来裙裾窸窣声，一位女子手托食案出现了。食案上是装酒的细口瓶和杯子。她先将食案放在博雅面前，退下，又送来一个食案摆在晴明面前，然后往博雅的杯子里斟满酒。

博雅举杯让她斟酒，眼睛则一直盯着她看。

同是狩衣加直贯的打扮，却不是刚才那名女子。同样年约二十，嘴唇丰满，脖颈白净，有一种诱人的风情。

“怎么啦？”晴明问注视着女子的博雅。

“她不是刚才那个女人。”

那女子微笑着行了个礼，又给晴明的杯子斟满酒。

“是人吗？”博雅直率地问道。

他是问，这女人是不是晴明驱使的式神或其他东西。

“要试一下？”晴明说道。

“试？”

“今天晚上你就金屋藏娇吧……”

“别取笑我啦，无聊！”博雅回道。

“那就喝酒吧。”

“喝！”

两人将杯中酒一饮而尽，女子再往空杯里斟酒。

博雅望着她，喃喃自语：“永远都弄不清楚。”又叹了一口气。

“什么事弄不清楚？”

“我还在琢磨你屋里究竟有几个真正的人。每次来看见的都是新面孔。”

“咳，你算了吧。”

晴明边答话边向碟子里的烤鱼伸出筷子。

“是香鱼吗？”

“早上有人来卖的时候买的。是鸭川的香鱼。”

香鱼长得很好，个头颇大。用筷子夹取鼓起的鱼身，扯开的鱼身中间升腾起一股热气。

侧面的门开着，看得见院子。

女子退出。仿佛专等此刻似的，博雅重拾旧话。

“继续刚才的话题吧。关于咒的问题。”

“你是说……”晴明边喝酒边说话。

“你就直截了当说好啦。”

“这么说吧，你认为世上最短的咒是怎样的？”

“最短的咒？”博雅略一思索，说道，“别让我想来想去的了，告诉我吧。”

“哦，世上最短的咒，就是‘名’。”

“名？”

“对。”晴明点点头。

“就像你是晴明、我是博雅这类的‘名’？”

“正是。像山、海、树、草、虫子等，这样的名字也是咒的一种。”

“我不明白。”

“所谓咒，简而言之，就是束缚。”

“……”

“你知道，名字正是一种束缚事物根本形貌的东西。”

“……”

“假设世上有无法命名的东西，那它就什么也不是。不妨说是不存在吧。”

“你的话很难懂。”

“以你老兄的名字‘博雅’为例来说吧，你和我虽然同样是人，可你是受了‘博雅’这咒束缚的人，我则是受‘晴明’这咒束缚的人……”

博雅还是一副不明白的样子。

“如果我没有了名字，就是我这个人不在世上了吗？”

“不，你还存在。只是博雅消失了。”

“可博雅就是我啊。如果博雅消失了，岂不是我也消失了？”

晴明轻轻摇摇头，不置可否。

“有些东西肉眼看不见。但即便是肉眼看不见的东西，也可用名字来束缚。”

“噢？”

“比方说，男人觉得女人可爱，女人也觉得男人可爱。给这种心情取个名字，下咒的话，就叫作‘相恋’……”

“哦。”

博雅点点头，但依然是一脸困惑的神色。

“可是，即使没有‘相恋’这个名字，男人还是觉得女人可爱，女人还是觉得男人可爱吧……”

博雅又加了一句：“本来就是这样嘛。”

晴明随即答道：“二者又有所不同。”又呷一口酒。

“还是不明白。”

“那就换个说法吧。请看院子。”晴明指指侧门外长着紫藤的庭院，“有棵紫藤对吧？”

“没错。”

“我给它取了个名字叫‘蜜虫’。”

“取名字？”

“就是给它下了咒。”

“下了咒又怎样？”

“它就痴痴地等待我回来。”

“你说什么？”

“所以它还有一串迟开的花在等着。”

“这家伙说话莫名其妙。”

博雅仍是无法理解。

“看来还非得用男人女人来说明不可了。”

晴明说着，看看博雅。

“你给我说清楚一点！”

博雅有点急了。

“假定有女人迷恋上你，你通过咒，连天上的月亮都可以给她。”

“怎么给她？”

“你只需手指着月亮说：‘可爱的姑娘，我把月亮送给你。’”

“什么?！”

“如果那姑娘答‘好’，那么月亮就是她的了。”

“那就是咒吗？”

“是咒最根本的东西。”

“一点也不明白。”

“你不必弄明白。高野的和尚认为，就当有那么一句真言，把这世上的一切都下了咒……”

博雅一副绝望地放弃的样子。

“哎，晴明，你在高野整整一个月，就跟和尚谈这些？”

“哦，是的。实际上也就二十天吧。”

“我是弄不懂咒的了。”

博雅举杯欲饮。

“对了，我不在的这段时间，发生过什么有趣的事吗？”晴明问道。

“算不上是趣事——忠见在十天前去世了。”

“那个咏‘恋情’的壬生忠见？”

“正是。他是气息衰竭而死的。”

“还是不吃不喝？”

“可以算是饿死的。”博雅叹息。

“是今年的三月？”

“嗯。”

两人连连点头叹惋不止的，是三月在大内清凉殿举行宫内歌会的事。

歌人们分列左右，定题目后吟咏和歌，左右两组各出一首，然后放在一起评比优劣，就是这样一种宫内歌会。

晴明所说的“恋情”，是当时壬生忠见所作和歌的起首句。

恋情未露人已知，本欲独自暗相思。

这是忠见所作的和歌。

当时，平兼盛欲与忠见一较高下。以下是兼盛所作的和歌。

深情隐现眉宇间，他人已知我相思。

担任裁判的藤原实赖认为两首和歌难分高下，一时难住。见此情景，村上天皇口中也喃喃有词，回味着诗句，他低吟的是“深情”句。

就在藤原实赖宣布兼盛胜的一刻，忠见低低喊叫一声“惨也”，脸色变得煞白。此事宫中议论了好一阵子。

从那一天起，忠见没有了食欲，回家后一直躺在自己的房间里。

“据说最后是咬断舌头而死的。”

似乎无论多么想吃东西，食物也无从入口。

“看上去温文尔雅的，骨子里却是极执着的家伙。”晴明嘟哝道。

“真是难以置信。赛诗输了，竟然食不下咽。”

博雅由衷地叹息，喝了一口酒。

此刻，两人都是自斟自饮了。

博雅往自己的空杯里倒酒的同时，看着晴明说：

“哎，据说出来了。”

“出来？”

“忠见的怨灵跑到清凉殿上去了！”

“噢。”晴明的嘴角露出笑意。

“说是已有好几个值夜的人看见了。脸色煞白的忠见嘴里念着‘恋情’，在织丝般的夜雨中，哀哀欲绝地由清凉殿踱回紫宸殿方向……”

“很有意思呀。”

“你就别当有趣了,晴明。这事有十来天了。如果传到圣上耳朵里，他一害怕，可能就要宣布迁居。”

晴明也少有地严肃起来，频频点头，嘴里连连说“对呀对呀”。

“好，你说吧。博雅……”晴明忽然说了这样一句。

“说什么？”

“你不是有什么话要跟我说吗？也该说出来了吧。”

“你知道了？”

“写在你脸上啦。因为你是个好人。”晴明带几分取笑，说道。

博雅却认真起来了。

“是这样，晴明——”他的腔调为之一变，“五天前的晚上，圣上心爱的玄象失窃了……”

“呵呵。”晴明手持酒杯，身子向前探出。

所谓玄象，是一把琵琶的名字。

虽说是乐器，但若是名贵的宝物，就会为它取一个固定的名字。

玄象原是醍醐天皇的秘藏，是从大唐传来的。《胡琴教录下》有记载:“紫檀直甲，琴腹以盐地三合。”

“到底是什么人，在什么时候如何偷走的，一点眉目都没有。”

“的确伤脑筋。”

晴明嘴上是这么说，却看不出有什么为难的表示。

博雅似乎有些线索。

“前天晚上，我听到了那玄象弹奏的声音。”

三

听见玄象声音的晚上，博雅正在清凉殿值班。

此时的情况，《今昔物语集》有记载。

其人深通管弦，常为玄象失窃之事叹息。当日万籁俱寂，博雅于清凉殿上，遥听南面方位传来玄象之音。

警醒后再倾听，发现的确是玄象那熟悉的声音。

起初，博雅心想，难道是壬生忠见的怨灵因宫内歌会的事，怨恨村上天皇，于是偷走玄象，在南边的朱雀门一带弹奏？

又想，这是否幻听？再侧耳倾听，果然是琵琶的声音，绝对是玄象。他深通管弦，没有理由听错。

博雅深感诧异，没有告诉其他人，只带着一个小童，身穿直衣，套上沓靴就往外走。从卫门府的武士值班室出来，循着琴声向南面走，来到朱雀门。

但琵琶声听来仍在前方。于是，博雅从朱雀大路往南走。

如果不是朱雀门，该是前面的物见楼一带？

看样子不是忠见的怨灵，而是盗窃玄象的人爬上了物见楼，在那里弹奏琵琶。

可是，当抵达物见楼时，琵琶声依旧从南方传来，声音和在清凉殿上听见的一样大小，实在是不可思议。难以想象是世间之人在弹奏。童子脸色变得煞白。

然后往南、再往南，一直走下去，不知不觉中，博雅来到了罗城门前。

这是日本最大的一座门。有九间七尺高，在昏暗的天色下，黑沉沉地巍然耸立。

不知何时起，四周飘起纷纷如雾的细雨。

琵琶声从城门上传来。上面昏暗不可辨。

站在城门下仰望，童子手中的灯光隐隐约约映出城门的轮廓。自二层起，昏暗吞没了一切，什么都看不见。

就在这昏暗之中，琵琶声不绝如缕。

“回去吧。”童子恳求道。

但博雅却是个耿直的汉子，既然已来到此地，就没有扭头逃走的道理。而且，那琵琶声多么美妙啊。

是迄今没有听过的曲子，它的旋律深深打动了博雅。

铮铮——

琵琶悄吟。

铮铮——铮铮——

哀艳的音色，如泣如诉。

“世上真的有隐没未闻的秘曲……”

博雅心中深深感动。

去年八月，博雅亲耳听到了琵琶秘曲《流泉》、《啄木》。

他是听一位名叫蝉丸、年事已高的盲法师弹奏的。与蝉丸交往三年，才终于听到曲子。

那时，在逢坂关上，有一位失明的老法师建庵居住。老者原是式部卿宫的杂役。

这位老法师就是蝉丸。据说他是演奏琵琶的高人，连如今已无人能演奏的秘曲《流泉》、《啄木》都通晓。

在吹笛子弹琵琶方面，博雅被公认为无所不晓。听了这种说法，博雅按捺不住地想听这位法师弹奏琵琶。

博雅甚至派人到逢坂关，对蝉丸说：

“此处如此不堪，莫如进京。”

意思就是说：这种地方怎么好住人呢？上京城来住如何？然而，蝉丸幽幽地弹起琵琶，以吟唱代答。

世上走一遭，宫蒿何须分

“这世上好歹是能够活下去的，美丽的宫殿、简陋的茅屋又有什么区别？最终不都得消失无踪吗？”

法师随着琵琶声吟哦的，大体就是这样的意思。

听了这些，博雅更加不能自拔。

“真是位风雅之人啊。”

他热切盼望听蝉丸弹奏琵琶。

老法师并非长生不老之人，连自己也不知哪天就要死去。若老法师一死，秘曲《流泉》与《啄木》恐怕从此湮没无闻了。太想听这两首曲子了。无论如何都要听。想尽办法也要听。

博雅走火入魔了。

可是，如果去见蝉丸，直接要求他“请弹给我听”，会令人不快。纵使弹奏了，也难说用了几分心思。

可能的话，最好能听到老法师自然而然、真心实意的弹奏。

这个耿直的人拿定主意，从那天晚上起，每晚都往老法师那边跑。躲在蝉丸的草庵附近，每个晚上都充满期待地等：今晚会弹吗？今晚会弹吗？

一等就是三年。

宫中值班之时脱不开身，除此之外，博雅的热情在三年里丝毫未减。

如此美丽动人的月夜该弹了吧？虫鸣之夜不正适合弹奏《流泉》吗？这样的夜晚总令人遐想，充满期待。

第三年的八月十五之夜，一个月色朦胧、微风吹拂的夜晚。

袅袅的琴声终于传来了，是隐隐约约的、只听过片段的《流泉》。

这回真是听了个够。

朦朦胧胧的昏暗之中，老法师兴之所至，边弹边唱：

逢坂关上风势急，长夜漫漫莫奈何

博雅闻之泪下，哀思绵绵——《今昔物语集》这样记载。

过了一会儿，老法师自言自语道：

“唉，今晚实在好兴致。莫非这世上已无知情识趣之人？今夜若有略懂琵琶之道者来访就好了。正可以聊个通宵达旦……”

听了这话，博雅不由得迈步上前。

“这样的人正在这里啊。”

这位耿直的年轻人站了出来，他一定是被欢喜和紧张弄得脸颊发红，但仍然彬彬有礼。

“您是哪一位？”

“您可能不记得了。我曾让人来请您去京城，名叫源博雅。”

“哦，是那时候的……”

蝉丸还记得博雅。

“刚才您弹的是《流泉》吧？”博雅问道。

“您很懂音乐啊。”

听见蝉丸既惊且喜的声音，博雅简直是心花怒放。

之后，老法师应博雅所愿，在他面前毫无保留地弹奏了秘曲《啄木》……

听着罗城门上传来的琵琶声，博雅回想起那个晚上的事。

此刻听见的，是更胜于《流泉》和《啄木》的妙曲。那奇妙的旋律令人哀戚已极。

博雅不禁心神恍惚。他久久地倾听着头顶的昏暗中传来的琵琶声。过了好一会儿，开口道：

“请问在罗城门上弹琵琶的是哪一位？琵琶的音色分明来自前天晚上宫中失窃的玄象。我今天晚上在清凉殿上听见这声音，为它吸引，来到这里。这琵琶是皇上的心爱之物……”

刚说到这里，琵琶声戛然中止，周遭一片死寂。

童子手中的灯火忽然熄灭了。

四

“于是，只好回去了。”博雅对晴明说道。

童子吓得直哭，浑身发抖，加上没有灯火，可想而知主仆二人都够狼狈的。

“那是前天晚上的事？”

“嗯。”

“昨晚呢？”

“说实话，昨晚也听见了琵琶声。”

“去了吗？”

“去了。这回是一个人去的。”

“罗城门？”

“嗯，自己去的。听了好一阵子琵琶，能弹到那种境界，已非人力所能为。我一说话，琵琶声又停了，灯火也灭了。但是这次我有所准备，马上点燃灯火，登上城门……”

“你上去了？上罗城门？”

“对啦。”

好一个勇往直前的家伙。

城门上不是一般的昏暗，完全是漆黑一团。假定对方是人，在你拾级而上时，忽然从上面给你一刀，那可受不了。

“结果，我还是放弃了。”博雅又说道。

“没上楼？”

“对。上到一半的时候，楼上忽然传来人语声。”

“人的声音？”

“类似人的声音。像人或者动物的哭声，很恐怖。”博雅接着说道，“我仰头望着黑暗的上方向上走，忽然有样东西从上面掉到我脸上。”

“什么东西？”

“下楼之后仔细看看，才知道是人的眼珠，已经腐烂了。大概是从哪个墓地弄来的。”

博雅说，于是没有心思再上去了。

“勉强上楼，导致玄象被毁就没有意义了……”

“那么，你要求我干什么呢？”晴明饶有兴趣地问道。

酒已喝光，香鱼也吃光了。

“今天晚上陪着我。”

“还去？”

“去。”

“圣上知道吗？”

“不知道。这一切目前都闷在我肚子里，还嘱咐童子绝不能向外说。”

“噢。”

“罗城门上的，应该不是人吧。”

“不是人的话，会是什么？”

“不知道。大概是鬼。总之，如果不是人，就是你的事了。”

“原来你是这个意思。”

“虽然目的是取回玄象，但我实在很想再次听到那琵琶演奏啊。”

“我陪你去。”

“好。”

“得有一个条件，不知你……”

“是什么？”

“带上酒去。”

“带酒？”

“我想一边喝酒，一边听那琵琶演奏。”

晴明这么一说，博雅略一沉吟，看着晴明喃喃道：“行吧。”

“走吧！”

“走。”

五

这天晚上，有三个人聚齐了。

地点是紫宸殿前，樱树之下。

晴明是稍迟才现身的。他一身白色狩衣，足蹬黑色短靴，轻松自在，左手提一个系着带子的大酒瓶。右手提着灯，但看样子一路走来都没有点燃。

博雅已经站在樱树下面。他一副要投入战斗的打扮：正式的朝服，头戴有卷缨的朝冠。左腰挂着长刀，右手握弓，身后背着箭矢。

“哎。”

晴明打个招呼，博雅应了一声：“嗯。”

博雅身边站着一位法师打扮的小个子男人，背上绑了一把琵琶。

“这位是蝉丸法师。”

博雅将法师介绍给晴明。蝉丸略一屈膝，行了个礼。

“是晴明大人吗？”

“在下正是阴阳寮的安倍晴明。”

晴明语气恭谨，举止稳重。

“有关蝉丸法师您的种种，已经从博雅那里听说过了。”

他的言辞比和博雅在一起时要高雅得多。

“有关晴明大人的事，我也听博雅大人说过。”

小个子法师躬身致意。他的脖颈显得瘦削，像是鹤颈。

“我跟蝉丸法师说起半夜听见琵琶声的事，结果他也说一定要听听。”博雅向晴明解释。

晴明仔细看了看博雅，问他：“你每天晚上都是这样打扮出门的吗？”

“哪里哪里。今晚是因为有客人在场。要是自己一个人的话，哪至于这么郑重。”

博雅说到这里，从清凉殿那边传来低低的男声：

“恋情未露……”

一个苦恼的低语声渐近，夜色下，一个灰白的身影绕过紫宸殿的西角，朦朦胧胧出现了。

寒冷的夜风之中，比丝线还细的雨像雾水般弥漫一片。那人影似乎由飘浮在空中、没有落地的雨滴凝结而成。

“人已知……”

人影从橘树下款款而来。

他脸色苍白，对一切视而不见。身上穿着白色的文官服，头戴有髻套的冠，腰挂仪仗用的宝刀，衣裾拖在地上。

“是忠见大人吗？”晴明低声问。

“晴明！”博雅望着晴明说道，“他这么出现在这里是有原因的。不要拦他吧……”

晴明并没有打算用阴阳之法做些什么。

“本欲独自……暗相思……”

白色的影子消失在紫宸殿前，仿佛慢慢溶入大气般，和那吟哦之声一起消失了。

“好凄凉的声音啊。”蝉丸悄声自语。

“那也算是一种鬼啦。”晴明说道。

不久，有琵琶声传来。

啪！晴明轻轻击一下掌。

这时候，从昏暗的对面，静静地出现了一个女子的身影。

那位美丽的女子身穿层叠的丽裳，即所谓的十二单衣。她拖曳着轻柔的紫藤色华服，走进了博雅手中提灯的光线之内。

女子站在晴明跟前，白皙娇小的眼帘低垂着。

“请这位蜜虫带我们走吧。”

女子白净的手接过晴明的灯。灯火噗地点亮了。

“蜜虫？”博雅不解。

“怎么……你不是给经年的紫藤取了这个名字吗？”

博雅想起今天早上在晴明的庭院里所见的唯一一串紫藤花，盛开的鲜花散发出诱人的芳香。不，不仅是想起。那种芳香的确是从眼前的女子身上散入夜色之中，飘到了博雅的鼻腔里。

“是式神吗？”

博雅这么一问，晴明微微一笑，悄声道：“是咒。”

“真是不可思议的人啊。”

博雅边说边叹气。他看看把灯交给女子的晴明，又看看自己手中的灯。

蝉丸没有带灯，三人之中，手里提灯的只有博雅。

“就我一个需要灯吗？”

“我是盲人，所以白天黑夜是一样的。”蝉丸轻声说道。

蜜虫转过穿着紫藤色华衣的身体，在如雾的细雨中静静迈步。

铮铮——铮铮——

琵琶声响起。

“走吧。”晴明说道。

六

晴明提着瓶子，走在迷蒙的夜色、清冷的夜气中。

他不时将瓶子送到唇边，饮几口酒，似乎很享受这样的夜晚，还有幽幽的琵琶声。

“你也喝吗？”晴明问博雅。

“不要。”

博雅最初一口拒绝，但被晴明取笑他是否“怕喝醉了，箭射不中目标”之后，也开始喝起来。

琵琶声婉转凄切。蝉丸一边出神地倾听着琵琶，一边默默地走路。

“我头一次听到这曲子，好凄凉的调子啊。”蝉丸小声说。

“胸口好憋闷！”博雅把弓背上肩，说道。

“应该是来自异国的旋律。”晴明边说边把酒瓶往嘴边送。

夜幕下的树木很安详，绿叶的芬芳溶在夜色之中。

晴明一行人抵达罗城门下。

铮铮钬钬的琴声果然是从罗城门上面传下来的。三人无言地静听了好一会儿。

曲子不时变换。奏其中的某一支曲时，蝉丸低声自语道：

“这支曲子倒是有些印象……”

“什么?！”博雅望着蝉丸。

“已故的式部卿宫生前某天，弹奏过一支说是不知其名的曲子。我觉得就是这支。”

蝉丸从肩头卸下琵琶，抱在怀中。

铮铮——

蝉丸和着罗城门上传来的旋律，弹起了琵琶。

铮铮——

铮铮——

两把琵琶的旋律开始交织。

蝉丸的琵琶声开始时略显迟疑，但也许是传到了对方耳中，从罗城门上传来的琵琶声同样弹奏起那支乐曲。反复几次，蝉丸的琵琶声不再犹疑，几番来回，几乎已与城门上传来的琵琶声浑然一体。

绝妙的音乐。

两把琵琶的声音水乳交融，回荡在夜色中。铮铮钬钬，美得令人战栗。

蝉丸心荡神驰般闭上了失明的双目，在琵琶上奏出串串声音，仿佛正追寻着内心升腾起的某种东西。欢喜之情在他的脸上流露无遗。

“我真是太幸福了，晴明……”博雅眼含泪花，喃喃说道，“身为一个凡人，竟然能耳闻如此琵琶仙乐……”

铮铮——

铮铮——

琵琶之音升上昏暗的天幕。

有人说话了。

野兽似的低沉声音，一开始低低地混杂在琵琶声里，慢慢变大。

声音从罗城门上传来。原来是弹琵琶者边弹奏边哭泣。

不知何时起，两把琵琶都已静止，只有那个声音在号哭。

仿佛追寻着大气中残留的琵琶余韵，蝉丸将失明的双目仰向天空，脸上浮现出无比幸福的表情。

哭声中开始夹杂着说话声，是外国的语言。

“这不是大唐的语言。”晴明说道。

侧耳倾听了好一会儿，晴明忽道：“是天竺的语言……”

天竺即印度。

“你听得懂吗？”博雅问道。

“一点点吧。”

晴明又补充说，因为认识不少和尚嘛。

“说的是什么？”

晴明又细听一听，对博雅说：“是在说‘好惨呀’，还说‘真高兴’，似乎又在喊某个女人的名字……”

天竺语即古印度的梵语。佛教经典原是用这种语言写成，中国翻译的佛典多是用汉字对原典进行音译。

在平安时代，也有几个人能说梵语，当时日本也有天竺人。

“那女人的名字是什么？”

“说是悉尼亚。”

“悉尼亚？”

“或者西尼雅，也可能是丝丽亚。”

晴明若无其事地抬头望望罗城门。

灯光可及之处极其有限，稍高一点的地方已是漆黑一团。

上到城门的第二层，晴明轻声打招呼。他用的是一种异国的语言。

哭泣声戛然而止。

“你说了什么？”

“我说：‘琵琶弹得真好。’”

不一会儿，一个低低的声音从上面传下来。

“你们弹奏我的国家的音乐，说我的国家的语言，你们是什么人？”

虽然略带口音，但毫无疑问是日语。

“我们是侍奉宫廷的在朝人。”博雅答道。

“姓名呢？”那声音又问。

“源博雅。”博雅说道。

“源博雅，是你连续两晚来这里吧？”那声音问道。

“正是。”博雅答道。

“我是蝉丸。”蝉丸说道。

“蝉丸……刚才是你在弹琵琶吗？”

当那声音问时，蝉丸拨动琴弦，“铮——”的一声代替了回答。

“我是正成。”

晴明这么说时，博雅一脸困惑地望向他。为何不用真实姓名呢？

晴明满不在乎地仰望着罗城门。

“还有一位……”那声音欲言又止，似是喃喃自语，“……似乎不是人吧？”

“没错。”晴明说道。

“是精灵吗？”那声音低低地问道。

晴明点点头。看来楼上是俯视着城门下面。

“请教阁下尊姓大名？”晴明问道。

“汉多太——”回答的声音很小。

“是外国名字吗？”

“是的。我出生在你们称为天竺的地方。”

“应该不是今世的人吧？”

“对。”汉多太答道。

“你的身份是什么？”

“我是游方的乐师。原是小国国王的庶子，因国家亡于战争，便远走他乡。自幼喜爱音乐多于武艺，十岁时便通晓乐器，最擅长演奏五弦月琴……”

声音里含着无限的怀旧之情。

“我抱着一把月琴浪迹天涯，到达大唐，在那里度过生前在一地停留最久的一段日子。我来到你们的国家，是一百五十多年前的事情。我是搭乘空海和尚的船，来到贵国……”

“噢。”

“我死于一百二十八年前。我原在平城京法华寺附近制作琵琶等乐器，有一天晚上来了盗贼，我被那贼砍掉头颅而死……”

“那为什么你又会像现在这样？”

“我原想在有生之年再看看故乡。也许是久别故国，客死他乡的悲哀，使我死不瞑目吧。”

“的确如此。”晴明点头称是，又开口说道，“不过，汉多太啊……”

“请讲。”那声音回答。

“你为什么要偷走那把玄象？”

“其实，这把玄象是我在大唐时制作的。”

声调低沉而平静。

晴明长叹一声：“原来如此。”

“是一种奇妙的缘分吧。正成先生……”

那声音说道，叫的是刚才晴明所报的假名字。但是，晴明没有回答。

“正成先生……”那声音又说话了。

博雅看着晴明。晴明朱唇含笑，仰望着昏暗的城门。

忽然，博雅想起一件事来。他瞪着上方说道：

“那把玄象也许从前是你的东西，但现在已是我们的东西了。你能否把它还给我们呢？”

“归还也没有什么大问题，不过……”那声音很小，沉默了一会儿才说道，“不过，你们能否答应我一项请求？”

“什么事？”

“说来惭愧，我潜入宫中时，对一名女官心生倾慕。”

“竟有这种事？”

“我十六岁上娶妻，这名女官与我那妻子长得一模一样……”

“……”

“说来我是为那女官夜夜潜入宫中，因此才看见了那把玄象……”

“……”

“当然，我可以凭借鬼神之力将女官据为己有，可我却不忍心。于是退而求其次，拿走玄象，以怀念往者，怀念妻子悉尼亚，弹奏着琵琶抚慰自己的心灵。”

“那么……”

“请向那女子道此隐衷，请她过来一次。仅一个晚上即可。请她给我一夜情缘吧。若能遂我心愿，第二天早上她就可以回宫，我则悄然离开这里……”

言毕，声音似哀哀地哭泣起来。

“明白了。”博雅答道，“我回去将事情奏明圣上，若蒙圣上允准，明晚同一时刻，我会带那女子前来……”

“在下不胜感激。”

“那位女子有何特征？”

“是一名肤色白净、额上有黑痣的女官，名叫玉草。”

“若圣上准了，明天白天我将此箭射过来。若圣上不准，则射的是涂黑的箭……”

“有劳大人代奏。”那声音答道。

“对了。你——”

忽然向城门上搭话的人，是刚才一直没有作声的晴明。

“刚才的琵琶，可以再弹一次给我们听吗？”

“弹琵琶？”

“对。”

“在下求之不得。本应下楼演奏才是，但因容貌已是不堪，就在楼上演奏。”那声音这样说着。

铮铮——

琵琶声响起，不绝如缕，仿佛大气中有无数的蛛丝。比之前的演奏更佳，更令人如痴如醉。

一直伫立在旁的蜜虫轻轻一弯腰，把灯放在地上，又轻盈站起。微风荡漾的夜色之中，蜜虫白净的手臂轻轻抬起，和着琵琶的旋律翩然起舞。

博雅不禁发出惊叹。

曼舞和琴声结束。上面传来了说话声。

“真是美妙的舞姿啊！今晚请到此为止。为防万一，我还是显示一下自己的力量吧。”

“万一？”

“为了你们明天不会干出傻事。”

话音刚落，从罗城门二楼扫过一道绿光，照在蜜虫身上。

蜜虫被那道光罩住的瞬间，脸上现出苦闷的表情，双唇开启。就在要露齿的瞬间，光和蜜虫的身影都消失了。

地上的灯映照出一个飘动的东西，缓缓掉在地上。晴明上前拾起一看，是紫藤花。

“拜托诸位了。”

头顶上留下这么一句话，没有声音了。

之后，只有如丝的雾雨飘在万籁俱寂的夜空之中。

晴明右手白皙的指头捏着紫藤花，轻轻按在自己的红唇上，唇边浮现出宁静的微笑。

七

第二天晚上。

罗城门下站着四个人。

细密如针的雨从柔和昏暗的天幕落下。

晴明、博雅和另外一男一女站在细雨中。

男子是名叫鹿岛贵次的武士。他腰挂大刀，左手持弓，右手握着几支箭。他本领高强，大约两年前，曾用这把弓射杀了宫中出现的猫怪。

女子就是玉草，年约十八九岁。大大的瞳仁，鼻梁高挺，堪称美人。

晴明打扮如昨。只是没有再带酒来。博雅的装束也没有改变，只是没有带弓箭。

琴声在四人的头顶上悠扬地奏响。四人默默地倾听。

不一会儿，琵琶声止住了。

“已恭候多时了。”说话声从头顶上传下来。

是昨天的那个声音，只是其中透出掩饰不住的喜悦。

“我们如约前来。”博雅对城门上说道。

“换了一个男人嘛。”

“蝉丸没有来。我们是守约的，但不知您是否守约，所以请了另一位同来。”

“是这样吗？”

“那么，女子可以给你，你可以交出琵琶了吗？”

“女子先过来。”那声音说着，从上面晃晃悠悠地垂下一条带子，“让女子抓住带子。我拉她上来，确认没错之后，就把琵琶放下来。”

“好。”

博雅和女子站到前面，让女子抓住带子。

女子刚抓住，带子便摇摇晃晃地往上升，转眼已升上了罗城门。她的身影消失了。

不久，“啊——”的一声传来。

“悉尼亚啊！”欢喜若狂的颤音，“就是她！”

不一会儿，带子绑着一件黑乎乎的东西再度从上面垂下。

“是玄象！”

博雅解开带子，拿着紫檀琵琶回到两人身边，将玄象给晴明看。

就在此时——

罗城门上响起一声可怕的喊叫，是那种咬牙切齿、充满痛苦的野兽的吼声。

“你们骗我啊！”

隐约听见一声钝响。紧接着，是女人令人毛骨悚然的惨叫。

叫声忽然中断，从地上传来一股血腥味。

“玉草！”

晴明、博雅和贵次一起大叫起来，向城门下跑去。

只见地上有一片黑色的渍液。移灯细看，原来是鲜红的血迹。

咯吱，咯吱……

令人汗毛倒竖的声音自头顶传来。

咚的一声重重的钝响，有东西掉落地面——是一只连着手腕的女人小臂。

“糟糕！”贵次大声叫道。

“怎么了？”博雅扳过贵次的肩膀。

“玉草失败了！”

“什么失败了？！”

“我让她用带有比叡山和尚灵气的短刀，去割取妖怪的首级。她失败了。”

贵次边说边弯弓搭箭。

“玉草是我妹妹啊。我觉得，如果我的妹妹在明知对方是妖怪的情况下，还投怀送抱，是家门洗刷不掉的奇耻大辱……”

“是这样！”

博雅说话的时候，一道幽幽的绿光自罗城门射向昏暗的空中。

贵次用力拉弓，瞄准绿光中心射出箭。

“嗷！”随着一声类似犬吠的喊声，绿光落在地上。

只见一名全身赤裸、面貌怪异的男子站在那里。

那人肤色浅黑，鼻梁高挺。瘦高个子，精瘦的胸脯上肋骨清晰可见。额上生出两个尖突，像角一样，闪烁的眼睛睨视着三人。他嘴角向两边开裂，牙齿暴露，自己的血和女人的血把嘴巴周围染成猩红。身体自腰以下长着兽毛，下身是兽腿。

确实是一只鬼。

鲜血和着泪水，在鬼的脸上流淌。那充满憎恶和哀怨的双眼望着三人。

贵次射出一箭，箭头插入鬼的额头。

“不要这样！”

当晴明大叫时，鬼猛冲上前。它扑在正要再次射箭的贵次身上，利齿咬入贵次的咽喉。

贵次仰面而倒，箭矢射向昏暗的夜空。

鬼哀怨的眼神看着其余两人。博雅拔出腰间的长刀。

“不要动，博雅！”鬼大叫。

“不要动，正成！”鬼又对晴明说道。

博雅保持着拔刀的姿势，没有动。

"太伤心了。"鬼沙哑的声音喃喃道。呼的一下，幽幽的绿焰自鬼的口中飘出。

"伤心啊，伤心……"

每次说话，鬼的口中都有幽幽的绿焰荡到黑夜里。博雅的额头渗出冷汗。他右手持刀，左手抱着玄象，似乎想动也动不了。

"啖汝等之肉，与我玄象同归……"

在鬼这样说的时候，晴明开口了："我的肉可不能给你啊。"

晴明的脸上浮现出恬淡的微笑。他迈步上前,从博雅手中夺过长刀。

"你这是欺骗我，正成！"鬼又惊又怒地说道。

晴明笑而不答。

即使被喊的是假冒的姓名也不行，只要对方喊出名字，而你答应了，就被下了咒。

昨晚博雅说出自己的真名实姓，而且被叫到名字时又答应了，所以被下了咒。晴明说的是假名字。

鬼顿时毛发倒竖。

"不要动，汉多太！"晴明说道。

毛发倒竖的鬼——汉多太定住了。

晴明不费吹灰之力便将长刀插入汉多太腹部，鲜血涌出。他从汉多太腹中取出一团血肉模糊的东西，是个活着的狗头。

狗头龇牙咧嘴地要咬晴明。

"原来是狗啊。"晴明自言自语，"这是鬼的真身。汉多太的鬼魂不知在何处找到一只濒死的狗，便附在它上面了。"

话音刚落，汉多太僵立不动的肉身开始发生变化。

脸孔变形，全身长出长毛。原先是脸面的地方成了狗屁股。屁股上插着两支箭。

忽然，博雅的身体可以自由行动了。

"晴明！"他发出一声高叫，声音在颤抖。

一只干巴巴、不成样子的无头狗倒在刚才汉多太站的地方。只有晴明手中带血的狗头还在动。

“把玄象……”

晴明一开口，博雅马上抱着琵琶过来了。

“就让它附体在这把没有生命的琵琶上好了。”

晴明右手抱持狗头，左手伸到狗头前面。狗头咬住了他的手，牙齿发出声响。就在那一瞬间，他松开右手，蒙住狗的两只眼睛。但是，啃咬着左手的狗头没有掉下来。

“把玄象放在地上。”晴明对博雅说道。

博雅依言把玄象放在了地上。晴明蹲下身子，把咬住自己左手的狗头放在玄象上面。被咬着的手冒出鲜血。他自上而下仔细打量那狗头。

“哎，听我说……”晴明和颜悦色地对狗头说道，“那琵琶的声音可好听了。”

他蒙住狗眼的手轻轻移开，狗的眼睛已经闭上了。

晴明从狗嘴里抽回手，血还在流。

“晴明——”博雅呼唤。

“汉多太在玄象上面附体了。”

“你施咒了？”

“嗯。”晴明低声回答。

“就是用刚才那句话吗？”

“知道吗，博雅？温柔的话，才是最有效的咒。如果对方是女人，会更加有效……”晴明说着，唇边浮着一丝笑意。

博雅仔细端详着晴明，喃喃地叹息：

“你这个人，真是不可思议……”

玄象上的狗头，不知不觉间已变成白骨，是一具残旧发黄的狗的头骨。

此玄象如同有生命者。技巧差者弹之，怒而不鸣；若蒙尘垢，久未弹奏，亦怒而不鸣。其胆色如是。某次遇火灾，人不及取出，玄象竟自出于庭院之中。此等奇事，不胜枚举。众说纷纭，相传至今。

《今昔物语集》第二十四卷

《琵琶之宝玄象为鬼所窃 第二十四》

栀子女

一

源博雅造访安倍晴明位于土御门大路的家，是阴历五月过半之后的事。

阴历的五月，如果用现在的算法，就是六月中旬。

朝臣源博雅，身份是一名武士。

晴明的家一如往日，四门大开。

杂草丛生的庭院，驻足门前便可一览无余。这里与其说是家宅，不如说是一块现成的荒地。有雕饰的大唐风格围墙围住了宅子，顶上有山檐式装饰瓦顶。

博雅打量着围墙内外，叹一口气。

午后阳光斜照庭院。院中芳草萋萋，随风起伏。路径与其说是着意修的，莫如说是人踩踏出来的，仿佛是野兽出没的小道。

假如在夜间或清晨出入院子，衣服恐怕会沾上草叶的露水，一下子就沉重起来。

不过，此刻艳阳高照，草丛算是干的。

博雅没有喊门，径直穿门入户。

他穿着叫水干的公卿常礼服，裤裙下摆唰唰地擦过野草叶尖。悬挂于腰间的朱鞘长刀前端，如同漫步草丛的野兽的尾巴，向上翘起。

往年的这时候已进入梅雨季节，但现在仍没有雨季来临的迹象。

草的清香杂着花的芬芳，扑向博雅的鼻孔。

是栀子花香。看来宅子的某处盛开着栀子花。

博雅在屋前站定。“还是那么大大咧咧的……”

房门大开着。

“在家吗，晴明？”博雅扬声问道。

没有回音。

大约过了喘一口气的工夫，博雅说声“我进来啦”，迈步走进厅堂。

“靴子要脱掉啦，博雅。”

忽然，博雅脚旁冒出一个声音。

博雅的目光落在脚旁，只见一只小萱鼠用后腿站立，骨碌碌的黑眼珠转动着，仰望着他。和博雅四目相对的瞬间，萱鼠吱的一声跑掉了。

博雅脱下鹿皮靴子，进屋。

“在里头吗？”

顺着外廊走到屋后，只见身穿白色狩衣的晴明，头枕着右胳膊肘，横躺在外廊内。

晴明眺望着庭院。他面前放着细口酒瓶和两只酒杯，旁边是个素色碟子，上面有沙丁鱼干。

“你这是在干什么？”博雅问道。

“恭候多时啦，博雅。”

晴明答道。还是照样躺着，似乎早就知道博雅要来。

“你怎么知道我要来？”

“来的时候，过了一条戾桥，对不对？”

“噢，是从那儿经过的。”

"那时候，你嘴里嘟囔着'晴明会在家吗'，对不对？"

"好像说过。你怎么知道的？"

晴明没有回答，呵呵一笑，欠起上身，然后盘腿而坐。

"说起来，我听说你在桥下养着式神。是那式神告诉你的？"

"就算有那么回事——请坐吧，博雅。"晴明回应。

晴明身材修长，皮肤白净。脸庞秀丽，眼神清澈。仿佛薄施了胭红的双唇带着笑意。年龄无从猜测。说他年过四十也不为奇，但有时看上去却像未到三十岁的年轻人。

"刚才在那边，萱鼠跟我说话哩，晴明。那可是你的声音啊。"

博雅一边在晴明身边盘腿坐下，一边说道。

晴明伸手取过沙丁鱼干，撕开丢向院子。

那边泥地上的萱鼠吱地尖叫一声，灵巧地用嘴叼过晴明抛来的沙丁鱼干，消失在草丛中。

"我这是奖励它呢。"晴明说道。

"你究竟在搞什么名堂,我根本摸不着头脑。"博雅老老实实地承认。

微风送来刚才闻过的香气。博雅望向庭院，只见院子深处开着朵朵白色的栀子花。

"咦，栀子花开得好香。"

听博雅这么一说，晴明微笑起来。"好新鲜嘛。"

"新鲜？什么事好新鲜？"

"你登门造访，滴酒未沾就谈花，真是没想到。"

"我总算得上风雅之人吧。"

"当然。你是个好人。"

晴明抓过细口酒瓶，往两只杯子里斟酒。

"我今天可不是来喝酒的。"

"但是，也不是来戒酒的吧？"

"你真会说。"

“这酒更好。”晴明已经拿杯在手了。

博雅俯身拿起酒杯。“来吧。”

“喝。”

彼此一声招呼，各自喝干了杯中酒。这回轮到博雅给两只空酒杯斟酒。

“忠见大人可好？”第二杯酒端到唇边的时候，晴明问道。

“噢，值夜时偶尔能见到。”

所谓忠见，是指壬生忠见。

去年三月，在大内的清凉殿举行宫内歌会时，壬生忠见所咏的和歌败于平兼盛的和歌，忠见竟拒食而死。

恋情未露人已知，本欲独自暗相思

壬生所咏的这首和歌，败于兼盛所咏的这首：

深情隐现眉宇间，他人已知我相思

宫中传言，患拒食症的原因在于此次比赛落败。

忠见的怨灵不时出现在宫中。每次都哀伤地吟诵着自己所作的“恋情”，漫步在夜色朦胧的宫中，然后消失无踪。就是这样一个无害的灵。

“对了，博雅。”

“什么事？”

“下次我们带上酒，去听忠见吟诵和歌吧。”

“你扯到哪里去啦！”博雅一脸愕然地望向晴明。

“不是挺好的事吗？”晴明边说边举杯一饮而尽。

“我嘛，最近骤生无常之感，听说的净是些有关灵的事情。”

“哦？”晴明望着博雅，嘴巴里嚼着鱼干。

“小野宫右大臣实次看见‘那个’的事，你听说了吗？”

“没有。”

“大约七天前吧，这位实次觐见圣上之后回家，由大宫大路南行回家时发生了一件事：在他坐的车前，看见一个小油瓶。”

“哦？”

“据说这个油瓶像活动的东西那样，在车前蹦跳而去。实次见了，觉得这油瓶真怪。这时，油瓶停在一间房子门前。”

“然后呢？”

“但是门关着，进不去。瓶子开始向钥匙孔跳。跳了好几次，终于插住了，然后从那钥匙孔嗖地钻了进去……”

“真有意思。”晴明喃喃道。

“回家之后，实次难以释怀。于是，他命人去看看那所房子的情况……”

“结果呢？那屋子里是不是死了人什么的？”

“你很清楚嘛，晴明。前去打探的人回来对实次说，屋里原有一个年轻姑娘，长期卧病在床，可就在那天中午去世了。”

“原来如此。”

“没想到世上竟有这样的阴魂啊！”

“会有吧。”

“哎，晴明，难道非人也非动物的东西，也会出怪事吗？”

“那是自然。”

晴明回答得很干脆。

“我指的是没有生命的东西啊。”

“即使没有生命，灵也会附在上面。”

“真的？”

“什么真的假的！灵可以附在任何东西上。”

“油瓶上也行？”

“对啦。”

“难以置信。”

“不仅仅是油瓶，就连搁在那里的石头也有灵。”

“为什么会这样呢？人或动物有灵，我能理解。可是，灵为什么要附在油瓶或者石头上？”

“呵呵。人或野兽有灵，岂非同样不可思议？”

“那倒是顺理成章。”

“那么，我来问你。为什么人或野兽有灵，你一点也不奇怪？”

“那是……”博雅刚一张嘴便语塞了，“用不着问为什么。人或者动物有灵，是理所当然的。”

“所以要问你：这是为什么？”

“因为……”博雅又张口结舌了，“我不知道为什么。明明知道的，一想却忽然不明白了。”

博雅说得倒是坦率。

“听我说，博雅，假如人或野兽有灵是理所当然的，那么油瓶或石头有灵也毫不奇怪。”

“哦。”

“假如油瓶或石头有灵是不可思议的，那么，人或野兽有灵也是不可思议的。”

“嗯。”

“好吧，博雅。所谓灵，原本是什么？”

“别难为我，晴明。”

“灵和咒是同样的。”

“又是咒？”

“把灵和咒看成不同的东西，肯定可以；看成相同的东西，肯定也可以。关键在于如何看待。”

“哎呀，噢……”博雅满脸疑惑地点着头。

“假定这里有一块石头。”

“噢。”

“也就是说，作为它天生的宿命，它身上带有‘石头’的咒。”

“噢。”

“好。假定我这个人，拿那石头砸死了某个人。”

“噢。”

“那么，这块石头是石头，还是武器呢？”

“嗯……”博雅嘀咕一下，然后说道，“既是石头，又是武器吧。”

“对呀，你很清楚嘛。”

“清楚？”博雅苦着脸点点头。

“我说的灵与咒是同样的东西，就是这个意思。”

“是吗？”

“也就是说，我对石头这东西施了‘武器’这个咒。”

“说起来，之前你倒是说过这个意思，所谓名，就是最简单的咒。”

“咒也是多种多样的。名也好，把石头当武器使用也好，在施咒这件事情上是一样的。这是咒的基本道理。任谁都可以的……”

“噢。”

“从前有所谓‘形似则灵附’，那可不是乱说的。”

“……”

“外形也是一种咒。”

“噢……”博雅又糊涂了。

“假定这里有一块人形的石头。”

“噢。”

“也就是说，它是被下了‘人’这个咒的石头。这咒是越相似越强。于是石头的灵便带有人的灵性，虽然很微弱。这么一点灵性并不能起作用，但如果人们因为它像而去朝拜它，对这块石头下的咒就更强大，它所带的灵性就变得更强。”

“原来如此啊！”

“时有怪事发生的石头，就是这种被人膜拜了数年，甚至数十年的！”

“原来是这样。”

“所以嘛，原本是单纯的泥土，被人揉捏、烧制成瓶子的话，就是把‘瓶子’的咒施以揉捏、火烧诸多功夫之后，加在泥土上的。这样的瓶子之中，有个别的闹闹鬼，出点祸害，也就不难理解了……”

“实次的油瓶事件，也属其一吗？”

“也有可能是没有具体模样的鬼，取了油瓶的模样吧。”

“但是，鬼为什么要变成油瓶的模样？”

“连这个都知道就不可能了，毕竟我也没有亲眼看见。”

“这就放心了。”

“为什么？”

“我原以为你无所不晓嘛。你什么都知道，别人也太没劲了……”

“呵呵。”

晴明微笑着，又往嘴里丢鱼干。他咕嘟喝了口酒，看着博雅，颇有感慨地叹了口气。

“你这是什么意思？”

“实在是不可思议啊。”

“什么事不可思议？”

“比如，你在这里，石头在那里之类的事。”

“又来了！晴明……”

“所谓‘在’，是最不可思议的……”

“你说的那些咒才是最不可思议的呢。”

“哈哈。”

“哎，晴明，你不要说得太复杂好不好？”

“很复杂吗？”

“你的话不要太难懂才好。石头归石头，我归我，不是挺好的吗？

这样一来才喝得痛快嘛。”

“不，博雅，我一边喝酒，一边跟你扯皮，那才开心呢！”

“我可不开心了。”

“那可就抱歉了。”晴明根本没有丝毫歉意。

“哼。”

晴明替一饮而尽的博雅斟上酒，看着他，轻声问道：

“博雅，今天为什么事登门？”

“哦，有这么件事，其实是想请你帮忙。”

“噢？”

“这事非你这位阴阳博士不可。”

阴阳博士，隶属大内的阴阳寮。人们这样称呼负责天文、历数、占卜的阴阳师。

阴阳师负责看方位、占卜算卦，连幻术、方术之类也管。在从事这一职业的阴阳师里面，晴明是独树一帜的。即使在行阴阳秘事时，他也不拘于古法，而是毫不犹豫地舍弃烦琐虚饰的部分，按自己的做法进行。

即便如此，在某些公开场合例行公事，他也能根据具体情况，无可挑剔地把秘事做下来。

他不仅对民情事理了如指掌，甚至连在京城某个角落卖身的女子是谁都心知肚明，他还能在雅集上出人意料地挥毫作诗，博得贵介公子的满堂喝彩。

他就像一朵云，令人捉摸不定。

这么一个晴明，和老实憨厚的博雅却奇妙地投缘，一直保持着把酒言欢的友谊。

“是什么事要我帮忙？”

晴明这一问，博雅便说开了。

二

“我熟悉的武士中，有一个叫梶原资之的人……”

喝下一大口酒之后，博雅开讲了。

“嗯。”晴明边小口地抿着酒，边凝神听着。

“这位资之今年该有三十九岁了。他直到前不久还一直管着图书寮，但现在已辞职，当了和尚。”

“他为什么要做和尚？”

“将近一年前，他的父母亲同时因病去世。他因此起了别的念头，就落发为僧了。”

“噢……”

“下面我要说的事情是，资之所去的寺庙是妙安寺。”

“西边桂川河的那所寺院？”

“正是。就在过了中御门小路，再往西一点的地方。”

“那么……”

“他法名寿水。这位寿水法师立意超度父母，抄写《心经》。”

“哦。”

“一天十次，持续一千天。”

“好厉害。”

“至今天为止，终于百日出头了。但大约八天前起，寿水这家伙却为一件怪事烦扰。”

“怪事？”

“对。”

“什么怪事？”

“无非就是与女人有关的怪事嘛。”

“女人？”

“一个颇为妖艳的女人。”

“你见过了？”

“不，没有见过。”

“那你怎么知道的？”

“资之，也就是寿水，是他这么说的。”

“好啦好啦，快告诉我到底是怎么怪法。”

“这个嘛，晴明……”

博雅又伸手去拿杯子，一口酒下肚之后才说话。

“一天夜晚……”

博雅开始讲述事情的来龙去脉。

那夜，寿水在戌时过后才去睡。他睡在单独的僧房里，每晚总是独处。

这是一所小寺庙。和尚的人数说是总共不到十人，实际连寿水在内只有八个。在这里修行的人，并不一定要成为和尚。

已有一定地位的人，比如公卿和武士因故退休后，想找个修身养性的地方，这里就很合适。实际上，它就是被用于这样的目的。

无须像修密宗的僧人那样严格地修行，家里人只要适时地向寺里捐点钱就行；也不必像一般的和尚那样谨守戒律，不时还可以到吟风咏月的雅集上露露面；还可以要求寺院提供单独的僧房。

那天晚上，寿水忽然醒了。

起初他还没意识到自己已经醒了，以为仍在睡眠之中，却发现自己睁着眼睛，盯着蓝幽幽的昏暗的天花板。

为什么会忽然醒来？

他侧过脸，只见屋子的糊纸拉门映照着蓝色的月光，枫树的叶影投映在上面。

拉门是最近才开始流行的。看来风很小，枫叶的影子仅是微微摇动。糊纸拉门上的月辉几乎有点炫目，将房间内的昏暗变为澄澈的青蓝之色。

大概是拉门的月光照在脸上，自己便醒过来了。寿水心想。

今夜月亮怎样呢？

寿水来了兴致，他起身打开拉门，夜间沁凉的空气钻进房内。

他探出半张脸仰望天空，枫树的树梢上方挂着美丽的上弦月。枫树微微随风摇曳。

寿水心头一动，起了到外面去的念头。他拉开门，走到外廊上。

黑乎乎的木板走廊，与外面无法分辨开来。木纹凸现、黑黝黝的外廊表面，也覆上了一层青蓝色的月光，看上去简直像一块打磨光滑的青黑石砖。

夜气中充满了院中草木的气息。寿水光着脚板走在寒冷的外廊中，终于注意到了“那个东西”。

所谓“那个东西”，是一个人。

前方的外廊内有一个蜷缩着的影子。那是何时出现的？

记得自己刚走出屋门时，那里应该没有那个东西。不，也许是自己的感觉不对，可能从一开始就在那里。

寿水停下脚步。

那是一个人，而且是个女人。

她跪坐在那里，略低着头，身上穿着纱罗的单衣。月光映照在她弯曲的头发上，黑亮黑亮的。

这时候，女子抬起了头。说是抬起，其实仅仅是微微扬起脸。从正面看，她仍是低着头的样子。

寿水是俯视，所以看不到她的整张脸。

女子用右边的袖口掩着嘴角，伸出白皙的手指。她的嘴巴被袖子和手挡住，看不到。

一双黑眸正瞄着寿水。那是一双美丽的大眼睛。那瞳仁注视着寿水，哀痛的眼神似在倾诉什么。

“你是谁？”寿水问道。

但是，女子不答。只有枫树叶子沙沙地微响。

“你是谁？”寿水又问道。

女子仍旧不答。

“有什么事吗？”寿水再问。

但是，女子依然没有回答。她的眸子越发显得哀痛欲绝。

寿水向前迈出一步。

女子的模样如此虚幻，分明不是世上的人。

“是阴魂吗？”

寿水再问时，女子轻轻移开掩住嘴巴的手。

寿水大喊一声。

三

“哎，晴明，你想那女人挪开手之后会怎样？”博雅问晴明。

“你直接说出来好啦。”晴明想也不想地说。

博雅啧啧有声，望着晴明，压低声音说：“那女子呀……”

“噢？”

“她没有嘴巴！”

博雅望着晴明，仿佛在说：没想到吧？

“然后呢？”晴明随即问道。

“你不吃惊？”

“吃惊呀。所以你接着说嘛。”

“然后，那女子就消失了。”

“这就完了？”

“不，还没完，还有下文。”

“哦。”

“又出现了。”

“那女子吗？”

“是第二天晚上……”

据说第二天晚上，寿水又在深夜里醒了，还是不明白自己醒过来的原因。皎洁的月光也同样落在拉门上。

他忽然想起昨晚的事，便探头向外廊张望。

“这一来，又发现那女子在那里。”

“怎么办呢？”

“跟前一晚一样。女子抬起袖子遮住嘴巴，再挪开袖口让寿水看，然后又消失了……”

“有意思。”

“每晚都这样啊。”

“哦？”

不知何故夜半梦醒，走到外廊，遭遇那女子……

“那就不要走到外廊去啊。”

“可是，他还是会醒过来呀。”

据说当寿水醒了，就算不走到外廊去，那女子不知何时也会坐在他枕畔，以袖掩口，俯视着他。

“其他和尚知道这件事吗？”

“好像都不知道。看来他还没有跟别人说。”

“明白了。也就是说，此事持续了七天。”

“不，我估计昨晚也是一样，所以应该是持续八天了。”

“你跟寿水什么时候见的面？”

“昨天白天。”

“噢。”

“他知道我和你的交情，说是可以的话，希望在这事闹开之前请你帮帮忙。”

“但是，我行不行还不知道呢。”

"嘿，难道还有你晴明办不成的事吗？"

"咳，去看看吧。"

"你肯去呀？太感谢啦。"

"我想看看那女子的脸。"

"对啦，我想起来了……"

"什么事？"

"哎，第七天的晚上，那个晚上与平时有些不同。"

"怎么不同？"

"哎，等等……"

博雅将右手伸入怀中，取出一张纸片。

"请看这个。"

说着，他把纸片递给晴明。纸片上有字。

"咦，这不是和歌吗？"

晴明的目光落在纸片上。

无耳山得无口花[1]，心事初来无人识

"大概是《古今和歌集》里的和歌吧。"

晴明微带醉意地说。

"一点不错。好厉害呀，晴明，实在是高。"

博雅的声音大了起来。

"作过一两首和歌的人，这点东西大概都知道。"

"我之前可不知道。"

"你这样子就挺好。"

"你是在嘲笑我吧？"

---

①栀子花又叫无口花，此处取其谐音。

说着，博雅将最后剩下的酒一饮而尽。

“这首和歌跟那女子有什么关系？”

“哦，是第七个晚上的事。寿水这家伙把灯放在枕边，躺着读《古今和歌集》，好像是打算尽量挺着不睡，挺不过才睡，就不会半夜醒了。”

“哈哈。”

“但还是不成。半夜还是醒了。一留神，发现那女子就坐在枕边。《古今和歌集》正翻到有这首和歌的地方。”

“噢。”

“说是那女子用左手指着这首和歌。”

“然后……”

“然后就没有了。寿水望向和歌时，那女子便悄然消失了。”

“有意思。”晴明饶有兴趣地喃喃。

“光是有趣倒好，这还挺危险吧？”

“我不是说过，危险不危险还不知道吗？总之，先得读懂这首和歌，因为那女子指着它。”

“唉，我看不出什么名堂。”

博雅的目光也投向晴明手中的纸片。和歌大意如此：

我想弄到耳成山的无口花（栀子花）。如果用它染色，则无耳无口，自己的恋情不会被人听见，也不会生出流言蜚语……

这首和歌，作者不详。博雅也明白和歌的意思，但问题在于，那女子为何要指着它呢？

“女子没有嘴巴，和这里的无口花应该有关联。”

博雅说道，但再往下就不明所以了。

“你有什么头绪吗，晴明？”

“好像摸到一点门道了……”

“哦？”

“总之，还是先到妙安寺走一趟吧。”

“好。什么时候动身？”

“今晚就行。”

“今晚？”

“嗯。”晴明点点头。

“行啊。”

“好。”

事情就这样定下来了。

四

夜间寒气侵人。

庭院的花木丛中，晴明和博雅在月色下静静地等待。

夜半三更，该是那女子出现的时候了。

空中悬挂着一轮满月。满月的光辉自西面斜照，月色如水。月光也照在僧房的外廊内，即两人藏身的花木丛的正对面。

“是时候了吧？”

“嗯。”

晴明只是低声应了一下，若无其事地扫视一遍月晖下的庭院。

潮湿的风，唰啦唰啦吹动庭院的树木。

“噢……”晴明探头去嗅吹过的风，叫出声来。

“怎么啦？”

“这风……”晴明小声说。

“风怎么了？”

“马上要进入梅雨季节了啊。”晴明轻声回答。

此时，一直注视着僧房的博雅忽然紧张起来。

“门开了。”

“嗯。”晴明点点头。

僧房的房门开了，寿水从里面走出来。

“看那女人！”晴明提醒博雅。

果然，外廊内出现了一个蹲着的影子。晴明说得没错，那正是他们听说的身上穿着纱罗单衣的女子。

寿水和她相对无言。

“出去吧。”晴明低声对博雅说道，然后从花木丛中现身，穿过庭院向外廊走去。博雅紧随其后。

穿过庭院来到外廊边上，晴明止住脚步。

女子发觉晴明,抬起了头。果然还是以袖遮口,黑眼睛注视着晴明。那是一双摄魂夺魄的眸子。

晴明伸手入怀，取出一张纸片，递到女子面前。

月光之下，可以看见纸片上写有一个字。

女子望向纸片，欢喜之色浮现在她的瞳仁中。她移开袖子，脸上没有嘴巴。

女子望着晴明，深深地点头。

“你想要什么？”

听晴明问道，女子平静地向后转过脸去，倏地消失无踪了。

“她不见了，晴明！”

博雅声音里透出兴奋。

“我知道。”

“给她看的纸上有什么？”

博雅窥探晴明手里的纸片。

纸上只有一个字——如。

“她不见啦。”寿水说道。

晴明用手示意刚才女子脸朝着的方位，问寿水：“那边有什么？”

“那是我白天写经的房间……”寿水答道。

五

第二天清晨。

晴明、博雅、寿水三人站在写经室里。房间正面有一张书桌，上面放着一册《心经》——《般若波罗蜜多心经》。

“我可以看看吗？”晴明问道。

“当然可以。”寿水点头。

晴明持经在手，翻阅起来。手上的动作与目光同时停在一页上。他盯着书页上的某一处，说：“就是这里了……”

“是什么？”博雅隔着晴明的肩头望向那经书。书页上有字，其中一个字被涂污得很厉害。

“这就是那女子的正身。”

晴明喃喃地读道：

色即是空　空即是色

接下来的句子里有个“女”字：

受想行识　亦复女是

正确的句子本应是“亦复如是”。

“它为什么会是那女子的正身呢？”寿水上前问道。

“就是这里啦。她是从《心经》里的一个字变身出来的。”晴明对他说道，又指着“女”字一旁的涂污之处问，“这是你涂污的吗？”

“是的。写经时不小心滴下墨点，弄脏了。”

“这样就好办了。可以替我准备笔、墨、纸和糨糊吗？”

晴明对寿水说道。寿水立刻按照吩咐准备就绪。

晴明裁下一片小纸条，贴在“女”字旁边的脏污之处，然后拿笔饱蘸墨汁，在刚贴的纸条上写了个“口”。于是成了一个“如”字。

“真是这么回事,晴明！”博雅拍起手来,心悦诚服地望着晴明,“这就是为什么那女子没有嘴巴！”

“这下子，那女子应该不会再出现啦。”晴明说道。

“这正是你说过的，万物有灵啊。”

博雅若有所悟地连连点头。

晴明转脸向着博雅，用胳膊肘捅捅博雅的肚皮。

“怎么样，我说得没错吧？”

“嗯嗯。”

“梅雨开始啦。”晴明又说。

博雅向外望去，绿意盎然的庭院上空飘着比针还细、比丝还柔的雨，无声地湿润着绿叶。

自此以后，那女子再也没有出现。

黑川主

一

美得令魂魄都澄澈透明的夜。

虫儿在鸣。邯郸。金钟儿。瘠螽。这些虫儿在草丛中，已经叫了好一阵子。

大大的上弦月悬挂在西边天际。此时，月光正好在岚山顶上吧。

月亮旁边飘着一两朵银色的浮云，云在夜空中向东流动。看着月亮，仿佛可以清楚地看到它正以同样的速度向西移动。

天空中有无数星星。夜露降临在庭院的草叶上，星星点点地泛着光。天上的星星，又仿佛是凝在叶端的颗颗露珠。

庭院里，夜空明净。

“多好的夜晚呀，晴明……”开口的人是博雅。

朝臣源博雅，是一位武士。

生就一副耿直的模样，神情里却透着一股难以言喻的可爱劲儿。他那种可爱，倒不是女孩子的温柔。在这个年轻人身上，连他的可爱也是粗线条的。那句“多好的夜晚啊”，也是实在又直率。

这并非捧场或附庸风雅的说辞。正因为是有感而言，所以听者心中明白。如果那边有一条狗，就直说“有条狗呀”。便是近乎这般的说法。

晴明只是哦了一声，仰望着月亮。博雅的话，他似听非听。

一个笼罩着神秘色彩的人。他就是安倍晴明，一位阴阳师。

他肤色白净，鼻梁挺直，黑眼睛带着浅褐色。身穿白色狩衣，后背靠在廊柱上。右膝屈起，右肘搁在膝头，手中握着刚才喝光了酒的空杯子。

他的对面，是盘腿而坐的博雅。两人之间放着半瓶酒和碟子，碟中是撒盐的烤香鱼。碟子旁有一盏灯，一朵火焰在摇曳。

博雅造访位于土御门大路的晴明宅邸，是在那天的傍晚时分。

与往常一样，他连随从也不带，在门口说声“在家吗，晴明”，便走进大开的宅门，右手还拎着一个有水的提桶。

这碟子里的鱼，刚才还在桶里游动呢。

博雅特地亲自带香鱼上门。

宫中武士不带随从，手拎装着香鱼的水桶走在路上，是极罕见的。这位博雅看来颇有点不羁的性格。

晴明少有地出迎博雅。

“你是真晴明吗？”博雅对走出来的晴明说。

“如假包换。”

尽管晴明说了，博雅仍然狐疑地打量着他。

因为到晴明家来，往往先出迎的都是诸如精灵、老鼠之类的东西。

“好鱼好鱼。”晴明探看着博雅手中的提桶，连声说道。

桶里的大香鱼游动着，不时露出青灰色的腹部。

一共六尾香鱼，都成了盘中餐。

此刻，碟子里还剩有两尾。晴明和博雅已各吃掉了两条。

说完“多好的夜晚啊”，博雅的目光落在香鱼上面，迟疑起来。

“真奇妙啊，晴明……”博雅把酒杯端到唇边，说道。

“什么事奇妙？”晴明问道。

“哦，是说你的屋子。”

“我的屋子有什么奇妙？”

“看不出有其他活人在的痕迹呀。”

“那有什么好奇怪的？”

“没有人在，却把鱼烤好了。”

博雅认为奇妙，自有他的道理。

就在刚才，晴明把他带到外廊，说：“那就把香鱼拿去烹制吧。”

晴明把放香鱼的提桶拿进屋里便消失了。当他返回时，手里没了装鱼的提桶，而是端着放有酒瓶和两只杯子的托盘。

“鱼呢？”

听博雅问，晴明只是不经意地说：“拿去烤啦。”

两人一口一口地喝着酒时，晴明说声“该烤好了吧”，站了起来，又消失在屋子里。等他再出现时，手中的碟子里是烤好的香鱼。

就因为有过这么回事。

当时，晴明隐身于房子何处，博雅并不知道。另外屋里也没有传出烧烤香鱼的动静。烤香鱼也好别的什么也好，总之这个家里除了晴明，完全没有其他活人存在的迹象。

来访时，也曾见过其他人。人数每次不同，有时几个，有时只有一个。别无他人的情况也有过。虽不至于让人联想到这么一所大房子里仅仅住着晴明，但要说究竟有几个人，实在是无从猜测。

可能只是根据需要驱使式神，其实并没有真人；又或者里面确有一两个真人，而博雅无从判断。

即使问晴明，他也总是笑而不答。

于是，博雅便借着香鱼的由头，问起屋子里的事。

“香鱼嘛，并不是人烤的，是火烤的。”晴明说道。

“什么？”

“看火候的，不必是人也行吧？”

“用了式神吗？”

“啊——哈哈。”

“告诉我吧，晴明！”

“刚才说的‘不必是人也行’，当然也有‘是人也行’的意思啊。”

“究竟是不是呢？”

“所以说，是不是都可以呀。”

“不可以。”博雅耿直地说道。

晴明第一次将视线由天空移到博雅的脸上，那仿佛薄施胭红的唇边带着微笑，说：“那就谈一谈咒？”

“又是咒？晴明……”

“对。”

“我的头又开始疼了。”

见博雅这么说，晴明微笑起来。

晴明谈咒的话题，已经有过好几次了，什么世上最短的咒就是“名”，什么路边石头也被施了咒之类。但越听越不明白。

听晴明说的时候，感觉好像明白了，但当他解释完，反问一句“如何”的瞬间，立刻又糊涂了。

“驱使式神当然是通过咒，不过，指使人也得通过咒。”

“……”

“用钱驱使或者用咒驱使，从根本上说是一样的。而且和‘名’一样，咒的本质在于那个人。也就是说，在于被驱使者一方是否愿意接受咒的束缚……”

“哦。”博雅的神情是似懂非懂。他抱起胳膊，身体绷紧。

“哎，晴明，求你了，我们说刚才的话题吧。”

“说刚才的话题？”

“嗯。我刚才提到，没有别人的动静，香鱼却烤好了，实在奇妙。”

“哦。”

“所以我问你：是不是命令式神干的？”

“是不是都可以嘛。”

“不可以。”

“因为不论是人还是式神，都是咒让烤的嘛。”

“我不明白你想说什么。”

博雅直率得可爱。

“我说的是，人烤的也好，式神烤的也好，都一样。”

“什么一样？”

“这么说吧，博雅，如果是我让人烤了香鱼，就不难理解吧？”

“当然。”

“那么，我让式神烤了香鱼，也完全不难理解吧？”

“没错……”

“真正费解的不是这里。如果没下命令，也就是说，假如没施咒也没做别的，香鱼却烤好了，那才是真正奇妙的事。”

“哦……”博雅抱着胳膊点头，又说，“不不，我不上当，晴明……”

“我没骗你。”

“不，你想蒙我。”

“真拿你没办法。”

“一点不用为难，晴明。我想知道看火烤鱼的是人还是式神。你说出这个就行。”博雅直截了当地问。

“回答这个就行了？”

“对。”

“式神。”晴明答得很干脆。

“是式神啊……”博雅仿佛如释重负。

“能接受了吗？”

“噢，接受了，不过……”博雅的表情像是挺遗憾的样子。

“怎么啦？”

“很没劲似的。”博雅斟上酒，端起杯子往嘴里灌。

“没劲？不好玩？”

“嗯。”博雅说着，放下了空杯子。

“博雅，你这老实的家伙。”

晴明的目光转向庭院。他右手捏着烤香鱼，雪白的牙齿嚼着烤鱼。

杂草丛生的庭院，几乎从不修整。仿佛只是修了一道山檜式围墙，围起一块荒地而已。

鸭跖草、丝柏、鱼腥草，山野里随处可见的杂草生长得蓬勃茂盛。

高大的山毛榉下面，紫阳花开着暗紫色的花，粗壮的樟树上缠绕着藤萝。

庭院的一角，有一片落了花的银线草。

芒草已长得很高了。野草静默于夜色之中。

对博雅而言，这里只是夜晚时分的庭院，杂草疯长。而对晴明来说，他熟悉这里的一草一木。

但是，博雅对这里如水的月色和草尖露水映现的星光，也并非无动于衷。草木的叶子，和着吹拂庭院的柔风，在昏暗中唰唰作响，让博雅觉得好舒坦。

文月以阴历而言，是七月初三的夜晚。按现在的阳历，是将到八月或刚入八月的时候。

时节正是夏天。白天即便待在树荫里不做事，也会流汗。但在有风的晚上，坐在铺木板的外廊，倒很凉爽。

整个庭院因为树叶和草尖的露水降了温，使空气变凉了。

喝着酒，草尖的露珠似乎变得越发饱满。

澄澈的夜，天上的星星仿佛一颗颗降落在庭院里的草叶上。

晴明把吃剩的鱼头鱼骨抛到草丛中，发出哗啦一声响，杂草晃动的声音逐渐消失在昏暗的远方。

就在声音响起的瞬间，草丛中有一双绿莹莹的光点注视着博雅。

是野兽的眼睛。好像是什么动物衔着晴明扔的鱼骨，跑进了草丛中。

“作为烤鱼的回报吧……”

发觉博雅带着疑惑的目光望着自己，晴明便解释道。

“噢。”博雅坦诚地点着头。

一阵沉默。

微风吹过，杂草晃动，黑暗中有点点星光摇曳。

忽然，地面上的星光之中，有一点泛青的黄光幽幽地画出一道弧线，浮现出来。

这黄光像呼吸着黑暗似的，时强时弱，重复了好几次，忽然消失了。

“是萤火虫吧？”

“应该是萤火虫。”

晴明和博雅不约而同地说道。

又是一阵沉默。萤火虫又飞过两次。

“该是时候了吧，博雅？”晴明忽然小声说道。他依旧望着庭院。

“什么是时候了？”

“你不是来请我办事的吗？”

晴明这么一逼，博雅便挠着头说：“原来你早就知道了……”

“嗯。”

“因为我这人藏不住事情吧？”

博雅在晴明说出这句话之前，先自说了出来。

“是什么要紧事？”晴明问，他依旧背靠着柱子，望着博雅。

灯盏里的灯火摇晃着小小的光焰，映照在晴明的脸上。

“那件事嘛，晴明……”博雅的脑袋向前探过来。

“怎么回事？”

“刚才那香鱼，味道怎么样？”

“哦，确是好鱼。”

“就是这香鱼。”

“香鱼怎么了？”

“其实这些鱼是别人送的。”

“哦。”

“是饲养鱼鹰的渔夫贺茂忠辅送的……”

“是千手忠辅吗？”

“对，就是那个忠辅。”

“应该是住在法成寺前吧。”

“你很熟嘛。他家在靠近鸭川的地方，他在那里靠养鱼鹰过日子。”

“他碰到了什么问题？”

“出了怪事。”博雅压低声音说。

“怪事？”

“嗯。”博雅探向前方的脑袋又缩了回去，点点头继续说，“忠辅是我母亲那边的远亲……”

“嗬，他身上流着武士的血啊。”

“不，准确说来不是。有武士血脉的是养鱼鹰的忠辅的外孙女……”

“哈哈。”

“也就是说，与我母亲血脉相关的男人生了个女儿，正是那位忠辅的外孙女。”

“噢。”

“那个男人是个好色之徒。有一阵子，他往忠辅女儿处跑得勤，因此生下了忠辅的外孙女，名叫绫子。”

“原来如此。”

“忠辅的女儿也好，那好色男子也好，几年前都因病辞世了。但生下的这个女儿倒还平安无事，今年有十九岁了……”

“哦？”

“出怪事的，就是这个绫子。”

“怎么个怪法？”

“好像是被什么东西附体了。我也不大清楚。”

“噢。”晴明露出心满意足的微笑，看着博雅。

“昨晚忠辅来央求我。听他说的情况，应该和你有关，就带上香鱼过来了。”

“说说具体情况。”

晴明这么一说，博雅便叙述起来。

二

忠辅一家世代以养鱼鹰为业。忠辅是第四代，论岁数已六十有二。

他在距法成寺不远的鸭川西边修建了一所房子，和外孙女绫子相依为命。他的妻子于八年前过世，只有一个独生女。有男子找上门来，忠辅的女儿为这男子生下一个孩子，就是外孙女绫子。

忠辅的女儿——即绫子的母亲，在五年前绫子十四岁上，患传染病去世，年仅三十六岁。

那相好的男子说要带绫子走，但这事正在商谈中，他也得传染病死了。于是忠辅和绫子一起过日子，已经五年了。

忠辅是养鱼鹰的能手。他能一次指挥二十多只鱼鹰，因其高超的技巧，有人称他为“千手忠辅”。

他获允进出宫中，在公卿们泛舟游湖的时候，经常表演捕鱼。

迄今也有公卿之家提出，想收忠辅为属下的养鱼鹰人，但被他拒绝了，继续独来独往地养他的鱼鹰。

忠辅的外孙女绫子好像有恋人了。约两个月前，忠辅发觉了此事。似乎有男子经常上门。

忠辅和绫子分别睡在不同的房间。

绫子十四岁之前，一直和忠辅同睡在一个房间。但母亲去世后约半年，绫子就单独睡到另一个房间去了。一个月前的某个晚上，忠辅察觉绫子的房间里没有人。

那天晚上，忠辅忽然半夜醒来。

外面下着雨。柔细的雨丝落在屋顶，给人一种湿漉漉的感觉。

入睡前并没有下雨，应该是下半夜才开始的。大约刚过子时吧。

为什么忽然醒过来了呢？

忠辅这么想时，外面传来一阵哗啦哗啦的溅水声。

“就是因为它！”

忠辅想起睡眠中听见过完全一样的声音。这水声打扰了他的睡眠，似乎有什么东西在庭院的沟渠里跳跃。

忠辅从鸭川引水到庭院里，挖沟蓄水，在里面放养香鱼、鲫鱼和鲤鱼等。所以，他以为是鲤鱼之类的在蹦跳。

想着想着，他又迷迷糊糊地进入了浅睡，这时又响起了哗啦哗啦的声音。

说不定是水獭之类来打鱼的主意了。如果不是水獭，就是有只鱼鹰逃出来，跳进了沟里。

他打算出去看看，便点起了灯火。

穿上简单的衣服，就要出门而去。忽然，他想起外孙女绫子，因为家里实在太静了。

“绫子……”他呼唤着，拉开门。

屋里却没有本应在那里睡觉的绫子。晦暗狭窄的房间里，只有忠辅手中的灯火在晃动。

心想她也许是去小解了，却莫名地升起不安的感觉。

他打开门走出去，在门外和绫子打了个照面。

绫子用濡湿般的眸子看看忠辅，不作一声，进了家门。

可能是淋雨的原因，她的头发和身上穿的小袖湿漉漉的，仿佛掉进了水里似的。

“绫子……”

忠辅喊她，但她没有回答。

“你上哪儿去了？”

绫子听见忠辅问她，却没有转身，径直进了自己的房间，关上房门。

那天晚上的事仅此而已。

第二天早上，忠辅追问昨晚的事，绫子也只是摇头，似乎全无记忆。绫子的神态一如往常，甚至让忠辅怀疑自己是否睡糊涂了，是在做梦。后来也忘掉了这件事。

忠辅又一次经历类似的事，是十天之后的晚上。

和最初那个晚上一样，夜半忽然醒来，听见水声，仍是来自外面的沟渠。

哗啦哗啦！

声音响起。不是鱼在水中跳跃，是一件不小的东西叩击水面的声音。侧耳细听，又是一声“哗啦”。

忠辅想起了十天前的晚上。

他轻轻起床，没有穿戴整齐，也没有点灯，就悄然来到绫子的房间。

门开着。从窗户照进来幽幽的月光，房间里朦胧可辨，空无一人。

一股异臭扑鼻而来，那是野兽的臭味。

用手摸摸褥子，湿漉漉的。

哗啦！

外面传来响声。

忠辅蹑足悄悄来到门口，手放在拉门上。他想拉开门，但随即又打消了念头。

他担心弄出声音的话，会让在水沟里作响的家伙察觉，于是从屋后悄悄绕出去，猫着腰绕到水沟那边，从房子的阴暗处探头窥视。

明月朗照。月光下，有东西在水沟里游动。

那白色的东西，是一个裸体的女人。

女人把身体沉到齐腰深的水里，神情严肃地俯视水中。

“绫子……”忠辅惊愕地喃喃道。

那女人正是外孙女绫子。

绫子全身赤裸，腰以下浸泡在水里，炯炯有神的双眼注视着水中。

月光满地，清辉洒在绫子濡湿的白净肌肤上，亮晃晃的。

那是美丽却不同寻常的境况。

绫子嘴里竟然衔着一条大香鱼。眼看着她从鱼头开始，活活吞食那条香鱼，发出嘎吱嘎吱的声音。

这一幕令人惊骇。

吃毕，绫子用舌头舔去唇边的血迹。那舌头比平时长一倍以上。

哗啦！

水花溅起，绫子的头沉入水中。

当绫子的脸重新露出水面时，嘴里这回叼着一条鲤鱼。

忽然，从另一个方向响起了“啪啪”的声音，是拍手声。

忠辅转眼望着那边的人影。

水沟边上站着一名男子。他中等个头，脸庞清秀，身穿黑色狩衣，配黑色的裙裤。

因为他的这身打扮，忠辅刚才没有发觉那里还有一个人。

“精彩，精彩……”

男子微笑着，看着水中的绫子。

他除了鼻子大而尖，外貌上并无特别之处。脸给人扁平的感觉，眼睛特别大。

男子嘴巴一咧，不出声地微笑着，低声说道：“吃吧。”

绫子便连鱼鳞也不去，就从鱼脑袋啃起，开始大嚼衔在嘴里的大鲤鱼。

真是令人毛骨悚然。

绫子就在忠辅的注视下，将整条鲤鱼吞食了，然后又潜入水里。

哗啦一声，她的头又露出水面，口中衔着一条很大的香鱼。

“绫子！”忠辅喊了一声，从房子的暗处走出来。

绫子看见了忠辅。就在那一瞬间，被抓住的香鱼猛地一挣扎，从她嘴里挣脱了。

在水沟的水往外流出的地方，有竹编的板子挡着。这是为了让水流走，而水中的鱼逃脱不了。

挣脱的香鱼越过竹编的挡板，向前面的小水流蹦跳过去。

“真可惜！”绫子龇牙咧嘴地嘟囔着，嘶地呼出一口气，根本不像人的呼吸声。她扬起头，看着忠辅。

“你在干什么？”

忠辅这么一问，绫子嘎吱嘎吱地磨着牙，神情凄楚。

“原来是外祖父大人光临了……”沟边的黑衣男子说话了，“那就下次再来吧！”

他纵身一跃，随即消失在黑暗中。

三

“呵呵。”晴明不由得感叹起来，他愉快地眯缝着眼，看着博雅说，“很有意思呀。”

“别闹啦，晴明，人家为难着呢。”

博雅郑重其事地望望笑意盈盈的晴明。

“接着说呀，博雅。”

“好。”博雅回答一声，上身又向前探出，“到了第二天早上，绫子又完全不记得自己昨晚的所作所为了。”

“那……”

“现在才说到要紧的事。到这时，忠辅才发现问题。”

“他发现了什么？”

“绫子已经怀孕了。”

“哦？”

“看上去腹部已经突出，行动有些不便了。”

“哦。”

“绫子的母亲也曾经是这样。如果绫子也学她母亲，与找上门来的男子幽期密会，因而怀孕，忠辅实在很伤心。他都六十二岁了，不知能照料绫子多久。是一段良缘的话，就尽可能嫁到那男子家里好了；实在不行，做妾也罢。他甚至都考虑到这一步了。”

“噢。”

“可是，晴明啊……”

“嗯。”

“那个对象似乎并不寻常。”

“看来也是。”

“甚至让人觉得是个妖怪。”

“嗯。”

“于是，忠辅就想了个法子。”

“他想了个什么法子？”

“因为问绫子也得不出个所以然，忠辅便想，干脆直接揭开他的真面目。”

“有意思。”

“得了吧，晴明。结果忠辅决定打伏击。”

“噢。”

“好像那上门的男子是先到绫子的寝室，再带她外出，让她吃鱼。”

“噢。”

“忠辅通宵守候，打算那男子来时趁势抓住他。即使抓不住，也要问清楚他究竟打算怎么办。”

“噢。”

“他就守候着。可是那天晚上没等着，第二天晚上也没见那男子来。”

“不过，总会等到的吧。”

“等到了。”博雅答道。

四

忠辅一到晚上，便通宵守候。

绫子一入睡，他立即爬起来，在寝室里屏息静候。他怀里藏了一把柴刀。

但是，在他守候的时候，那男子却总不出现。

第一个晚上平安无事，不知不觉就到了黎明时分。

第二晚、第三晚也是如此。

忠辅每天只能在黎明到天亮的时间里打个盹儿。

直到第四晚，又到黎明时分，忠辅已开始怀疑，是否因为那天晚上事情被自己撞破，那男子不会再来了。

就这样，到了第五天晚上。忠辅一如既往，在自己的寝室里盘腿而坐，抱着胳膊静候。

四周漆黑一片。他眼前浮现出绫子近来迅速变大的腹部，不禁升起一股怜意。

黑暗中隐约传来绫子睡眠中的呼吸声。听着听着，一阵倦意袭向忠辅。他迷糊起来。

室外饲养的鱼鹰发出的嘈杂声惊醒了忠辅。他睁开眼睛。

这时候，黑暗中有人笃笃地叩门。

他起身去点灯。门外有人说话。

“忠辅先生……”

忠辅持灯开门，眼前站着那天晚上见过的男子。他身着黑衣、黑裙裤，脸庞清秀。一名十来岁的女童跟在他身边。

“您是哪一位？”忠辅问对方。

“人们叫我‘黑川主’。”男子答道。

忠辅举灯照着，再三打量这男子和女童。

男子虽然模样清秀，但总有一股贪鄙的气息。头发湿漉漉的，身上散发着一股直呛鼻孔的兽类的臭味。

被灯光一照，他就像感到目眩似的把头扭向一边。

女童的嘴巴怎么看都显得太大。

有点不妙。应该不是人类，是妖怪吧。忠辅心想。

“黑川主大人，有何要事光临敝宅？”忠辅问道。

“绫子姑娘太美了，我要娶她。”

真是厚颜无耻。

他一张嘴，一股鱼腥味就扑面而来。他和女童是走夜路来的，手上却没有灯火，肯定不是人。

忠辅且让两人进屋，然后绕到他们背后。他伸手入怀，握紧柴刀。

“绫子姑娘在家吗？”

忠辅照着正在说话的黑川主背部猛劈一刀，却没有砍中的感觉。刀刃只砍中黑川主一直穿着的狩衣，狩衣一下子掉到地上。

定神一看，绫子房间的门开着，赤裸的黑川主站在屋里。他背对着忠辅，屁股处正好露出一条黑乎乎的粗尾巴。

混账！

忠辅想迈步上前，脚下却动弹不得。不仅是腿脚，他竟保持着握柴刀的姿势僵立在那里。

绫子带着欢喜的笑容站起来。忠辅就站在旁边，但她似乎根本没有注意到。

绫子脱去身上的衣物。从窗外透进来的月光映照着她洁白的身体。

两人紧紧拥抱在一起。

绫子松开手，先躺下了。两人就在忠辅的眼前颠鸾倒凤，花样百出。

之后，两人光着身子走出房间。

听见了水声。他们似乎在抓鱼。

回来时，两人手上各拿着一条活的大鲤鱼，接着就从鱼头起，嘎吱嘎吱地大啃大吃。

鱼骨、鱼尾、鱼鳞一点不剩。

“我再来哦。”

黑川主说完，离去了。这时忠辅的身体终于能动了，他冲到绫子身边。

绫子微微打着鼾，睡得正香。

第二天早上，绫子醒了，但她仍旧没有任何记忆。

之后，那男子每天晚上都出现。

无论忠辅想什么办法，到那男子即将出现时，他总会打起瞌睡来。等他从迷迷糊糊中清醒过来，那男子已在屋内。

男子和绫子在那边屋里颠鸾倒凤一番，然后走到外面，拿着鱼走回来，生生地啃吃。

等男子离开，第二天早上绫子醒来，她还是不记得昨夜的事，只是腹部一日大似一日……

每晚如是。忠辅忍无可忍，只得去找住在八条大道西的智应方士商量。

智应是约两年前从关东来此居住的方士，以能驱除附体邪魔著称。他年约五十，双目炯炯，是个魁梧的长须男子。

“哦哦。”听了忠辅的要求，智应点头应允，抚须说道，“三天后的晚上，我会过来。”

三天后的傍晚，智应果然来到忠辅家。

因为事前商定了有关的安排，忠辅故意让绫子到外面办事，这时还没有回家。

屋子的一角扣着一个竹编的大笼子，智应钻了进去。之前，笼子四周撒了香鱼烧成的灰，智应亲自出马做好了这一切。

到了夜晚子时，黑川主果然又来了。

刚一进门，黑川主便耸耸鼻子说：“奇怪。”

他想了一想，环顾屋内，喃喃自语道：“有别人在吗？”

视线本已扫过笼子，却视若无睹地一瞥而过。

“哦，是香鱼嘛。”黑川主放心似的嘟囔。

“绫子，你在家吗？”他惯熟无拘地走到绫子的房间。

在两人将要开始云雨的时候，智应才从笼子里出来。与往常一样，忠辅动弹不得，智应倒是能活动。

忠辅眼看着智应潜入绫子的房间，从怀里掏出一把短刀。

黑川主看来全然不知，黑尾巴吧嗒吧嗒地拍打着木地板。智应手中的短刀刀尖朝下，猛然将那尾巴扎穿在地板上。

“嗷！”一声野兽的嚎叫，黑川主疼得直跳。但是尾巴被扎在地上，他也跳不起来。

智应从怀里掏出绳子，利索地将黑川主捆绑起来。

现在，忠辅也能动弹了。他冲了过去。

“绫子！”

但是，绫子一动不动，保持着刚才的姿势，双目闭合，鼻子发出微微的鼾声。原来她仍在睡梦之中。

“绫子！”

忠辅一再呼唤，可绫子却依然没有醒来，一直仰面熟睡。

“逮住怪物啦！”智应开口道。

“哎哟，你设计害我啊，忠辅……”

黑川主呻吟着，恨得咬牙切齿。

“绫子还没有醒来！”忠辅对智应说。

“怎么？”

智应先把黑川主绑在柱子上，然后走到绫子跟前。他伸手摸摸，又念起种种咒语，但绫子还是仰面熟睡，没有任何醒来的迹象。

黑川主见此情景，放声大笑。

“她怎么可能醒呢？能让绫子姑娘睁开眼睛的，只有我一个。”

“把解法说出来！”智应喝道。

“我就不说。”黑川主答道。

“快说！”

“你解开绳子我就说。”

“我一解开绳子，你就想溜了吧？”

“嘿嘿。”

“你应该是妖怪而不是人，好歹该现现原形吧……”

“我是人啊。”黑川主说道。

“那你的尾巴是怎么回事？”

“我本来就是那样的。要不是疏忽大意，我才不会让你们这种人得手呢。”

“可我们抓住你了。”

“哼！”

“把叫醒这姑娘的方法说出来！”

“解开绳子……”

这样的对话持续到早晨。

“再不说，挖你的眼珠子！”

“哼！”

黑川主的话音刚落，智应的短刀猛地插入他的左眼。他又发出野兽的嚎叫，但仍不开口。

天亮了。太阳升起，阳光透过窗户射入屋子的瞬间，黑川主的声音变小了。

看出他怕阳光，于是智应把黑川主牵到屋外，绳子的一头捆在树干上。因为绳子长度有限，黑川主便像系着的小狗一样，只能在绳长的范围内自由活动。

在阳光下只待了一会儿，眼看着黑川主就已经失掉元气，蔫了。

“好吧。”黑川主终于开口了，“我说出叫醒姑娘的方法。先给我喝一口水好吗？”

黑川主强打精神，以乞求的眼光望着智应和忠辅。

“给水喝你就说？”智应问道。

“我说。”黑川主答道。

见忠辅用碗盛了水端来，黑川主忙说：“不对不对！用更大的东西。”

忠辅这回用提桶装水拎来。

“还是不行。”黑川主又摇头说道。

“你要捣什么鬼？”智应问道。

“我没有捣鬼。我已经落到这个地步，难道喝口水你还害怕吗？”

黑川主用轻蔑的目光望着智应。

“不给水的话，那女人就得睡到死为止。”

智应不作声。

忠辅弄来一个直径达一抱的水桶，放在地上，用提桶打水倒进去。

水桶满了。黑川主盯着水，两眼发光，抬起头来。

“喝水之前就告诉你。到这边来吧。”

黑川主说道。智应朝黑川主走近几步。

噗！

就在那一瞬间，黑川主猛然一跃而起。

“啊！”

智应连忙退到绳子拉到最大限度也够不着的地方。

谁想到，令人难以置信的事情发生了。

在空中，黑川主的脖颈一下子拉长了一倍多，嘎吱一声咬住了智应的头。

“哎呀！”

就在忠辅惊叫的同时，鲜血从智应的头上喷涌而出。

黑川主向忠辅回过头来。那是一张野兽的脸，长着细密的兽毛。

他向前跑了数步，一头栽进装满水的大桶。

一片水花溅起，黑川主不见了踪影。

桶里清澈的水微微荡漾，水面上只漂浮着原先捆绑黑川主的绳子。

五

“算得上惊心动魄啦。”晴明点点头说道。

“就是啊。”

博雅答道。听得出他尽量抑制着激动的心情。

“对了，那位方士怎么样了？”晴明又问。

“哦，据说保住了性命，但恐怕要有很长一段时间都出不了门。”

“那姑娘呢？”

“还昏睡着呢。据说她只在黑川主晚上来的时候才会醒来，恩爱一番之后，又睡过去。”

“哦。”

“哎，晴明，这事你是不是可以帮帮忙？”

“能不能帮上忙，得去看了才知道……”

“对对。”

“刚才吃了人家的香鱼嘛。”

晴明的目光转向昏暗的庭院。有一两只萤火虫在黑夜里飞来飞去。

“你肯去吗？”博雅问晴明。

“去。”晴明又接着说，“就效仿那位方士，也来捆上那怪物……”

晴明的目光随着萤火虫移动，嘴角浮现一丝微笑。

六

“这样应该可以了。”

晴明打量着水桶，说道。

“这样有什么用？你这样做到底有什么打算呢？”

博雅满脸疑惑。

他所说的“这样做”，是指晴明刚刚才做好的准备。

晴明拔了自己好几根头发，打结接长，绕桶一周，最后打结绑好。

博雅问这样做的目的。晴明笑而不答。

忠辅的房子在鸭川附近。屋前有一道土堤，流水声从堤那边传来。

“接下来只需等到晚上了。”晴明淡淡地说道。

“真的行了？”博雅显得忧心忡忡，手按着腰间的长刀，说道，“让它进屋，猛地给它一刀，不就了结了吗？”

“别急嘛，博雅。你要是把妖怪干掉了，却不能弄醒姑娘，还是解决不了问题。”

“对对。”博雅嘟囔着，松开了握刀的手。看来他属于那种总是缺根弦的性子。

“哎，晴明，我能干点什么吗？”

“没你的事。”晴明说得很干脆。

“哼！”博雅有点不服气。

“马上就天黑了，到时候你就躲在笼子里，当作看一场好戏。”

“知道啦！”

晴明和博雅一对一答之际，夕阳已经西下。晚风徐徐吹来，夜幕降临了。

博雅藏身笼中，手里一直紧握刀柄。手心里一直汗津津的。

笼子四周被晴明糊上了香鱼的肠子，腥味直冲博雅的鼻孔。香鱼的味道不算难闻，但老是闻着它的味儿，也真叫人受不了。

而且天气很热。围在身边的只是竹子，没想到就热成这样。博雅浑身汗如雨下。

“这样跟那位方士做法一样，能行吗？”

博雅进入笼子前问道。

“没问题。人也好动物也好，都会被同一个谎言骗两次的。”

听晴明这么说，博雅就进了笼子。

到了子时，果然传来笃笃的敲门声。

“外祖父大人，请开门。”一个声音响起。

忠辅打开门，黑川主进了屋，还是一身黑色狩衣的打扮，左眼仍旧血糊糊的。

黑川主一进门，便翕动鼻子。

“哈哈哈——”他的嘴唇向上缩起，唇下露出尖利的牙齿，样子十分恐怖，“外祖父大人，您又请了何方神圣啊？”

听了这句话，博雅握紧了手中的刀。

晴明真浑，还说能骗人家两次！

博雅下定决心，只要黑川主走过来，就狠狠地砍它一刀。他拔刀在手，摆好架势。

借着灯盏里小小的灯光，知道站在门口处的黑川主正望着这边。他的身边还有一个小童。

博雅和黑川主目光相遇了。

但是，黑川主并没有打算走过来。

博雅心想，既然如此，我推掉笼子扑上去好了。但他发觉自己的身体居然动弹不得。

“别动啦。等我跟绫子恩爱之后，再慢慢收拾你吧。”黑川主朝着博雅的方向说道。

他原地一转身，走进了绫子的房间。

“绫子……”黑川主在寝具旁跪下，但一只白净而有力的手敏捷地从寝具下伸出，抓住了黑川主的手，劲道十足。

“怎么回事？”

黑川主想要拨开那只手，寝具此时忽然掀开了。

“老实点吧！”

随着一声冷冷的呵斥，从寝具下站起来的人正是晴明。他的右手握紧了黑川主的手。

“哎哟！”

未等黑川主逃跑，他的脖颈已经套上了绳子。

这条绳子把黑川主的脑袋紧紧捆扎起来。紧接着，他的手腕也被绑住了。等回过神来，他已经被晴明捆得结结实实。

“黑川主大人！黑川主大人！”

女童蹦跳着，叫喊着主人的名字。晴明抓过女童，也捆绑起来。

晴明走近忠辅，右手摸摸忠辅的额头。

仿佛有清凉如水的液体从晴明手心流向忠辅的额头，接下来的瞬间，忠辅就能活动了。

“怎么啦，博雅？”

晴明拿开笼子，问道。博雅仍旧保持着单膝跪下、右手握刀的姿势。

晴明的右手一摸到博雅的额头，博雅便能动了。

“晴明，你太过分了。你说过没事的……”

“我是说过，但那是骗你的。对不起，请多多包涵。”

“骗我？”

“我打算让黑川主把注意力放在你那边，然后趁机抓住他。多亏你帮忙，事情总算顺利完成。”

“一点也不顺利！”

“对不起了。”

“哼！”

“请原谅，博雅……”

晴明脸上挂着毫不介意的微笑。

七

“给点水喝吧。”

黑川主说这话的时候，正是烈日当空。他依旧被捆在上次那棵树上。

从太阳初升起，他就吐着舌头，开始喘气了。

他依然一身黑衣。头顶夏日阳光明媚。闲待着也觉得热，更何况一身黑衣，还被捆绑着，就更吃不消了。

明眼人一眼就能看出，黑川主的皮肤已经干皱起来。

“要水——吗？”晴明说道。

“是。给点吧。”

“如果给你水，你会说出弄醒绫子的方法吗？”

晴明身穿一件宽松轻薄的白衣，坐在树荫下，美滋滋地喝着沁凉的水，望着黑川主。

“当然会说。”黑川主立刻答道。

“好吧。”

见晴明这么说，忠辅再度搬来大水桶，放在黑川主跟前。

用小桶从沟里打水，再一一倒进大桶。不一会儿，大桶已经装满水。

“好吧，我喝水前就告诉你。请到这边来。”黑川主说道。

“这样就行。说吧，我听得见。”

“让别人听去是不行的。”

“我从来不介意别人听见。”

晴明淡淡地说。他津津有味地喝了一口竹筒里的水，喉头美妙地咕嘟一声。

“你不过来我就不说。”

“要说，你就在那里说吧。”

晴明自在得很。

水就在眼前，黑川主眼睛发亮，眼神里甚至带有疯狂的味道。

“哎哟哟，水啊水！让我到水里去吧……”他呻吟起来。

“不必客气呀。”晴明应道。

黑川主终于屈服了。

“我原想咬烂你的喉咙。”

他张开血红的大口，悻悻地说道。接着，他忽然一头栽进水里。

水花四溅。水面上只漂浮着黑川主的黑衣和绳子。

“这是怎么回事？”

博雅冲到水桶边，从水里捞起绳子和水淋淋的黑衣。

“他不见了。”

“他还在。只是改变了形态而已。”说着，晴明来到博雅身旁，“他还在这里面。”

“真的？”

“我用头发圈定了界限，就是为了不让他变身逃走，所以他还在这里面。”

晴明把目光转向一旁呆呆看着他们的忠辅。

“能拿条香鱼来吗？”他问忠辅，然后又简短地说道，“鱼，还有细绳子。”

忠辅按照吩咐送了上来。香鱼还在小桶中游动。

晴明把小绳子绑在大水桶上方的树枝上，一端垂下活的香鱼。香鱼被吊在空中，挣扎着。

香鱼下方就是黑川主跃入其中、不见了踪影的大水桶。

“这是要干什么，晴明？”博雅不解地问。

“等。”晴明说着，盘腿而坐。

“请多预备些香鱼，好吗？”

晴明对忠辅说。忠辅用小桶装了十余尾香鱼送来。

博雅和晴明隔着黑川主隐身的水桶，相对而坐。

水桶上方悬吊的香鱼不动弹了，晒干了。

“再来一尾。”

晴明说着，解开小绳捆着的香鱼，换成另一条。这条刚换上的香鱼在水桶的上方扭动挣扎。

晴明用手指破开刚解下来的香鱼的腹部，让一滴滴鱼血滴落在水桶中。血滴落水的瞬间，水面骤起泡沫，随即消逝如旧。

“哎，晴明，刚才的情况看到了吗？”博雅问道。

“那当然。”晴明微笑着，又咕哝道，“很快就好了。它忍不了多久的。”

时间在流逝，太阳开始斜照。

博雅有些不耐烦了，他探望着桶里。

晴明站起来，垂下第七尾香鱼。香鱼在水面上方扭动，在阳光下鳞光闪闪。

就在此时，桶里的水开始涌动。水面缓缓出现了旋涡。

“快看！”博雅喊道。

旋涡中心本应是凹陷状，此时却相反，鼓凸起来。不一会儿，涌起的水变得黑浊。

“出来啦。”晴明低声说道。

黑浊的水更显浓重，忽然从中跃出一只黑色的动物。

就在那动物咬住悬吊的香鱼的瞬间，晴明伸出右手，一下捏住兽头。

“吱吱！”

那动物咬着香鱼不放，一边尖叫。原来是一条经岁的水獭。

“这就是黑川主的真身啦。”晴明轻松地说道。

“啊！”忠辅惊叫起来。

水獭看见忠辅，丢下嘴里的香鱼，哭叫道：“吱吱！吱吱！”

“你对这家伙有印象吗？”晴明转向忠辅，问道。

“我记得它。”忠辅点点头。

“是怎么回事？”

“很早以前，有一家子水獭来糟蹋我沟里的鱼，让我很伤脑筋。约两个月前，我偶然在河里发现了水獭的窝，就把那里面的一只雌水獭、两只小水獭杀掉了……”

“噢。”

“这应该是当时幸存的一只吧。”忠辅喃喃道。

“还真有这事。”晴明叹息般说道。

“好啦，剩下的就是一直沉睡不醒的绫子姑娘了……”晴明拎起水獭，举到和自己对视的高度，问道，“姑娘腹中之子，可是你的？”

水獭的脑袋耷拉下来。

“你也心疼自己的孩子吧？”

水獭又点点头。

“怎么才能让姑娘醒过来？”晴明注视着水獭问道。

水獭在晴明面前不停地动着嘴巴，像在诉说什么。

“哦哦，是那女童吗？”晴明又问道。

所谓“女童”，就是昨晚作为黑川主的随从跟来的女孩子。

“女童怎么了？”博雅问道。

“它说让绫子姑娘服食女童的胆囊就行了。”

“啊？”

“带女童过来，博雅。”

屋子里还关着昨晚和黑川主一起抓住的女童。博雅把女童带了过来。

“让她浸一下水。”晴明对博雅说道。

博雅抱起女童，从脚尖开始浸水。水刚过脚腕，女童便悄然溶在水中。水里顿时游动着一条大头鱼。

“哎呀，现在要忙得不得了啦！”

“有什么不得了，晴明？不是吃下这鱼的胆就可以了吗？”

“不是指这个。是孩子的问题。”

“什么?！”

“怀上水獭的孩子，应该在六十天左右就会生产。”

此时，屋内传出女子的呻吟声。忠辅飞奔入屋，马上又跑回来。

“绫子怕是要生产了。”

“鱼胆稍后再剖。绫子姑娘睡着时生产更好。”

晴明松开了按着水獭脑袋的手。但是，被放在地上的水獭也没有要逃走的意思。

晴明边向屋子走，边回头望向博雅，问道：“过来吗，博雅？”

“用得着我吗？”

“没有没有。想看就过来。”

“不看。”博雅答道。

“也好。”

晴明独自进了屋。水獭也跟进屋里。

不一会儿，晴明便出来了，只说了一句“行啦”。

“结束了？”

“生下来后，我就把它们放到屋后的河里去了。运气好的话，应该会长大。”

“黑川主呢？”

“和它的孩子一起走了。”

“可是，人怎么可以生下小水獭？”

“也是有可能的吧。”

“为什么？”

“我们昨晚不是谈论过咒的问题吗？我说过，基本上都是一样的……”

“……”

“人的因果也好，动物的因果也好，从根本上说是一样的。一般说来，人和动物的因果不发生关系，因为加在其上的咒不同。”

“噢。”

“但是，如果对那因果施以同样的咒，就有可能出现那种情况。”

“真是奇妙。”博雅心悦诚服地点着头。

“不过，那也好，博雅。”晴明说道。

“什么也好？”

“你没看那回事。”

“哪回事？”

“就是人的因果和动物的因果相交生下的孩子嘛。”

晴明说着，皱了一下眉头。

“嗯。”博雅老老实实地点点头。

蟾蜍

一

“真不得了！”

博雅从刚才起，便呷一口酒叹息一回，发出情不自禁的赞叹。

“好事一桩啊！”

就在晴明宅邸的外廊上，博雅粗大的手臂交叉伸进两只袖子里，盘腿而坐，自顾自点着头，正对什么事情赞不绝口。

不久前，朝臣源博雅上门拜访安倍晴明。

他一如既往，腰挂长刀，不带随从，飘然而至。穿过杂草丛生的庭院，进了门招呼一声：“喂，晴明，在家吗？”

于是，从寂静无声的里屋传出一个女子的声音：“来了！”

房间里走出一名二十三四岁的长发女子，她肤色白净，步态轻盈，穿一件多层重叠的沉重唐衣。衣饰厚重，脚下却轻飘飘的，仿佛一阵轻风也能将她刮起的样子，令人难以置信。

“博雅大人——”女子轻启朱唇，呼出博雅的名字。虽是初次见面，她却似早已熟悉来宾的姓名，“主人一直在等待您的光临。”

在女子的引领下，博雅来到外廊上。

这里是房子外侧的窄廊。有顶盖而无套窗，是个任由风吹日晒的地方。晴明随意地盘腿而坐，背靠着壁板，眼望庭院。院中一直任由野草自由生长。

博雅随女子来到这里后，偶尔回头，本应仍在那里的女子已经不见了踪影。

不经意地望一眼身后的房间，却见那里有一架屏风，上面画了一名女子。再细看，与刚才在身边的女子倒有几分相像……

“噢。”博雅一时对那幅美人画看得入了迷。

时值长月——阴历的九月七日。以阳历算的话，就是十月的上旬。

博雅脸上略带红潮，两眼放光。这个年轻人似乎有点激动。

“怎么啦，博雅？”晴明将望向庭院的视线移向博雅。

博雅回过神来，本想就那幅画说些什么，却又改变了主意，决定直奔主题。

“哎，晴明，今天在清凉殿上听说了一件趣事，想跟你说说，所以就过来了。”

“有趣的事情？”

“对呀。”

“是什么事？”

“是关于蝉丸法师。”

“哦，是蝉丸法师的事……”

晴明知道蝉丸其人，昨夜还和博雅一起见过他。

蝉丸是一位失明的琵琶法师，也可以说是博雅的琵琶老师。

这位博雅身为粗鲁的武士，却深谙琵琶之道，也会弹奏。他在蝉丸门下风雨无阻地奔走了三年，终于学到了著名的秘曲《流泉》、《啄木》。

因为这个缘故，去年从异国之鬼手中取回紫宸殿失窃的琵琶玄象时，晴明和蝉丸见了面。

“蝉丸法师怎么了？”

“蝉丸法师可真是琵琶高手啊，晴明。”

“嗯，你是说去年玄象失窃那件事吗？”

“不不，就是一个月前的事。”

“哦？”

“这位蝉丸法师被请到近江的一处宅子啦。”

“是去弹奏琵琶吗？”

“不是请蝉丸法师专程去弹琵琶。当然，那天他也弹了一曲。那宅子的主人是他的熟人。那位主人找了个理由，把他请了过去。”

“噢。”

“但那宅子的主人其实不是为了那件事叫法师去的，他另有目的。”

“什么目的？”

“那位主人有个熟人，也算琵琶高手。于是，主人便想让蝉丸听听那人的技艺究竟怎么样。”

“噢。”

“其实是那位熟人请宅子主人安排此事。但你知道，蝉丸法师可不会答应专程去做这样的事。”

“于是，就假托有事请蝉丸法师过去？”

“正是这样。”

“那……”

“就在他办完事情的时候，旁边屋里忽然传出琵琶弹奏的声音……”

“是来这么一手啊。”

“没错。蝉丸法师倾听了一会儿，然后就把手伸向放在身旁的琵琶，开始弹了起来……”

“噢。”

“那是我很想听的呀，晴明。蝉丸法师当时弹的是秘曲《寒樱》啊。”

粗人博雅一副心驰神往的样子。

“然后怎么样了？”晴明问博雅。

“你说呢！当这位蝉丸法师开始演奏没有多久，从隔壁房间传来的琵琶声忽然停止了……”

“原来是这样。”

“主人不明白是怎么回事，派人过去瞧瞧，结果发现本应该在里面的那位弹琵琶的熟人已不知所踪。就在这时，宅邸的看门人来报，说刚才弹琵琶的人出现过，留下‘于愿足矣’的话就出门而去……”

“呵呵。”

“众人不解其意，便回到房间向蝉丸请教。蝉丸笑而不答。派人追上先前弹琵琶的熟人问个究竟，他也不回答。稍后才明白了其中的理由……”

“是什么理由？”

“你继续听嘛，晴明。蝉丸法师勾留了几日，到了终于要离去的前一晚……”

“噢？”

“那天，主人和蝉丸外出，到一位和主人相熟、据说有公卿血统的人家里，在那里也发生了类似的事。”

“这位据说有公卿血统的人，也找了个会弹琵琶的人在旁边的房间里弹琵琶？”

“正是。那人听说了数日前的事，就搞了这样的名堂。”

“哦……”

“一开始大家天南地北地闲聊，后来到了晚上，又传来了琵琶声。但是，蝉丸法师只是稍微留意了一下，对那琵琶声不予置评，也没有要弹琵琶的意思……”

“噢。”

“于是，那位据说有公卿血统的人不耐烦了，就向蝉丸法师发问。”

“问了些什么？”

“他问：‘法师，这琵琶弹得怎么样？’”

“哦……”

“蝉丸法师答道：‘正如您听到的那样……’”

“然后呢？”

“据说那人又说：‘要是法师在此弹奏琵琶，该多美妙啊。’”

“……”

“‘岂敢，岂敢！’蝉丸法师这样答道。”

“……”

“又问：‘那边的琵琶声就会自动停止吧？’法师就答：‘不会吧。’”

“呵呵。”晴明的兴头来了，两眼放光。

“经再三恳求，蝉丸法师终于弹了琵琶。”

“结果怎么样？”

“对面的琵琶声没有停止，又弹完三支曲子，才终于停下来。”

“原来是这样。”

“那位请蝉丸法师去住的宅子主人，想不通这件事，在离开那家人之后，他问蝉丸法师：‘前些时候听的琵琶，和今晚听的琵琶，哪一个更高明些？’”

“哦？”

“蝉丸法师只是摇头，笑而不答，就这样回去了。晴明，这件事你怎么看？”

“嘿，博雅，你要考我？”

“哈哈，你总是说那些摸不着头脑的事，什么咒啊之类的。”

博雅露出笑容。

“所谓‘怎么看’，就是让我判断前一位与蝉丸较量的人，和后一位与蝉丸较量的人，哪一个水平更高吧？”

“就是这个意思。”

“问你一个问题，博雅，你觉得这世上还有能跟蝉丸法师比肩的琵琶师吗？”

“应该没有。”博雅毫不迟疑地答道。

“那么，哪个更好不是显而易见的吗？”

“你倒说是哪一个？”

“应该是前一个——中途停止的那个吧。”

“正是这样。真吓我一跳啊，晴明。”

“不出所料。”

“什么‘不出所料’？你是怎么知道的？告诉我！”

“前后两人水平都不及蝉丸法师，没错吧？”

“没错。”

“这样的话，答案不是很简单吗？”

“怎么个简单法？”

“前面那个人，他听了蝉丸法师弹的琵琶，自己就停下来，是因为他听了高手的演奏，自感汗颜。”

“哦。”

“也就是说，他还是有那么一点水平，听得懂蝉丸法师的琵琶。第二个人连蝉丸的琵琶有多高明也听不出来，只知道没头没脑地弹下去。”

“哎呀，真是这么回事哩，晴明。”

“博雅，你从何得知此事？”

“有人和蝉丸一道去了近江，这人在归途中，听蝉丸法师无意中提及那两人的琵琶。我是在清凉殿上听他说的。也就是今天白天的事。”

“哦。”

“唉，”博雅抱着胳膊，望着晴明说，“蝉丸法师真是有涵养的人啊。”

博雅为此一直感叹不已，不时点点头。

“特别想跟你说说这事，所以今晚有空就过来了。”

“我的酒兴让你勾起来了。”

“也好。”博雅已应允喝个痛快，但晴明却轻轻摇了摇头。

“虽然想喝，今晚却不行。”

“为什么？”

“还有要事。刚刚要出一趟门的，后来知道你今晚会来，就等你了。”

“是一条戾桥的式神通知你的？”

“啊，有那么回事。”

盛传这位晴明在桥下安置了式神，必要时可叫出来使唤。

“怎么样，和我一起去？”

“一起？”

“我这就要出门了。”

“方便吗？”

“是你嘛，应该没有问题。”

“那，你这是去干什么呢？”

“与蟾蜍有关。”

“蟾蜍？”

“说来话长，你要是去的话，路上再跟你说。”

虽然是对博雅说的，但晴明的视线不在博雅身上，而是望向茫茫黑夜中的庭院，眼神中有一种超然物外的味道。

晴明肤色白净，双唇微红。他微笑中带着一丝蜜意，将视线由庭院移到博雅身上。

“你如果来的话，有一两件事会帮上忙。”

“那就走吧。”

“好。”

“走吧。”

“走。”

事情就这样定下来了。

二

他们乘车前往。

这是牛车，拉车的是一头大黑牛。

长月之夜，弯而细长的上弦月挂在天上，有如猫爪。

经过朱雀院前面，由四条大道折向西这一段，博雅是认识的，但再拐几个弯之后，博雅就不认得路了，就像一直在附近打转似的。

上弦月的朦胧光线自天而下，月亮太小，四周近乎一片漆黑。只有天空发出混沌的青光。但与地上的黑暗相较而言，天空的颜色简直谈不上有光存在。

空气湿漉漉。皮肤凉浸浸，但身上却汗淋淋的。

既是长月，即使在夜间也不应觉得寒冷才对，但透过帘子吹进来的风却带着寒意。尽管如此，身上的汗还是出个不停。博雅都弄不清哪种感觉更真实一些。

车轮碾过沙石的声音，由臀部传送进体内。

晴明一直抱着胳膊不作声。

真是个不可思议的家伙，博雅心想。

和他一起走到屋外，门前已停着这辆牛车。没有随从，也没有其他人。虽是牛车，却没有牛。

莫非由人来拉这辆牛车?

博雅刚开始这样想，马上就注意到牛车的轭已套上了牛。

那是一头黑色的大牛。

博雅猛然一惊，怎么忽然冒出来那么一头大牛?其实并非如此，只是因为牛身黑色，与夜色浑然一体，他自己没有看清而已。

旁边还有一名女子。她身披层叠的唐衣，就是出迎的那个人。

博雅和晴明钻进牛车，车子便发出沉重的声音往前走。

自出发到现在，已过去了半个时辰。

博雅掀起前面的帘子，向外张望。

夜间的空气融入了树叶清爽、丰熟的气味，钻进车厢里来。

他怔怔地望着黑不溜秋的健硕牛背。

由身穿唐衣的女子前导，他们走向前方的漆黑之中。女子的身体仿佛就要轻飘飘地升空而去，像一阵风似的把握不住。

在黑暗中，女子的唐衣仿佛洒满了磷光，隐隐约约地闪烁，就像一个美丽的幽灵。

“哎，晴明。”博雅开了腔。

“什么事？”

“如果让人家看到我们这副模样，会怎么想？”

“哦，会怎样呢？”

“以为居住在京城的妖魔鬼怪打算回归冥界吧。”

博雅这么一说，晴明的嘴角似乎掠过一丝微笑。黑暗中，那微笑当然是看不见的。但微笑的感觉已经传达给了博雅。

“如果是真的，你又将怎样，博雅？”晴明忽然低声问道。

“哎，别吓唬我啊，晴明。”

“你也知道，传说我的母亲是一只狐狸……”晴明幽幽地说。

“够啦，够啦！”

“喂，博雅，你知道我现在的脸是什么样的吗？”

博雅觉得，黑暗之中，晴明的鼻子已经像狐狸一样噘出来了。

“晴明，别胡说啦！”

“哈哈。”晴明笑了，恢复了平时的声音。

“混账！”长嘘一口气之后，博雅一副怒气冲冲的样子，粗声粗气地说了一句，“我刚才差点就动刀子了！”

“真的？”

“嗯。”博雅憨直地点点头。

“好吓人啊。”

"被吓坏的是我！"

"是吗？"

"你是知道的，我这人太较真。如果认为你是妖怪，可能已经拔刀在手了。"

"哦。"

"明白了？"

"可是，为什么是妖怪就要拔刀？"

"你问'为什么'？"

博雅不知如何回答。

"因为是妖怪嘛。"

"但妖怪也有各种各样的呀。"

"嗯。"

"既有为祸人间的，也有与人无碍的。"

"嗯。"博雅侧着头想，然后径自点点头，很当真地说道，"不过，晴明，我可能会遇上这种情况。"

"嗯，会遇上的。"

"所以嘛，晴明，我求你了，别那样跟我开玩笑。我有时不明白是在开玩笑，结果就会当真。我喜欢你这个人，即使你是妖怪也无所谓，所以不想拔刀相向。但是，如果一下子出现刚才那样的情况，我会不知所措，下意识地就伸手摸刀了。"

"哦……"

"所以，晴明，即便你是妖怪，在你向我说穿时，希望你慢慢说，不要吓着我。那样的话，我就能应付了。"

博雅结结巴巴地说道。真是一番肺腑之言。

"明白啦，博雅，是我不好。"晴明少有地认真说道。

好一阵沉默。车轮碾过地面的声音使人听来更觉得四周寂静。

忽然，刚才抿着嘴的博雅又在黑暗中说话了。

“知道吗，晴明……”博雅直率地说，语调低沉而坚决，“即便你是妖怪，我博雅也站在你这一边。”

“好汉子，博雅……”晴明只说出了这么一句。

只有牛车的声响。车依然向着黑暗中的某个目标前行，弄不清是在向东还是向西走。

“哎，晴明，究竟是向哪里去呀？”博雅忍不住问道。

“那地方，恐怕说了你也不明白。”

“莫非真的要去刚才提到的冥界？”

“大致上说的话，可能也属于那种地方。”晴明说道。

“喂喂！”

“别又去摸刀，博雅。那得稍后一点才需要。你有你的任务。”

“净说些不明不白的话。但是，你总得告诉我，走这一趟是为了什么目的嘛。”

“这话也有道理。”

“我们是去干什么？”

“大约四天前，应天门出怪事了。”

“什么？！”

“你没听说？”

“哦。”

“其实应天门是漏雨的。”晴明忽然说出一件令人意外的事。

“漏雨？”

“它从前就那样。尤其是刮西风的雨夜，一定会漏雨。可查看之后，却发现屋顶并没有问题。这种事嘛，倒是常有。”

“不属于怪事？”

“别急，博雅。虽然屋顶没坏，但漏雨是事实。前些天终于要修理了。有一名木工爬到应天门上仔细检查……”

“噢。”

“在检查时，木工发现，屋顶下有一块木板有些不对劲。”

“怎么回事？”

“哦，他发现那块木板看上去是整块的，但其实是厚度相同的两块板叠起来的。”

“然后呢？”

“他取出那块板，打开一看，两块板子之间竟嵌了一块木牌。”

“是什么木牌？”

“写着真言的木牌。”

“真言？”

“就是孔雀明王的咒。”

“什么是孔雀明王的咒？”

“从前在天竺，孔雀以吃掉毒虫和毒蛇等著称。孔雀明王就是降服魔灵的尊神。”

“噢……”

“也就是说，恐怕是高野或天台的某位和尚，为了抑压魔灵，写下这牌子，放在那里。”

“噢。”

“木工想把牌子取出，结果却把它弄坏了。把它摆回原位的第二天，刮了西风下了雨，可是应天门不漏雨了。但是，当天晚上就出了事。”

“竟有这种事情……”

“看来，不漏雨是要出怪事的。”

“漏雨和怪事之间有联系？”

“不可能没有关系。贴木牌镇邪，大家都在做，可是反噬也很厉害……”

“反噬？”

“比如说，用咒限制怪事，就像用绳子把你捆起来，让你动弹不得。”

“捆我？”

“对。你被捆，生气吧？”

“生气。”

“而且捆得越紧越生气，对不对？”

“那当然。”

“如果费一番功夫弄开了绳子呢？”

“我可能会去砍那个捆我的人吧。”

“这就对啦，博雅。”

“什么对了？”

“就是说嘛，用咒将妖魅限制得太紧的话，有时会适得其反，结果让妖魅变得更恶毒。”

“你好像是在说我啊。”

“只是用你来打个比喻而已。当然不是说你。”

“没事，你接着说。”

“所以得把咒松一松。”

“噢……”

“不要绑得太紧，要有一点点松动的余地。”

“哦……”博雅看上去还是接受不了的样子。

“所谓一点点的松动，就是让它在被封禁的地方，还是能做一点坏事的。以这件事为例，就是用漏雨来体现。”

“不错。”博雅点点头，好歹明白了的样子，“那，怪事又是怎么回事呢？”

“事情发生在第二天晚上。”

“本应该是个刮西风又下雨的晚上吧？”

“没错。木工想弄清楚漏雨到底是怎么回事，就带上徒弟，在那个雨夜上应天门去查看。到了那儿一看，雨不漏了，倒是遇上了怪事。”

“什么怪事？”

“是个孩子。”

“孩子？”

“对。说是有一个孩子，头朝下抱着柱子，瞪着木工和他的徒弟……”

“用手脚抱着柱子？”

“就是那样。用两条腿、两只手。他们正要登上门楼，把灯火一抬高，就发现一个小孩子贴在柱子上，恶狠狠地瞪着他们。”

据说那小孩从高处噗地向两人吐出一口白气。

“嗬！”

“那小孩从柱子爬上天花板，能在六尺多高的空中飞。”

“很小的孩子？”

“对。说是孩子，那张脸倒是蟾蜍的模样。”

“就是你出门前提到的蟾蜍？”

“对。”

“自此以后，每天晚上都出现那怪小孩的事。”

“木工呢？”

“木工一直沉睡到现在，没有醒过来。他有一名徒弟昨晚发烧而死。”

“于是他们就请你出马？”

“嗯。”

“那你是怎么办的呢？”

“贴一块新的牌子，也算是解决问题了，但那么做只是暂时应付。即使有效，漏雨的问题还是会出现。”

“那你……”

“我就尝试多方调查，了解有关这座城门的各种资料。结果发现，在很久以前，出现过相关的问题。”

“噢。”

“很久以前，应天门那里曾死过一个小孩。我是从图书寮查到的。”

“小孩？”

“对。”晴明低声说道。

"还挺复杂的呢。"

说毕，博雅扭头左右张望。车轮碾过地面的感觉一直到刚才还有，此刻却消失了。

"哎，晴明……"博雅欲言又止。

"你发觉了吗？"

"发觉什么？你看……"

既没有车子在走的声音，也没有车子在走的迹象。

"博雅啊，从现在起，你就当所见所闻全是在做梦。就连我，也没有自信来说服你……"

博雅伸手要去掀帘子，黑暗中晴明的手倏地伸出，按住了他的手。

"博雅，你可以打开帘子，但无论你看见什么，在掀起帘子时绝对不能出声。否则不但你的性命不保，连我也有性命之忧。"

晴明松开了博雅的手。

"我知道了……"博雅咕嘟咽下一口唾沫，掀起帘子。

四周一片昏黑。除了黑暗别无一物，连月光也没有。土地的气息也好，空气的气息也好，全然没有。唯有黑亮的牛背在黑暗中清晰可辨。

前方引路的长袖善舞的女子的背影，愈加绽放出美丽的磷光。

"嗬！"博雅不禁在胸腔里叹息一声。

前方的黑暗中噗地燃起苍白的火焰，越来越大，变成鬼的模样。

这鬼眼看着变成了一个头发散乱的女子，她仰望虚空，牙齿咯咯作响。想再看清楚一点，她倏地又变成一条青鳞蛇，消失在黑暗中。再细看一下，黑暗之中有无数肉眼看不清的东西在挤挤碰碰。

忽然，原先看不清的东西又看得见了。

人头忽然闪现，还有类似头发的东西。动物的头、骨、内脏，以及其他不明不白的东西。书桌形状的东西。嘴唇。异形的鬼。眼球。

在形状怪异的东西中间，牛车依旧向着某个目标前行。

从轻轻掀起的帘子缝隙里，令人恶心反胃的微风迎面吹来——是瘴气。博雅放下帘子，脸色苍白。

“看见了吧，博雅……”

晴明刚开口，博雅便沉重地点了点头。

“我看见鬼火了，晴明，它变成鬼的模样，然后又变成女人，最后变成蛇消失……”

“哦。”晴明语气平和。

“哎，晴明，那该是‘百鬼夜行’吧？”

“可以算那么回事吧。”

“看见鬼的时候，几乎喊叫起来。”

“幸好你没喊出来。”

“如果我喊了出来，会成什么样子？”

“它们会马上把整辆车子吞噬，连骨头也不剩下。”

“我们是怎么来到这里的？”

“方法有多种，我用的是当中简易的方法。”

“究竟是什么方法？”

“你知道‘方违’吧？”

“我知道。”博雅低声回答。

所谓“方违”，就是外出时，若目的地是天一神所在的方位，则先向其他方向出发，在与目的地相反方向的地方过一夜，之后再前往目的地。这是阴阳道的方法，用以规避祸神之灾。

“利用京城的大路、小路，做许多次类似的‘方违’，在反复进行的过程中，就可以来到这里。”

“原来如此。”

“不过如此嘛。”晴明平和地说道，“对了，我还有一事相求。”

“说吧，什么事？”

“这辆车是我造的结界，不会轻易让什么东西进来。但偶尔也有闯得进来的东西。我算了一下，今天从己酉算起是第五天，正当天一神转移方位的日子。为了进入此处，要横跨通道五次。在这整个过程中，可能有人来查看。”

“来到车里面？”

“对。”

“别吓唬我，晴明……”

“没吓唬你。”

“是鬼要进来吗？”

“不是鬼，但也算鬼。”

“那么，是人吗？”

“也不是人。但因为你是人，对方如果不是有特别的意思，它就会以人的面目出现，而且说人话。”

“它来了会怎么样？”

“它看不见我。”

“那我呢？”

“它看得一清二楚。”

“它会把我怎么样？”

“它不会把你怎么样。只要你按我说的做就行了。”

“怎么做？”

“来的恐怕是土地之弟，也就是土精。”

“是土地的精灵吗？”

“这么认为也行，因为很难解释。”

“然后呢？”

“它可能会这样问你：既为人之身，为何会来到这种地方？”

“哦。”

“它那样问，你就这样答。”

“怎么答？”

“我日前患心烦之症，于是向友人询问治病的良方，今天蒙友人赠送专治心烦之虫的草药……”

“哦。”

“此药系颠茄草之属，晒干制成，煎服。我服用了相当于三碗的分量。服用之后心气似已平复，正在此间恍惚。你就这样回答。”

“这样就可以了？”

“对。”

“如果还问到其他事呢？”

“不管问到什么，你只管重复刚才那番话就是了。”

“真的那样就行了？”

“行。”

晴明这么肯定，博雅直率地点点头。“明白了。”

这时候，忽然传来敲牛车的声音。

“晴明?！”博雅压低声音问。

“照我说的做。”晴明轻声叮嘱。

车帘被轻轻掀起，出现了一张白发老人的脸。

“咦？既为人身，何故来到此地？”老人开了腔。

博雅控制住差点就向晴明望去的冲动，说道：“我日前患心烦之症，向友人询问治病的良方，今日蒙友人赠送专治心烦之虫的草药……”

他准确地答出晴明教他的话。

“哦……”老人转动着大眼珠，盯着博雅。

“此药系颠茄草之属，晒干制成，煎服。我服用了相当于三碗的分量。服用之后心气似已平复，正在此间恍惚。”

“噢。原来是颠茄草啊……”老人稍稍侧着头，盯着博雅，那对大眼珠又转动起来，“于是，你就魂游于此？”

“顺便提一句，今天有人五次横过天一神的通道，莫非就是你吗？”

老人说毕，嘴巴大张，露出一口黄牙。

“因为服用颠茄草，心神恍惚，什么都闹不清了。”博雅照晴明的嘱咐答道。

“噢。”老人双唇一嘟，向博雅噗地吹了一口气。一股泥土味扑面而来。

“哦？这样你还飞不动吗……”老人咧咧嘴巴，“幸好是三碗。要是四碗的话，你就醒不过来了。如果我给你吹气，你还是不能飞回去的话，大概还要再过一刻，你的魂才可以回去吧。”

老人话音刚落，忽然消失无踪。

挑起的帘子恢复了原样，车内只有博雅和晴明。

三

“哎哟，晴明，真是不得了啊。”博雅惊魂甫定般说道。

“什么事不得了？”

“照你说的做，它就真的走了啊。”

“那是当然。”

“那位老公公是土精吗？”

“属于那种吧。”

“不过，我们也够有能耐的吧，晴明。”

“先别高兴，还有回程呢。”

“回程？”博雅问了一声。他的唇形尚未复原，忽然作倾听状。因为他的身体又能感受到车子碾过泥土沙石的小小声音了。

“哎，晴明——”博雅呼唤。

“你也察觉到了？”晴明问道。

“当然啦。”博雅回答。

两人你一言我一语之间，牛车仍在前行，但不知何时已停了下来。

“好像已经到了。”晴明开口道。

“到了？”

“是六条大道的西端一带。”

“那么说，是返回人间了？”

“不能算返回。因为我们仍在阴态之中。”

“什么是阴态？”

“你就当还是不在人世间吧。”

“现在是在哪里？”

“一个叫尾张义孝的人家门口。”

“尾张义孝？”

“是那怪小孩的父亲的名字……”

“什么?！”

“听我说，博雅！我们这就要到外面去了，到了外面你一句话也不能说，你一开口就可能送命。否则你就待在牛车里面等我。”

“那不行，好不容易才来到这里。如果你命令我不说话，就是肠子让狗拖出来，我也不会开口的。”

看样子真让狗拖走肠子，博雅也会一言不发。

“那好吧。”

“好。”

然后，博雅和晴明下了牛车。两人面前是一所大宅子。

天上挂着上弦月。一名穿唐衣的女子静立于黑牛前，注视着两人。

“绫女，我们去去就来。”

晴明对女子说话，名叫绫女的女子文静地躬身一礼。

四

这里简直就像是晴明家的庭院一样，杂草占尽了整个庭院。风一吹过，杂草摇摆，彼此触碰。

和晴明的宅子不同的是门内只剩园子，没有房子或其他东西。隐隐约约像是有过房子的地方，只躺着几根烧焦的大木头。

博雅一路走一路惊讶不已。行走在草丛之中，却不必拨开杂草。这些草被践踏过也不会歪倒。脚下的草随风摇摆。自己或者草，都仿佛成了空气一样的存在。

走在前头的晴明忽然停住脚步。博雅知道其中的原因。黑乎乎的前方出现了人影。确实是人的影子，是一男一女。

但看清之后，博雅差一点就要命地喊出声来。

两个人都没有头，他们双手捧着自己的头，一直在絮絮叨叨。

“好冤啊……”

“好冤啊……”

两人不住地重复着这句话。

“就因为看见了那只蟾蜍啊……”

“就因为看见了那只蟾蜍啊……”

“我们就成了这个样子呀！”

“我们就成了这个样子呀！”

“好冤啊……”

“好冤啊……”

“没拿竹竿扎它就好啦！”

“没拿竹竿扎它就好啦！”

一个是男人，一个是女人，声音压得很低。

“那样的话，多闻就有命啦！”

“那样的话，多闻就有命啦！”

抱在手里的头，牙齿咬得咯咯响。

多闻看来是两个无头人的孩子。

晴明悄悄来到两人身旁。

“那是什么时候的事呀？”他向两人问道。

“噢噢。”

“噢噢。”

两人应声道。

“那是距今一百多年前的事了。”

“那是清和天皇时代的事了。”

两人这样答道。

“也就是贞观八年，应天门烧毁那一年啦。”晴明插入一句。

“一点不错。”

“一点不错。”

两人恨恨不已。

“正是那一年啊。”

“正是那一年啊。”

捧在手中的头，眼泪在脸上潸然而下。

“发生了什么事？”晴明又问。

“我儿子多闻……”

“才六岁的多闻……”

“他呀，在那里看见了一只蟾蜍。”

“是一只很大的、经岁的蟾蜍。”

“多闻用手中的竹竿，把它扎在地上了。”

“我们是后来才知道的。”

“那只大蟾蜍没有死。”

“它被扎在地上，挣扎个不停。”

“到了晚上还是那样挣扎。”

“第二天白天，它还活着。”

“很可怕的蟾蜍啊。”

“蟾蜍原是不祥之物啊。所以，我们就难逃一劫了。”

“一到晚上，被扎在园子里的蟾蜍就哭叫起来。”

“它一哭，周围就会燃起蓝色的火焰。”

“燃烧起来。”

“好可怕呀。”

“好可怕呀。”

“每次蟾蜍一哭，燃起火焰，睡眠中的多闻就要发烧，痛苦地呻吟。”

“要杀死它，又怕它会作祟。”

“如果拔掉竹竿让它逃生，又怕它脱身之后，闹得更加厉害，正在不知所措的时候——”

“应天门失火了。”

“应天门塌掉了。”

“有人说这件事是我们的责任。”

“有人看见被扎在庭院里的蟾蜍还活着，发着光。”

“那人到处说我们是在行妖术。”

“说应天门是用妖术烧毁的……”

“我们刚去申辩，多闻就发烧死了。”

“唉。”

“唉。”

“真可怜呀。”

“真可怜呀。”

“太气人了，我们就弄死了那只蟾蜍，用火烧掉。”

“把多闻也烧掉了。”

“把那只蟾蜍的灰和多闻的骨灰掩埋了。”

“噢噢。把灰放进这么大的罐子里，在应天门下挖地三尺，埋进去。”

“埋掉啦。”

“三天之后，我们就被抓起来处死了。”

“三天之后，脑袋就成了这个样子。”

“我们早就知道是这个结果。”

“因为事前知道，所以才埋掉了多闻和蟾蜍。”

“只要有应天门，骨灰就会在上面作祟。”

“哈哈。”

“嘿嘿。”

两人发出笑声时，博雅一不留神，脱口而出：“好可怜呀……”

他只是喃喃自语，声音很小，但却很清楚。

两个无头人马上不说话了。

“谁?！”

“谁?！”

捧在手中的脑袋，把凄厉的目光转向博雅。那脸孔是鬼的模样。

“快逃，博雅！”

博雅被晴明拉住手腕，猛扯一把。

“是这边！”

博雅飞奔起来，身后传来喊叫声：

“别让他跑掉！”

一回头，见两个无头人紧追不舍。他们手上的脑袋是鬼的模样，追赶的身子像是在空中飞翔。

这回完了。

“对不起，晴明！”博雅手按刀柄，“我在这里顶着，你快逃！”

“不要紧，快上牛车！”

一看，牛车就在眼前。

“进去，博雅！”

两人钻进牛车。牛车吱呀一声走动起来。

不知从何时起，周围又是漆黑一团，什么也看不见了。

博雅掀起帘子向后望去，只见群鬼在后追赶。

“怎么办，晴明？”

“我已经想到可能会发生这种事情，所以带了绫女来。不用担心。”

说着，晴明口中念念有词。在前方引导牛车的绫女像被一阵风吹起一样，在空中飘舞起来。

群鬼呼啦啦地围上去，开始大啖绫女。

“好了，机不可失！”

就在绫女被群鬼疯狂吞噬的时候，牛车逃脱了。

五

博雅醒过来了。原来是在晴明屋里。

晴明正探头过来，查看他的情况。

“绫女姑娘呢？”博雅一醒来就向晴明发问。

“在那里。”

照晴明视线的方向望去，只见有一架屏风在那里。本来是一架描绘了仕女图的屏风。但是，原先画在屏风上的仕女，整个儿脱落了。那里只有一个站姿的女子剪影，图画没有了。

“就是它？”

“就是绫女。”

“绫女原是图画？”

“对呀。”

见博雅瞠目结舌的样子，晴明轻声说道：“哎，怎么样，你还有力气出去吗？”

“还行。去哪里？”

“应天门呀。”

“当然要去。”博雅毫不犹豫地说道。

当晚，晴明和博雅来到应天门。

在黑沉沉的夜里，应天门耸立着，仿佛是黑暗凝成。晴明手中的松明光影飘忽不定，更显得步步惊心。

“好吓人呀。”博雅喃喃道。

“你也会害怕？”

“当然会嘛。”

“为玄象琵琶的事，你还独自登上过罗城门呢。”

“那时候也害怕呀。”

“嘿嘿。”

“对于害怕这种东西，人是无能为力的吧。但身为武士，害怕也必须去。所以就上去了。”博雅说着，用手里拿着的铁锹一顿地面，问道，“是这一带了吧？”

“嗯。”

“我来！”博雅说着挖了起来。

果然不出所料，在应天门下深三尺之处，挖出了一个旧罐子。

“有啦，晴明！”

晴明伸手从穴中取出沉甸甸的罐子。

这时，松明已交到博雅手中。在火光中，旧罐子的光影晃动不定。

“那我就把它打开了！”

“不会有事吧？”博雅咕嘟咽下一口唾沫。

“没问题。”

晴明一打开罐盖，里面猛地飞出一只巨大的蟾蜍。他敏捷地逮住了它。

蟾蜍被晴明捏在手中，四肢乱蹬地挣扎着，发出难听的叫声。

“长着人的眼睛呢。”博雅叹道。

的确，这只蟾蜍的眼睛不是蟾蜍的，而是人的。

“扔掉它吧！”

“不，它可是人的精气和经岁的蟾蜍的精气结合而成，极难弄到手。”

“那你要拿它怎么样？”

“当个式神使用吧……”

晴明将罐子口朝下，倒出里面的骨灰。

“好啦，博雅，我们回去吧。”晴明手里捏着蟾蜍，对博雅说道。

蟾蜍放生在晴明的庭院里。

“这一来，怪事就不会再出现啦。”晴明愉快地说道。

后来的情况，果然就像晴明所说的一样。

鬼恋阏纪行

一

首先看见那个东西的，是一个叫“赤发鬼犬麻吕”的贼。

犬麻吕是个年届五十、头发斑白的男子，原是播磨国一所叫西云寺的寺院的僧人。有一次为钱犯了难，竟偷走纯金的主佛如来像，因此堕落为贼。

这个犬麻吕入屋行窃必下杀手。杀掉人，就可以在没有活口的房子里从容不迫地搜寻钱财。但还是有人藏身暗处，侥幸活了下来。有人见到了犬麻吕溅一身遇害人的鲜血、满头满脸红彤彤的样子，从那时起，他便被叫作“赤发鬼”。

此时，犬麻吕正气喘吁吁地赶路。

他潜入靠近朱雀大路的梅小路的油店行窃，但被半夜起夜的母子俩撞见了。他用手中的长刀砍死了这母子俩，什么也没有偷就逃之夭夭了。

因为那孩子被割喉之前发出一声惊叫，将家中的其他人弄醒了。

由梅小路向东，再穿朱雀大路向南走。

深夜，已是亥时过半。

十四之夜的银白月亮，悬挂在半天之中。

他赤着脚，啪嗒啪嗒地踩踏着自己的投影。

已是阴历十月，近月中的时候，赤脚踩着地面觉得很冷。褴褛的直垂下摆翻到腰际，膝部以下暴露在夜风的吹拂之中。

虽然还没到霜降，但年过五十的犬麻吕已经觉得冷风侵骨了。他的右手仍握着带血的长刀。

“呸！”犬麻吕解嘲地发一声喊。

还是年过五旬之过吧，不能像从前那样迅捷了。

“呸！”又嘟哝一次，犬麻吕放慢了脚步。

没有人追上来。他边走边放下直垂的下摆。正要收刀入鞘，却停住了脚步。

并不是不停下来就不能收刀入鞘，而是因为看见前方出现了奇怪的东西。

那是一团发出蓝光的东西。朦胧的光，仿佛自天而降的月光在那里凝成青白的一块。

是牛车吗？犬麻吕思忖着。

在朱雀大路南面——罗城门的方位，一辆牛车面向犬麻吕停在那儿。车前却没有牛。

为什么这种地方停着牛车呢？

正在这么想的时候，犬麻吕一下子屏住了气息。原来看似停在那里的牛车，竟然是动的。而且，它正笔直地朝自己的方向走来。

“吱，吱……”

听得见微弱的声音，是车轴转动声。那个声音和牛车一起，在昏暗中向犬麻吕靠近。

“吱，吱……吱，吱……”

牛车最初看似停止不动，是因为它的运动极其缓慢。

犬麻吕的舌根僵住了。

为什么没有牵引的车子会向前运动呢？他后退了半步。

他看见在牛车的两侧，模糊地现出两个人影。

牛车的右侧，即犬麻吕的左前方，是黑色的人影。

牛车的左侧，即犬麻吕的右前方，是白色的人影。

真的遇见怪事了。

虽说是夜间，但黑色的人影也好，白色的人影也好，看起来竟是同样清晰。两个人影都隐隐约约地飘浮在空气中，仿佛自天而降的月光罩住了他们。

那些都不是人世中物！犬麻吕心想，一定是妖怪！

“吱，吱……吱，吱……”

牛车和两个人影云中漫步似的，慢慢接近了。

由于总是在夜深人静行窃，犬麻吕已几次遭遇怪异之事。

隐约闪现的鬼火；看不到人影，却在身后紧追不舍的脚步声；在倒塌的大门下，从弃置的女尸头上一根一根地拔下头发的老太婆；深夜在路边哭叫着，失去了眼珠的光身子小孩……

但是，以往任何一次遭遇都不如今夜这般诡异。

不过，犬麻吕毕竟是个胆大包天的人。

他深知，无论对方是幽鬼也好，狐狸精也好，如果他害怕了，畏缩不前，反而会把事情弄得更糟。

“吱，吱……吱，吱……”

牛车靠近过来，犬麻吕将刚才后撤的那条腿迈向前去，与牛车之间的距离缩短至起初的一半了。

黑色的人影是个男子，一位身穿黑色直垂的武士。他右侧的腰间挂着长刀，步态悠然。

白色的人影是个身穿轻便旅装的女子。她身穿白色单衣，套白色罩衣，两只手托着罩衣，也是像在空中舞蹈似的，肃穆地迈步向前。

没有任何脚步声，也没有车子碾过泥土的声音。只听见车子吱吱作响。

终于，等车子来到跟前的时候，犬麻吕高举长刀。

“到哪里去？”他发出一声低沉的喝问。

弱势的狐狸之类，被这样一喝，马上就会逃之夭夭。

然而，对方却没有回答。

那一行，不论是那对男女还是牛车，都一如既往地悠然前行。

“到哪里去？”犬麻吕依然右手举刀，又喝问一声。

“到大内去。”

车子里面传来一个女人的声音。

车帘轻轻抬起，露出一张俏丽的女子脸庞。若论年龄，应该是二十七八的样子。丰满的嘴唇，水灵的眼睛，身穿唐衣。不知焚的是什么香，犬麻吕只觉得馥郁的芳香扑鼻而来。

帘子放下，女子的脸随即消失。犬麻吕的鼻腔里还留着那种香气。

牛车已到身前。没有套牛却在晃晃悠悠的车轭，来到面前。

叉开两腿、举刀屹立的犬麻吕，忽然看见那车轭上绑着令人毛骨悚然的东西。

那是一束黑乎乎的女人的长头发。

“哎呀！”犬麻吕大叫一声，翻滚在地。

牛车肃穆地从他的身边通过。

原先扑鼻的芳香，此时变成了腐臭。

二

源博雅坐在外廊内，双手抱着胳膊。

这里是位于土御门大路的安倍晴明家的外廊。

时值黄昏，天正下着雨。雨丝细柔，但已让人颇觉寒冷。雨水湿润了整个蓬乱的院子。

这雨已连下了三天。

几乎从不收拾的庭院展现在博雅的面前。

一个月前还发出清香的木樨，现在也花瓣零落。

往日满园茂盛的杂草，曾经绿得逼人的气势都不见了，在雨中只有一副颓丧的湿漉漉的模样。草丛也有些枯萎变色，其中的龙胆和桔梗的紫色便显现出来。

好像有菊花开了，绵绵雨水中依然可以隐约闻到菊花香。也许是借了风力。

博雅的左侧放着朱鞘长刀，右侧是一位身材修长、容貌端正的男子，同样坐在那里看着庭院。

他就是阴阳师安倍晴明。

与博雅岩石般正襟危坐相反，晴明显得很随意。他把右肘支在右膝上，下巴搁在右手上。

晴明和博雅之间的木地板上，放着砂锅。锅里满是蘑菇。好几种蘑菇混合在一起，烧好之后用火热着。锅边上有酱汁，两人不时将蘑菇蘸一下酱汁享用。这是下酒的菜。

盛酒的瓶子和两只杯子，放在装蘑菇的砂锅旁。挺大的酒瓶，里面的酒已经喝掉过半。

一个时辰之前，博雅提着蘑菇，像往常一样，独自逍遥自在地出现在这所宅子里。晴明很难得地出迎。

“哎，你……真的是晴明吗？”

当博雅这么问的时候，晴明笑着说：“这不是眼见为实吗？”

“平时大都是些不明身份的女子、老鼠之类的来迎客，我想这回该不是冒了晴明的面孔出现吧，哪敢马上就相信？”

“就是我了。”

晴明回答之后，博雅才一副释然的样子。

就在此时，晴明嘿地一笑。

“怎么啦，晴明？”

“博雅，你都怀疑到我的面孔了，怎么人家自称是晴明，你却信了呢……”

“你不是晴明？”

“我什么时候说我不是晴明？”

“哎呀，晴明，我不是不知道吗。”博雅回道，又接着说，“你倒是真的出来迎接过我的。但说实话，即使在那个时候，我也有上当的感觉。对于想法复杂的人，我可是应付不来。总而言之，我进来啦。”

说着，博雅径自进了院子，往外廊走去。

到了一看，本应落在自己身后的晴明，竟然半躺在廊外的木地板上。他支着右肘，下巴搁在右手上，笑望着博雅。

“真正的晴明果真在这里呀。”

博雅话音刚落，半躺在廊内的晴明，忽然像被风刮起似的腾空而起，往庭院飘去。

刚飘出外廊，晴明的身体便一下子掉在草叶上，在雨点浇打之下，眼看着凋萎。

“喂……”

就在博雅发声喊叫时，草叶上留下了一张剪成人形的小纸片。

“怎么啦，博雅？”

从后面传来一声招呼。博雅回顾身后。

“晴明你……”

身穿宽松的白色狩衣的晴明就站在那里，女子似的红唇浮现微笑。

“怎么样，刚才的我是真的吧？”晴明笑道。

“谁知道啊？”

博雅说着，盘腿坐下，把带来的竹篮子放在自己身边。

“嘿，是蘑菇呀？”

晴明盘腿坐下，探头看着竹篮里的东西。

“本来是带来我们喝上一杯的，但我要带回去了。”

“为什么？”

“我生气了。”

“别发火嘛，博雅。这样，我亲手来烧吧。”

晴明说着，向篮子伸出手。

“不，等等。用不着你亲自出马。像往常那样，让式神什么的去做吧。”

“别往心里去嘛。”

“说生气是假的。只是要给你出出难题而已。”

“博雅你真是老实。没问题，我来烧。”

说着，晴明提着篮子站起来。

“哎，晴明——”

博雅喊他时，他已经迈步走出去了。

蘑菇来了。

晴明端的盘子上，有烧好的蘑菇，散发出诱人的香气。

一只手的指间，夹吊着酒瓶和两只杯子。

“不好意思啦，晴明。”博雅有点不安。

“喝吧。”

“喝。”

于是，两人眺望着雨中的庭院，开始喝了起来。

从那时起，几乎没有交谈。

“谢谢。”

“谢谢。”

只是在互相给对方斟酒时，低声嘟哝一句而已。

庭院已是一片深秋景色，在黄昏的雨中静悄悄的，只有雨滴落在草叶和树叶上的声音。

“哎，晴明……”博雅幽幽地说。

“什么事？”

“从这里眺望你的庭院，最近给我一种感觉：就这样，其实也不错吧……”

“哦？”

“这里与其说是荒废了，不如说给人一种与众不同的感觉。”

博雅望着庭院说道。

一个杂草随意生长的院子。一切都未加收拾，任其自生自灭。就仿佛把别处的荒山野地照原样切一块，随意地搁在这个庭院里。

“不可思议啊。”博雅叹息般说道。

“什么事不可思议？”

“看上去，不管春、夏、秋，这里都只是被杂草覆盖的院子，没有什么不同，但其实每个季节都不一样。在不同的季节，各有惹人注目和不惹人注目的花草。就说胡枝子吧，已经落了花，一下子找不着到底长在哪里。可是原先不知躲藏在哪里的桔梗、龙胆，就跑出来见人了……”

“嗯。”

“所以，我说它与众不同。虽说它与众不同，却又让人觉得这个院子实质上是一成不变的。因此……”

“因此就不可思议？”

“对。”博雅直爽地点点头，又说，“似同而实异，似异而实同。我还觉得，并没有哪边是哪边非的问题，两者都是这个世界的面目，是天生就这样。”

“了不起呀，博雅。”

“了不起？”

“你刚才说的，正是咒的根本道理。”

“又是咒啊？”

“没错。”

“晴明，趁我现在难得有了明白的感觉，不要再跟我说莫名其妙的东西，让我不明不白。”

博雅说着，喝了一口酒。晴明少有地闭口不言，看着博雅。

博雅放下喝干的酒杯，忽然觉察到晴明的视线。他一与晴明四目相对，目光立即又转向庭院。

“哎，晴明，你听说那件事了吗？”博雅问道。

“‘那件事’，是哪件事？”

“就是赤发鬼犬麻吕被抓的事。”

“他被捕了？”

“对呀，昨天被抓的。”

“噢。”

“四天前的晚上，赤发鬼犬麻吕闯入油店。他杀了那里的女人和孩子，什么也没偷就逃走了。大家都以为他会因此离开京城一段时间，结果却在京城里抓住了他。”

“在京城的什么地方？”

“他是在西京极的路口失魂落魄地徘徊时被抓的。当时，他提着血迹斑斑的刀，衣服上也溅有被害人的血。”

“噢。”

“其实两天前就有消息，说有个像是犬麻吕的男子，握着带血的刀在闲逛，不知是真是假。结果是真的，他实际被抓是在昨天早上。”

“这可是好事啊。”

“好事是好事，但犬麻吕这家伙，好像有鬼附身了。”

“鬼？”

“好像自从闯入油店那个晚上起，他就一直不吃不喝，四处徘徊。到被抓的时候，甚至是一副无法抵抗的样子。”

“噢。那为什么说他是有鬼附身了呢？”

“他在牢里说梦话，说的几乎都是像你说的咒一样不明不白的梦话，但试着连接起来分析，好像这个犬麻吕在逃出油店之后，就在朱雀大路遇鬼了。”

“遇鬼？”

“乘坐牛车的鬼。”

博雅把串起犬麻吕的梦话得出的情况跟晴明说了。

“那女人是说‘去大内’吗？”晴明饶有兴致地问博雅。

“好像是那样说的。”

“那她来大内了吗？”

“没有来。因为我没听说有关她的事。”

“哈哈。”

“后来，据说那牛车消失了。”

“消失？”

“好像是在犬麻吕身边经过之后，往前走到八条大道一带，就在那里消失了。”

“犬麻吕看见的？”

“好像是。他目送着牛车走朱雀大路，临近八条大道时，在那里忽然消失了。”

“那犬麻吕呢？”

“死掉了。”

“死了？”

“对啦。昨晚死的。”

“不就是被抓的当晚吗？”

“没错。他被抓的时候在发高烧，身体热得像火一样。到了晚上就更加严重了。据说最后他是嘴里喊着‘好冷好冷’，浑身发抖而死的。”

“挺吓人的嘛。”

“哎，晴明……”

“什么事？”

“关于那辆牛车的事，我觉得犬麻吕不像在说假话。”

“为什么？”

“其实，还有一个人见过类似的牛车。”

“谁见过？”

“我的熟人中有个叫藤原成平的，是个朝臣。这家伙喜欢女色，到处留情，上门寻欢。这位成平说他也见到过。”博雅压低声音说。

“哦？”

“就在三天前的晚上。”

“三天前的晚上，就是犬麻吕闯入油店的第二天晚上吧？”

“对。”

“那……”

“成平要找的女人，就住在西京极。他说是在去那里的途中看见的。”

“噢。”

“看见的时间，是在亥时前后。地点是在朱雀大路和七条大道相交那一带。”博雅向晴明那边稍微探出身子。

“亥时的话，已经很晚了。”

“说是给别的女人作和歌，弄到很晚。”

“别的女人？”

“他弄错了。写信给两个女人，约的是同一个晚上上门。结果只好给其中之一写信，说是要作和歌，去不了了。”

“还挺费心思的呢。”

“嗯。那成平说，他的车子急急地沿朱雀大路走，在过七条大道的地方，遇上了那辆没有牛牵引的牛车……”

博雅开始叙述。

据说最初察觉此事的，是成平带的三名随从。

正好是刚开始下雨的那天的晚上，像雾一样细密的雨丝，充满夜间的空气。这是一个看不见月亮，伸手不见五指的夜晚。

随从们都提着灯火走夜路，此时，他们忽然注意到前方罗城门的方向有朦胧的光在接近。还有车轴转动的声音传过来。

“吱，吱……吱，吱……”

没有灯火，为什么有光线放出？

一辆牛车走近了。可是，轭上却没有牛。没有牛拉着，牛车却在接近。

那辆牛车的左右两边，分别有一个穿黑色直垂的男子，和一个穿白色单衣、外套白色罩衣的女子。他们和牛车一起，向着这边走来。

“奇怪呀……”成平得到报告，掀起帘子向外张望，嘴里还嘟囔着。

牛车越来越近了。

“成平大人，遇上怪物的话，还是早走为妙。”

就在随从们恳求时，拉成平车子的牛忽然大发脾气，它拧着头，要往一旁逃避。

牛的力气太大，把车子拽到一旁，折断了一根辕木，牛车侧翻在地。这一下，轭脱了，牛趁机逃走了。

三名随从之中有两个也哇哇大叫，跟着牛逃走了。

成平从翻倒的车子里爬出来。因为雨水淋湿了泥地，他弄得一身泥浆。

车子压在一个随从逃跑时扔掉的火把上面，帘子烧着了，成平的车子着了火，燃烧起来。

悠然而至的牛车，来到成平面前停下了。这时候，从牛车里面传出一个清澈的女声：“可以让开一下吗？”

但是，成平动弹不得。因为他已经瘫软了。

“如此深夜，一个姑娘家，上哪里去呢？”

成平动不了，但还是硬挺着问道。

这时，帘子轻轻抬起，露出一张女子的面孔。她的肤色是令人瞠目的冰清玉洁。女子丹唇轻启，丰满的嘴唇吐出清音：“我要去大内。”

女子身穿艳丽的女式礼服。甘美的芳香传到成平的鼻孔中。

在雨中燃烧的车子，映照出这一切。

这时候的成平还是动不了。

正要挣扎着起来，此时看见了绑在轭上的东西。

是黑色的女人长发。有这么一束头发绑在轭上。

看见这东西，成平的腰又一次瘫软了。

“怎、怎么……”

他是喊出声了，但因为过于恐惧，脑子一片空白。美丽的女子、轻柔的话语，越发令人害怕。

“这是七天拜谒的途中呢。”

女子说话的时候，两边的男人和女人都不作声。

此时，在一旁看着这一切的随从从腰间拔出刀来。

“呀——”随从闭着眼大叫一声，向对方的车子砍去。帘子嘎地裂开，刀捅进了车里面。

“咯咯——”车内传来这样的响声。

女子用牙齿咬住插入帘子内的刀刃。不，此时那已经不是一个女子。她变成了一只红眼青鬼，身上仍旧是艳丽的礼服。

“嗷！”

身穿白色单衣加罩衣的女子吠叫起来。眼看着她变成四足趴地，罩衣也脱落了，她长出一个白色的狗头。

站在另一边、身穿黑色直垂的男子的脸，也变成了一张黑狗的脸。

两只恶犬立即扑向动刀的随从，咬断了他的头，扯裂他的四肢。

然后，两只狗吞噬了他的身体，连骨头也没有剩下。

成平用四肢爬行，逃了出来。身后传来嚼食随从的骨头和肉的声音时，他不禁汗毛倒竖。

两只狗又恢复成人样，站在牛车旁边。

"吱，吱……"牛车又走动起来。

牛车超过爬走的成平，来到七条大道时，忽然与那对男女一起消失无踪了。

三

"然后呢？"晴明问博雅。

"成平此刻躺在家里发烧哩。"博雅抱着胳膊说。

"应该是中瘴气了。"

"瘴气?！"

"对。跟犬麻吕中瘴气死掉是一回事。"

"成平也会死吗？"

"不，他应该不会死。犬麻吕不是刚杀了两个人，身上还溅上了鲜血吗？"

"嗯。"

"那时犬麻吕处于特别容易中瘴气的状态，而成平并不是那样。他躺上五天的话，应该就会好。"晴明说着，自己往空了的酒杯斟酒，"那女人说了'要去大内'吧？"

"对。"

"说是花上七天去？"晴明自言自语似的，把酒杯端到唇边，"有意思。"

"只是有意思吗？我正为这事烦恼呢。"

"你烦它什么？"

"是不是要向圣上报告这件事呢。"

"那倒也是。这件事如果传到圣上耳朵里，我这里也不免有点事吧。之所以还没有事，应该是还没有跟圣上说。"

"对。"

“原来是这样。”

“昨天我被成平叫去，他告诉我刚才的事情，问我怎么办。所以，现在知道此事的只有我一个人。”

“你想怎么办？”

“所以我来和你商量嘛。那盗贼说的梦话，可能已经传到圣上的耳朵里了。之所以还没有召你去，是圣上还不太在意吧。但要是知道有朝臣也遇见了同样的事情，而且有个随从被吃掉了，圣上也要不安。”

“为什么还没有对圣上说呢？”

“不，其实是这样——我不是说了成平好女色吗？”

“没错。”

“成平这家伙，那个晚上是向圣上撒了谎，跑出去会女人的。”

“什么?！”

“那个晚上是望月之夜。据我所知，是要在清凉殿上边赏月边赛和歌的……”

“噢。”

“如果看不见月亮，就作看不见月亮的和歌。成平本来预定要出席这次和歌比赛。”

“原来是这样。”

“成平那家伙，完全忘了这件事，还和女人定下幽会之期。”

“挑选了女人嘛……”

“成平那家伙，只好派个人到清凉殿报告，说自己得急病卧床不起，出席不了和歌比赛，还附上新作的一两首和歌和比作月亮的镜子……”

“哈哈哈。”

“那和歌的内容是——今晚因云出月隐，不能进行和歌比赛。于是自己特地到云上去取月。因为久临天风，不胜其寒忽然发起烧来。自己虽然出席不了，特送上此月以明心志。”

“于是，他就去见女人，撞见鬼了？”

“所以嘛，晴明你知道的，如果报告了鬼的事，他撒谎的事就暴露了。于是，他才找我去商量。”

“原来如此……”

“哎，晴明，这事情应该怎么办？”

“嗯，如果我不能亲眼看看那辆牛车，现在还说不上什么。”

“亲眼看看那辆牛车？”

“明天晚上怎么样？”

“明天晚上就能看到？”

“也许在朱雀大路和三条大道的路口，在亥时可以看见吧。”

“你怎么能预料到？”

“这个嘛，那女人不是说，花七天时间去大内吗？”

“对呀。”

“第一天晚上出现在八条大道，接下来的晚上是七条大道，对吧？”

“……”

“我是说那牛车消失的地方。”

“对对。”

“这期间，牛车是从朱雀大路向大内方向走的。”

“嗯。”

“这样一来，如果不是有人碰巧看见，还不能完全肯定。不过可以据此说，第三天是六条大道，第四天是五条大道。第五天就是今晚，应该是四条大道。”

“有道理，的确如此。但是晴明，这样的话，为什么那牛车不在一天之内由朱雀大路，一口气经罗城门直入大内的朱雀门呢？”

“哦，可能对方也有自己的安排吧。”

“如此一来，如果我们不管它，后天——也就是说，在第七天晚上，那牛车就要走到大内的朱雀门前面啦。”

“应该是这样吧。”

听了晴明的回答，博雅更加用力地抱着胳膊，凝望着庭院。

“这事情麻烦了。”博雅望着暮色渐浓的庭院嘟哝道。

“所以，明天去看看吧。”

“看牛车？”

“在亥时之前，等在朱雀大路和三条大道的交叉之处就行了。”

“这事情能行吗？”

“看了再说。如果情况不妙，就向圣上说明原因，事先做好方违，预备特别的办法。”

“那方面是你的本行，全看你的了。晴明，其实我还有另一件事想跟你商量。”

“什么事？”

“有件东西要请你解读一下。”

“解读？”

“其实是女人的来信——我收到了和歌。”

“和歌？！你收到女人的和歌，博雅？”

“是，是。收是收到了，但是我对和歌一窍不通。”

“不懂和歌？”

“和歌跟你的那些咒一样，太麻烦了。”

晴明只是微笑。

身材魁梧的博雅坐在那里，他表面上粗鲁，对和歌之类显得一筹莫展。但是一旦吹起笛子，又能吹出令人刮目相看的音色。

“和歌的风雅我实在不懂。”博雅喃喃道。

“什么时候收到的？”

“哦，我倒是记得清楚，是四天前的下午。当时，我手里捧着圣上抄写的《心经》，正要去东寺。我刚刚离开清凉殿，徒步穿过承明门时，从紫宸殿前的樱树荫里忽然跑出个七八岁的女童，把信塞到我手里。晴明，这信上竟然还别着龙胆花呢……”

"呵呵。"晴明愉快地笑着，看着博雅。博雅似乎意识到他的目光，脸上呈现出一副更加粗线条的表情。

"等我看清信和花，再抬头的时候，那女童已经无影无踪。"

"是这样啊。"

"那么一个女童不该单独在那种地方，所以应该是某位尊贵的公主小姐带进大内来的。当时，我打开手上的信一看，上面写的是和歌。"

"哎，那就让我看看那首和歌嘛。"

晴明这么一说，博雅便从怀里取出那封信，交到他手上。

拉车总是牛[①]，车何念在此？

和歌是用女式文字（即假名）写成的。

"哈哈哈，的确如此。"晴明边读边点头。

"什么意思呢？什么事的确如此？"

"你对某位女子薄情寡义了吧……"

"薄情？我不记得有这样的事啊。只有女人对我薄情，没有我对她们薄情的呀。"博雅涨红着脸说，"晴明，你告诉我，上面写的是什么？"

"就你看到的这些字。"

"就是不懂才问你的嘛。我跟这些东西没缘，用暗喻的和歌往来诉衷情的雅事，我学不来。喜欢就说喜欢，你拉我的手或者我拉你的手，就很明白了。哎，晴明，你就别装模作样了，替我解读这首和歌吧……"

博雅的脸越发涨得通红。晴明兴致盎然地看着他，说：

"这个呢，是女人所作的和歌，意思是对薄情男人心怀怨恨……"

"吓我一跳——不过，晴明，你是怎么读出这意思的？"

"这女子对偶尔才来一趟的男子生气了……"

①日语"牛"与"忧"谐音，原文用片假名写就，作双关意。

“简而言之，要闹别扭的意思？”

“可以这么说吧。”

“但是，你是怎么知道这意思的呢？”

“别急，你听我说。男人是乘车到女人那里去的。车也有由人来拉的，但这里用牛拉，就是牛车了。车子套上牛，牛拉车子。”

“然后呢？”

“于是，就借了把牛套上车这件事，对她的男人说：套着我心的，是‘牛’（与‘忧’谐音）。”

“哦……”博雅的声音提高了。

“这首和歌本身，已经很亲切地提供了与谜底有关的暗示……”

“谜底？”

“对呀。她写了‘车何念在此’，到了这里，如果你还不把‘牛’解作‘忧’，那可就……”晴明说到这里打住了。

“看不懂这些又会怎样，晴明？”

“没关系。看不懂这些，在你博雅是应该的。”

“你这是嘲笑我吗？”

“没有，我一向就喜欢这样的你。你这样就很好……”

博雅半信半疑地哼哼。

“哎，博雅，你对这首和歌没有印象？”

“没有。”博雅很肯定地说。

“不过，我还是想起了一件事。”

“什么事？”

“是刚刚在给你解释和歌的时候想起来的。因为你得到这首和歌，是在那辆没有牛的牛车出现的日子。”

“这倒是。”

“这里头有没有关联呢？”

“我也不清楚。随信所附的龙胆花，没准藏着什么隐情。”

"龙胆……"

"总而言之，明天晚上去看看那牛车。"

"要去吗？"

"去！"

"好，去！"

事情就这样定下来了。

四

云在移动。

是黑色的云。云团中，月亮时隐时现。

搅动云天的风很大。

大半个夜空被黑云覆盖。乌云的处处缝隙中透露的夜空，透明得令人惊讶，星光在闪烁。

云在动，时而吞月，时而吐月。月亮像是在天空驰骋。

当月亮走出云团时，遮掩晴明和博雅的榉树的黑影，便清晰地投在地面上。

刚到亥时。晴明和博雅藏身在榉树阴影里等待。

这里是朱雀大路和三条大道交叉之处，顺朱雀大路向罗城门方向往右走了一点的地方。

晴明和博雅背向朱雀院的高墙，向大路那边眺望。

博雅左侧腰际挂着长刀，左手握弓，身穿战袍，脚蹬鹿皮靴。一副准备战斗的装束。但晴明只是便装，还是那身便于行动的白色狩衣，连长刀也没带。

四周一片寂静。没有人的动静，房子和围墙的影子漆黑一团。岂止没有灯光，连老鼠的动静都听不见。

唯一的声响，是头顶上风吹榉树叶的声音。

脚下，刚掉下来的树叶正被风吹得乱跑。

“晴明，真的会来吗？”

“会来吧。自古以来，路与路的交汇点就是魔性的通道。牛车从那里出现，然后又消失，并不奇怪。”

“噢。”博雅回应一声。

两人又沉默了，只有时间在流逝。忽然——

“吱，吱……”

微弱的声音传过来，是车轴滚动声。

挨着晴明肩头的博雅，身体顿时紧张起来，左手握紧刀鞘。

“来了。”晴明说道。

果然，从罗城门的方向，一团苍白的光在移近。

是牛车。没有拉车的牛，但那牛车在前行。

车子的左右，果然有一男一女护着，和车子一起走来。男子的右侧腰际挂着长刀。

牛车沿朱雀大路缓缓而来。

“哎，晴明，那男的是个左撇子吧？”博雅冷不防冒出一句。

“为什么？”

“他把长刀挂在右边。”

博雅这么说的时候，晴明啪地拍了一下他的肩头。

“好厉害呀，博雅。不错，应该是那样。”

晴明少见地语气轻松起来，虽然声音压得很低。

“怎么啦，晴明？”

“没什么，从你那里学到东西了嘛。”

“算什么呀！”

晴明“嘘——”地拦住博雅的话，注视着牛车。

牛车在差一点到三条大道的地方停下来，就在晴明和博雅的眼前。绑在车轭上的黑头发也清晰可见。

从车帘的背后，传出一个清脆的女声：

“躲在那边的，是哪一位？”

“被她发现了吗……”

博雅低声自语，马上被晴明的手堵住了嘴巴。

“只要不回答她的话，不大声说话，她找不到我们。因为我在这些树的周围布置了结界……”晴明凑到博雅耳边低声说道。

但是，博雅望着晴明的眼神，看他仿佛在说：

“那话不是对我们说的！”

就在此时，响起一个撕裂空气般的声音。

“嗖！”一支箭飞过夜空，贯穿了车帘。

“哎呀！”帘子内发出一声女人的尖叫。

车子左右的一男一女眼色一变，锐利的目光盯着箭矢飞来的方向。

两人将身子狠狠一抖，背部躬起，变作四脚趴地。他们变成了狗！

两只狗轻轻一跃上了车，钻进帘子内。

从三条大道的背阴处跳出好几个人影，将牛车围住。他们手中握着长刀。利刃在黑暗中反射着月光，一闪一闪。

“得手了吗？”其中的一个人低声说着，向牛车冲过去。

稍后，又出现了两个男人的身影。其中一人举着燃烧的火把，另一人步态踉跄。这两个人走到刚才说话的人身边。

“放火，放火烧！”踉踉跄跄走出来的男子说道。只有他手上什么也没有拿。

“成平……”博雅小声惊呼。

原来那人正是成平。他几乎站都站不稳地立在那里，注视着车子。

手持火把的人将火抵在车帘子上。帘子熊熊燃烧起来。

就在此时，从火焰中忽然伸出一只毛烘烘的青色巨臂。

“啊！”成平大喊一声。

那只巨手抓住了成平。钩一样的指甲抓进他的咽喉和胸膛。

不一会儿，成平被拖入开始燃烧的车内。

“吱，吱……”牛车走动起来了。

“成平大人！”

“成平大人！”

众人喊叫着成平的名字，挥刀砍向牛车，但都被反弹回来。

有人想拖住车子，但车子没有停下，依然缓缓走向三条大道。

“成平！”

博雅喊叫着，从树荫里跑出来。晴明紧追着他。

“痛啊！”

“痛啊！”

成平的叫声从燃烧的帘子里传出来。车内传出嘎吱嘎吱啃咬骨头的声音，成平怕是正被鬼生啖。

等晴明和博雅赶到时，燃烧的车子已经来到三条大道的中段，然后消失无踪。

牛车消失后，在三条大道和朱雀大路之间丢弃着成平的尸体。

“成平……”博雅低声呼唤。

在他的脚旁，是成平血肉模糊的尸体，在月光下泛着白光。

五

拉车总是牛，车何念在此？

晴明坐在外廊内，膝头上放着博雅收到的和歌。

博雅就坐在他对面，仿佛是围着和歌而坐。

晚秋的阳光照着庭院。数日来的冷雨使庭院的色调为之一变。

秋已到尽头，庭院静待初霜的降临。

“哎，晴明，就在今天晚上了……”博雅面色严峻地说。

晴明不知在思考什么，时而心不在焉地看看和歌，时而将视线投向庭院。

“我之所以过来，刚才已经说明原因了。”

由于成平昨夜的举动，牛车事件终于为圣上所知。

“成平那家伙，交给我和晴明即可安枕无忧的事，偏要亲自出马，带手下人去除魔。结果不但除魔不成，反而被妖物吃掉……”

博雅叹息不已。

今天早上，博雅被圣上传去，和成平的手下人一起交代相关情况。

原本晴明也在被传召之列，却因为去向不明只好作罢。已有好几个人被差到这所院子来找晴明，屋内却根本没有他在家的迹象。

于是派了博雅过来，大家都认为他可能有法子找到晴明。

博雅心想，在不在家跟谁去看并无关系。谁知到了一看，晴明就在那里。

“你原先在家吗？”博雅问晴明。

“在家。我一直在调查，知道有人被派来。我嫌麻烦，没理他们。”

“调查？”

“关于镜子，有些东西想弄清楚。”

“你说镜子？”

“对。”

“镜子怎么了？”

“咳，镜子的事已经好了。我现在伤脑筋的是圣上的事。”

“圣上？”

“对，一定与女人有关……”晴明说着，双手抱着胳膊。

一开始有过这样的对话，之后晴明就难得开口了。他只是眺望着院子，对博雅说的话只是不置可否地点点头。

“是这样的……”晴明点过头之后，终于开腔了，“你是说今晚要在朱雀门等那辆牛车？”

“正是。除我之外，还有二十个精明强干的人，加上五个和尚……”

“和尚？”

“从东寺请来的和尚，据说有降魔伏怪的咒法。从现在就开始准备了。”

“哈哈。”

“和尚的咒法不灵吗？”

“不是这个意思。不是和尚的咒法不灵，只是恐怕很难奏效。在此事的来龙去脉没有搞清楚之前，不容乐观。”

“乐观不乐观，都看今晚啦。”

“我知道。”

“现在还有时间去查原因什么的吗？”

“不过，也是有可能弄清楚的。”

“弄清楚？怎么弄清楚？”

“去问呀。”

“问谁？”

“问圣上嘛。”

“可是，圣上说了，一点都不记得了。”

“和歌的事也说了吗？”

“还没有。”

“既然如此，请给他带个话吧。”

“‘他’是谁？”

“圣上啊。”

“你混账，怎么能说圣上是‘他’……”博雅大吃一惊，“晴明，除了在我面前之外，求你别说圣上是‘他’，好不好？”

“因为是在你面前才说的嘛。”晴明边说边拾起写有和歌的纸片，“你回去时，顺便在院子里摘一朵龙胆，和这首和歌一起交给圣上。这首和歌其实是给圣上的。”

“给圣上的？”

“对。交错了人而已。对方把你当成了圣上。”

“怎么可能呢？”

“这事以后再说。这一来，该水落石出了……”

“我可是完全摸不着头脑。”

“我也不明白，可圣上明白。圣上可能会对你问这问那，到那时，你不妨毫无保留地说出你知道的情况。”

“噢。”博雅如坠五里雾中。

“接下来，等圣上明白这首和歌之后——请注意，下面这一点很关键，也的确很冒犯——你要说：‘晴明说，想得到一束圣上的头发。’若蒙圣上允准，你就当场拜领，并且还要说——”

“我要说什么？”

“本次事件，将由我博雅和安倍晴明负责处理，所以今天晚上，朱雀门前请众人回避……”

“什么？！”

“也就是说，除了你我之外，其他人都回家。”

“能行吗？”

“若蒙圣上赐发，应该能行。因为这就是信任我了。”

“如果办得不顺利呢？”

“到时候还有别的办法。应该行得通。但如果不行，你派人到一条戾桥附近，嘀咕一句：‘在某人处行不通。’我就知道了。这时候我就出发前往大内。今晚亥时之前，我们在朱雀门前碰头。”

“往下你干什么？”

“睡觉。”晴明回答得很简洁，又接着说，“其实，我为此事作调查，发现了镜子的许多有趣之处，连没有关系的古镜也玩了个不亦乐乎，一直到刚才你来为止。所以，我从昨晚起几乎没有睡觉。”

博雅拿着和歌和龙胆，走出晴明的家。

六

已过亥时，晴明才现身于皓月当空的朱雀门前。

“你迟到了，晴明。”

博雅说道。他是一副准备战斗的装束，腰挂朱鞘长刀，握弓在手。

“对不起，睡得有点过头了。”

“我刚才还在想，你要是不来，我一个人可不知道该怎么办。”

“哎，办得顺利吗？”晴明问道。

朱雀门四周不见人影。抬头望去，只见月明之夜，黑沉沉的朱雀门巍然屹立。

“对了，圣上御览龙胆和和歌之后，潸然泪下，闭上双眼说：‘啊，那一夜之情，朕已忘记了。原来竟是这样，实在对不起。’头发也在这里啦，你看！”

“其他还说了什么？”

“说转告晴明，谢谢他用心良苦……”

“哦。”

“若那女子作为死灵前来，今夜可能就是头七，我就在清凉殿上，为她念一个晚上佛吧……”

“真是圣明。”

“哎，晴明，圣上说要谢谢你，是怎么回事？”

“哦，是我关于回避的安排。谁都不想让别人知道自己从前的女人的事。即便圣上也不例外。”

“头七是什么？”

“人死之后，灵魂还要在这世上停留七天。”

晴明话音刚落，一阵沉闷的声音传过来了。

“吱，吱……”

晴明和博雅同时朝声音出现的方向望去。

月光之下，对面有一辆牛车缓缓而来。

握弓在手的博雅就要迈步向前。

“等一等……”晴明按住了博雅，“能把圣上的头发给我吗？”

他从博雅手中接过圣上的头发，不动声色地向前走去。

牛车停了下来。帘子已经烧掉了，车内一片昏黑。

“要是阻拦我，你会很惨。”黑暗中传出一个女子的声音。

“对不起，但不能让他和你在一起。”

晴明这么一说，没有帘子的昏暗车内浮现出一个女子的脸，随即变成了青面鬼的脸，头发蓬松。

“人虽不能来，却有替代之物在此。”

“替代之物？”

“他的头发。”

听了晴明的话，鬼应了一声“哦”。从它的口中，悠悠地吐出一缕青烟。

“呵呵……”鬼发疯似的晃着头，痛哭起来。

“虽然迟了一点，但那首和歌和龙胆，已经交给他了。”

晴明平静地说道。

鬼更是号啕大哭，头晃得更加厉害。

“据说他看了你的和歌，流着泪说‘实在对不起’。”

晴明说着，悄然向前，把手中的发丝盖在车轭上绑的头发上，打了一个结。

“嗷嗷！”鬼的号哭声更大了。

一道白光啪地掠过，鬼、牛车和那一对男女全都消失无踪。

地面上洒满月光，只留下了绑在一起的男女发丝。

“结束了。”晴明说道。

“结束了？真的？”博雅问道。

“告一段落吧。”

“什么?！”

“这下子，那女鬼不会再烦他啦。”

“他？”

“圣上啊。”

“晴明，我跟你说过，不应该那样称呼圣上。”

“只在你面前才说嘛。”

“这下子就真的没事了？”

“大概吧。”

“大概？”

“博雅，头七之夜不是还没有过去吗？”

“是没有过去。”

“那么，把这件事报告圣上之前，陪我走一趟如何？”

“陪你到哪里去？”

“去刚才那女人所在的地方。”

“什么?！”

“因为圣上不能公开去做这件事，所以我们去找回那女子的遗骸，以相应的仪式埋葬。”

“我不大懂什么女人遗骸，但只要为圣上办事，陪你上哪儿都行。”

“那就说定啦。”

“不过，要陪你到哪里去呢？”

“我已经猜到地点了。”

“哪里？”

“大概是隔着大内，在另一边山上的某个地方。”

“你是怎么知道的？”

“那女子应该是用了镜魔法。”

“什么镜魔法？”

“博雅，这可是你教我的。”

“我？我什么时候教你那种东西？”

“察觉那男子把刀挂在右侧腰间的，不就是你吗？”

晴明边说边迈步向前。

“等一下，晴明。我还没明白是怎么回事呢。”

晴明不知是否听见了博雅的话，他站住，弯腰捡起地上的两束头发。

“哎，走吧。”

七

两人来到一片郁郁葱葱的杉树林中。博雅手中的火把映照着长了青苔的树根和岩石。

进入树林已经半个时辰了。

“要走到什么地方为止呀，晴明？”博雅问道。

“找到那女人所在之处。”晴明答道。

“我是说，那是个什么地方？”博雅又问。

“等一等再告诉你。”晴明没有回答博雅的问题。

“在这种可怕的地方走，遇上的就算不是那女鬼，恐怕也会是别的什么鬼。”

“说得也是。”晴明答得很干脆。

“喂喂，晴明。”

“由镜魔法所创的灵气之道，还剩下那么一点。顺着它走，总会找到的。”晴明这样解释。

黑黝黝的无边无际的森林，只有几道月光能射进来。

博雅手中的火把已经是第四支了。此时，晴明忽然停住脚步。

“怎么了，晴明？”博雅也停下来，他感到一阵紧张。

“好像到了。”

博雅把火把往前照一照。眼前的昏暗之中，一个朦胧的白影出现在树林下的杂草丛中。原来是一个巨大的杉树根。

浓黑笼罩在白影周围，像雾气一样在动。树林中冷气侵人。

博雅紧张得几乎不能呼吸。

白影似乎放着朦胧而微弱的光。

晴明缓慢地向白影走过去。博雅跟随其后。

不久，晴明驻足白影之前。一个女人出现了。她一身素白的装束，端坐在开始枯萎的树下杂草中，平静地注视着两人。

她就是刚才在牛车内变成鬼的女子，年龄约在三十出头的样子。

“恭候多时了。”女子丹唇未启，已闻其声。

“这个请收下。”

晴明从怀中取出两束黑发，呈送到女子面前。

女子用脸颊轻抚着黑发，又贴在唇边。而后，她双手握着黑发，搁在膝头。

“你看呀，晴明……”博雅叫道。

女子身后的大杉树上，嵌入了一块镜子。

杉树的根部，倒卧着两条犬尸，轻微的腐臭飘散到空气中。

“你可以把原因告诉我们吗……”晴明问那女子，“镜魔法主要是女人掌握的法术，而你和他之间，是一种什么样的关系呢？”

“哦，是这样……”女子平静地应道，“现在回想起来，是十五年前的事了。第一次见到那位贵人，是我年仅十七岁的时候……”

“十五年前的话……”

“那时那位贵人还没有成为圣上。”

“噢。”

“那位贵人来到我家，正值秋天。母亲告诉我，那位贵人在打鹿时迷路了，寻找路径时，不觉来到在山里的我家门口……”

“母亲？”

“是的。母亲已在十年前去世。她原是在宫中做事的，因为某个缘故，远离了京城住在山里。”

“然后呢？”

“那位贵人来到时，已是黄昏，跟随从们也失散了，身边只有两条狗——现在已经变成我身后的狗尸了……”

女子缓慢而从容地说着。晴明静听她的叙述。

“那天晚上，那位贵人就住在我家。当晚，便和我订下婚约……”

“噢。”

“那位贵人对我母亲说，第二天一定来接我们，说完便走了。两条狗就是那时留在我家的。已时隔十五年了……”

女子停了一下，泪水潸潸。

“自那以后，我没有一天忘记那位贵人。心里总想着：‘明天会来的。明天会来的。’就这样过了十五年。其间母亲去世了，我盼呀盼的，忧思如焚，以致忧伤而死。那是七天前的事。”

“……”

“因为怨恨已甚，食不下咽，我觉得自己的生命已到尽头，决意生不相逢，死也要相见，便在此处作了邪法。”

“因此就作了镜魔法？”

“对。那边的镜子，是我家传的宝物。从前我家兴旺时，当时的圣上赏赐的……”

“两条狗呢？”

“我用短刀割喉杀了它们。十五年朝夕相伴，心意相通啊。它们不加反抗就让我做到了。真是凄惨。”

“拉车总是牛，车何念在此？”晴明低声念着，望着女子，“和歌的意思是明白了，但附上的一支龙胆却不明何意……”

女子抬起头来，决然地说：“龙胆就是我的名字。”

“原来如此。”晴明点点头。

女子垂下视线。

“有了这束头发，现在我也得偿心愿了，”她握住头发的双手放在胸口，“变作凄厉之鬼、夺取无关者的性命，我的内心遗憾不已啊……”

女子的声音越来越微弱，说了声“谢谢了”，便仰面倒下。

晴明和博雅走近女子。移过火把照着，见那里倒着一具女尸，肌肉已有一半腐烂，胸前放着两束黑发。

“终于可以死去了啊……”博雅冒出这么一句话来。

“嗯。”

“晴明，向你请教一个问题。”

“请教什么？”

“关于那首和歌和龙胆，其实都是要送到圣上手中的吧？”

“应该是吧。”

“你说过当时搞错了。你怎么知道错送到我手上了呢？”

“凭《心经》。”

“《心经》？”

“你接到和歌的时候，不是正捧着圣上刚抄写的《心经》吗？”

“对呀。”

“所以就弄错了。”

“是这样啊。”博雅说着，打量着火把映照下的女子的脸，喃喃说道，“鬼真是好可怜啊……”

女子的脸已有一半腐烂，但那嘴唇边似乎浮现出一丝微笑。

白比丘尼

一

轻柔的雪在下。

没有风，只有雪从天而降。

院门大开，从外面就可以看见这夜晚的庭院。茫茫白雪覆盖了整个院子。屋内唯有一豆烛焰。仅仅这么一点光，就隐约将庭院从昏暗中凸显出来。

银白色的暗夜。小小的亮光似乎渗透到积雪的内部，变成寒冷的白色暗影。若有若无的微光，仿佛从黑夜的底部散发出来似的。

枯萎的芒草上、黄花龙芽上、丝柏上、绣球花上、胡枝子上，都积了雪。不同季节里各擅胜场的花草树木，此刻一概埋没在雪中。

时值霜月过半，也即阴历的十一月；以阳历而言，已是十二月份。

这天早上下了冰雹，到中午变成雨夹雪，黄昏则又变成了雪。入夜之后，纷纷扬扬的雪花益发漫天而下。

屋内的榻榻米上，放着一个木制圆火盆。火盆中红红的炭火，发出钢针折断似的小小声音。

围着火盆，两个男人相对而坐。两人都是盘腿而坐。

左侧向着庭院的人，一望而知是名武士。他冬天里仍穿直衣，配直贯。他年已三十过半，直率的神情颇招人喜爱。

他就是朝臣源博雅。

和博雅相对而坐的那位不是武士。坐着也能看出那人身材修长，褐色的眼睛中泛着青色。头发漆黑，肌肤白净。唇色红得令人误以为是血色透现。鼻梁笔挺，颇具异国人士的风姿。

他就是阴阳师——安倍晴明。

尽管是冬天，晴明仍如夏日一样，随意穿着一件白色狩衣。

两人正在对饮。火盆旁边放了一个托盘，里面已横放着几个空酒瓶，仍立着的酒瓶只有一个了。盘子上还有一个盛烤鱼的碟子，放着鱼干。两人边自斟自饮，边拿鱼干在火盆上烤着吃。

也许是没有风的缘故，房门大开。屋里的温度与外面几乎一样。

两人并不多话，呷着酒，视线落在渐积渐高的白雪上。

万籁俱寂。仿佛柔软的雪花落在积雪上时，那微弱的声音也能听见。

眼看已经凋零一片的庭院里，还有一朵紫色的花开着。

那是孤零零的紫色桔梗花，还没有被雪掩盖。

这鲜艳的紫色，用不了多久，也要被越积越高的雪掩埋吧。

“好安静的雪啊……”博雅喃喃自语，目光仍注视着雪中的庭院。与其说是向晴明或什么人搭话，毋宁说是随口而出。

“好幽寂的雪啊……”晴明说着，也将目光投向白雪。

“那边冒出来的是什么？”

博雅问的是雪地上那抹紫色。从刚才起他就一直盯着。晴明似乎立即明白了他指的是什么。

“你说那棵桔梗？”

“对。这时候桔梗还开花？”

“花多了，自然也有例外的吧。”晴明喃喃道。

“噢。”博雅点点头。

“原来是这样。”

“如此而已。”

两人彼此点点头，周围重归宁静。纷纷扬扬的雪花堆积起来了。

晴明伸手拿过鱼干，向着火盆烧烤。鱼干是博雅带来的。

博雅在黄昏时走进了晴明的家门。

“来得正好，博雅。”晴明一面说着一面走出来迎接博雅。

“是你叫我来的嘛。”

博雅这么一说，晴明只是随便地应了一声，表情没有丝毫变化。

他们说的是今天早上的事。

博雅在自己房里酣睡的时候，有一个声音说：“哎，博雅！”

他睁开眼睛，却不明白自己为何醒的。

淅淅沥沥的雨声传进来。

下雨了……

他这么想着。那个声音仿佛看透了他的心思，又说道：“下雨啦。”

声音就在枕边。博雅将目光往那边一转，只见一只黑猫坐在那里，注视着自己。

“傍晚会变成雪呢。”那只猫说起了人话。

“是晴明……”博雅嘀咕道。

因为那只猫说的是人话，腔调很像安倍晴明。

“晚上对雪喝上一杯，也很不错啊。”

那只猫说道。绿色的猫眼闪烁着，看着博雅。

“我备酒，你带上下酒菜。”猫又说。

“好。”博雅不自觉地顺着它的话，答应下来了。

“用鱼干下酒很不错哦。”

“明白了。”

“除此之外，顺便还想请你帮个忙……”

“什么事？”

“请带上长刀。长短、种类不拘，斩杀过五六个人的为宜。”

“哦?！”

“有那样的刀吗？”

“有倒是有的……”

“那就行，拜托啦。”猫说着，一纵身跃过博雅的头，跃向另一侧。

博雅慌忙转头，但黑猫已经不见了。猫的踪迹已从房门紧闭的屋内消失。

按照黑猫的吩咐带过来的长刀，此刻就放在博雅的身边。这是一把斩杀过五六人的长刀。杀人的不是博雅，而是他的父亲。

十多年前，当今圣上尚未即位之时，京城周边有一伙残暴的盗贼。被派去讨贼的武士中，有博雅的父亲。这把长刀斩杀的五六个人，都是那时的贼人。

博雅不明白晴明为何要他带这样一把刀来。一时忘了问，就这样一直喝着酒，眺望着雪中的庭院。

博雅傍晚来时印在雪地上的足迹，一定被白雪掩盖了。因为已经来了一段时间。

除了博雅和晴明，宽大的房子里别无他人的动静。和夜里的庭院一样，一片宁静。

以前来这所房子时，博雅好几次见到有人，但是分不清哪些是真的人，哪些是晴明驱使的式神。说不准这大宅子里，真人只有晴明一个，其他的净是式神、鬼魂、精灵之类，并非现世的人物。

就连这所宅子是否真的位于土御门大路，博雅也不敢肯定。

博雅有时甚至怀疑，也许跨入这所庭院的客人，也就自己一个。

“哎，晴明。”博雅呷一口酒，等酒液顺喉而下之后，对晴明说道。

“什么事？”晴明将视线从庭院移到博雅身上。

“之前曾想过要问你——你这所大宅子，就你一个人住吗？”

“是又怎么样？”

“我想，你不是很寂寞吗？”

“寂寞？”

“你不觉得孤单吗？”

博雅第二次问晴明这个问题。晴明注视着他，微微一笑。

今天头一次看见晴明的笑容。

“怎么样？”

“也会感到寂寞,也会孤单啊。”晴明好像是在谈论别人的事情,“但是，寂寞和孤单，却与屋里有没有人没有关系。”

“什么意思？”

“人都是孤独的。”

“孤独？”

“人原本就是那样。”

“你是说，人天生就是寂寞的？”

“大致是这意思。”

晴明似乎是说，虽然有时觉得寂寞，但寂寞并非由于独自生活造成的。

“晴明，我不懂你的话。”博雅直率地说，“简单地说，你还是会觉得寂寞吧？”

“真拿你没办法。”晴明苦笑起来。

博雅见晴明这样子，反而微笑起来。“嘿嘿。”

“你笑什么，博雅？”

“你也犯难了呀，晴明。”

“当然也会有犯难的时候。”

“感觉不错。”

“感觉不错吗？”

“嗯。”博雅点点头，喝一口酒。

雪更添了厚度，在地上继续堆积。

沉默了好一会儿，仿佛一片雪花自天而降似的，晴明冷不防冒出一句话："博雅，你真是一个好汉子。"

"好汉子？我吗？"

"对。我有点后悔了。"

"后悔什么？"

"后悔今天把你叫来。"

"什么？！"

"其实，今天晚上就要发生的事——也就是你将看见一种东西，说不定你还是不看为好。"

"究竟是什么东西？"博雅追问道。

"那是……"晴明转向庭院深处，视线所及，是那朵尚未被积雪埋没的紫色桔梗花，"类似那朵花的东西。"

"桔梗吗？"

"对。"

"我知道桔梗，但不明白你的比喻。"

"马上就会明白的。"

"跟你让我带这把刀有关系？"博雅伸手摸放在身边的刀。

"你带来了？"

"带来了。你还是回答我的问题吧。是和这把刀有关系的事吗？"

"没错，是有关系。"

"什么事？也该说出来了。"

"来了你就知道了。"

"来？"

"马上就到。"

"谁要来？"刚提到"谁"，博雅不禁轻轻摇了摇头，还是直率地追问，"要来的，是人吗？"

“是人，但又非人。”

“啊？”

“来了你就明白了。”晴明平静地说。

“哎，晴明，摆架子可是你的坏毛病。我现在就想知道。”

“等一等，博雅。稍后再详细解释给你听。”

“为什么？”

“因为她已经来了。”

晴明静静地说道。他放下酒杯，缓缓地转向雪中的庭院。

博雅不禁也随之转移视线。

然后，看见一名女子静立于雪夜的庭院中。

二

那女子站在一片模糊的白影之中。

她身穿黑色僧衣，头戴黑色布巾。悠远清澈的黑眸子望着晴明和博雅，嘴唇薄而冷。

“晴明大人……”她唇中吐出声音。

“您来了。”晴明说道。

“久违了。”那位僧尼打扮的女子说道。

像干爽透明的风一样的声音，自她唇中送出。

“请上来吧。”晴明又说。

“不洁之身，在这里就可以了。”

“不必介意。洁与不洁，人言而已。别人的判断与我无关。”

“请让我就在这里……”

女子的语气平静、清晰而坚毅，黑眸子里仿佛积聚了灼人的光。

“那我过去吧。”晴明站起来。

“您在原地施法也是可以的。”

“没有关系。”晴明走出外廊，在木地板上单膝跪下，“是消灾吗？”

“还照先前那样……”

女子垂下眼睑，随即又抬头睁开双眼。

晴明注视着那女人的双瞳，说道：“事隔多少年了？”

“事隔三十年了。”

“的确有这么久了啊。”

“那时候，贺茂忠行大人……”

“那时我刚刚开始修习阴阳之道。”

“而今天晚上，就由晴明大人您……”

青幽幽的磷光在女子的眼中燃起。

“真是奇妙的缘分啊。”

“忠行大人也已经不在世了。”女子的声音低沉而苍凉。

贺茂忠行——安倍晴明的师父，深通阴阳道，在当时之世，以绝代阴阳师而举世闻名。

“要喝上一杯？”晴明对女子说道。

“既然是晴明大人相邀……”女子说道。

晴明站起来，端过酒瓶和杯子。他左手持杯，右手斟酒，先分三口喝干了杯中酒。

接着，晴明将刚喝完酒的空杯子递上，女子并拢白净的双手，接了过去，晴明往她杯里倒酒。

“我喝酒也可以吗？”

女子用郁积着莹莹绿光的瞳仁注视着晴明。晴明没有说话，只是笑着点点头。女子也分三口喝干了杯中酒。

晴明把酒瓶放在外廊上，女子将酒杯放在瓶子的旁边。博雅只是默默注视着两人的举动。

女子的目光转到了博雅身上。

“他是源博雅。今晚请他来帮忙。”

晴明作了介绍，博雅依旧默然。

女子向博雅深鞠一躬，说道：

“有劳您看令人不快的东西，实在抱歉，还请多包涵……”

博雅对于将要做什么、自己该如何帮忙，依旧完全摸不着头脑。不明白归不明白，他还是点了点头。

“那就开始吧？”晴明问道。

“开始吧。”女子答道。

女子黑僧衣的肩头已落下了雪。她迅速脱下僧衣，全身赤裸。

冰清玉洁的身子白得耀眼，和雪的白是同一颜色。雪在白净却包含了暗夜之色的肌肤上聚积起来。

女子的脚旁，丢着她的黑色僧衣，好像是一团深色的阴影。

雪花落在女子娇柔的身上，随即融化，但马上又有新的雪花落下。

晴明赤着脚，从外廊走到雪地上。

“博雅。”晴明唤道。

“哦。”

“请拿上长刀，到这边来。”

“明白。”

博雅左手持刀，来到雪地上。他也赤着脚，也许是因为紧张，几乎感觉不到冰雪的寒冷。

博雅和晴明站在女子跟前。女子静静伫立在那里。

……我什么也不问。

博雅暗下决心，紧闭双唇，站在那里。

女子呼出的气变成了浅蓝色的火焰，轻飘飘地溶入夜色之中。

女子的目光更加灼人。黑亮的头发略长过肩，发梢仿佛也迸发出绿色的光焰。

女子在雪地坐下，双腿盘起，结跏趺坐。两手在胸前合掌，闭目。

晴明无言地将右手探入怀中，取出两根尖锐的长针。那针比绢丝还要细。

博雅将涌到嘴边的喊叫咽了下去。因为晴明正把其中一根长针，从女子的颈项与后脑之间一下子扎进去。

那根针有张开的巴掌长，大半长度已经没入女子的脖颈。然后是腰。在女子脊梁骨的下端，又把另一根针以同样的方式刺入。

“博雅，拔刀！”晴明说道。

“好！”博雅右手拔刀出鞘。银白色的刀刃在雪影里放出寒光。他双手握刀，将刀鞘随手甩在一旁。

“博雅，女子的身上寄居了妖物……”晴明说道。

博雅咬紧嘴唇，算是回应。

“那妖物名叫祸蛇。”

“哦！”

“现在，我要从这女子身上把它逼出来。从她的身体完全脱离之后，你就用刀砍它。到时候我会叫你动手。”晴明又说道。

“好！”博雅叉开双腿，双手举刀过顶。

“这可是三十年才一回的逼祸蛇之法，极难得一见。”晴明继续说道。

晴明轻轻用嘴含住女子颈后露出的针尾，并不把针抽出，而是念起咒来，右手还捏着插入女子腰部的针。

晴明念的是博雅从未听到过的咒语，低腔和高腔交错持续，像是用外国话在念咒。

忽然，女子的身体猛一抖，痉挛起来。

女子仍然双手合掌，双目紧闭，仰脸向天。她脸上有一种从内心渗透出来的东西。

那是欢喜的表情，是身心充满无上的喜悦；也是痛苦的表情，仿佛身体正被野兽从臀部逐渐吞噬。

女子仰着的脸在博雅的注视之下开始变化。某些东西开始浮现。

博雅眼看着女子的裸体开始枯萎。

女子的脸上将要出现什么呢?

博雅忽然醒悟——是皱纹。好几道沟纹开始出现在她的脸上、身体上，甚至向全身蔓延。

博雅清楚地看出是皱纹时，女子的脊梁难以置信地向前弯曲起来。

她仰着的脸上，眼睛倏地睁开，眼中燃烧着绿色的火焰。

嘶!

女子露出牙齿。

嗖!

从她的唇间飘散出一道绿色的火焰。

“嗨！”博雅发一声喊，双手依旧高举长刀，金刚力士般叉腿而立。

眼看着女子就要在他面前变成一个走样的老妪。

“出来了！”晴明嘴含着针说道。

那东西是从股间出来。一条黑亮的蛇从女子的股间探出头来。

“要等它全部出来！”晴明说道。

博雅没有顾得上回答晴明的话。

女子闭着眼。她已经完全变成了老妪的模样。

但是，她身上的皱纹又开始起变化了。随着蛇滑出身体，皱纹的数目开始减少。

皱纹是从下半身开始消失的，女子的皮肤正逐渐恢复原先的光滑。

黑蛇从结跏趺坐张开的两腿之间爬出来，有博雅胳膊般粗，而且很长。已爬出一只胳膊长了，才是它的一半。

从女子白净娇嫩的双腿之间，难以想象会出来如此丑陋的东西。

“嗨！”博雅仍旧握着刀，动也不动。

“动手吧，博雅，它出来了！”晴明说道。

蛇从女子股间现出全身，开始在雪地上爬动。

“好！”

博雅大喝一声，抡刀向蛇身猛砍下去。

然而砍不动。可怕的弹力将刀反弹开来。

“嗨！”

博雅咬紧牙关，运起全身力气，将心劲注入手中的长刀。

蛇一伸一屈地爬动。博雅把气馁的念头抛掉，再度喊了一声，一刀砍下。

“噗！”

有了砍中东西的感觉。蛇果然已被砍为两段，就在一分为二的瞬间，倏地消失了。

女子扑倒在蛇已消失的雪地上。

“得、得手啦，晴明！”

博雅喊道。他额上渗出一颗颗细密的小汗珠。“噢。”

此时，晴明已经站起来了，两手各拿一根针，是刚从女子身上拔出来的。

晴明一边把针收入怀中，一边说着“辛苦了，博雅”，走过来。

“哎哟……”

博雅将几乎黏结在刀柄上的左手硬扯下来，这只手都发白了，也许是握得太用力了。

“这可是砍妖物啊。胆力一般的可不行。”晴明说道。

女子缓缓地站起来。皱纹难以置信地消失了，还是原来那张美丽而略带忧郁的脸。瞳仁中锋锐的青光也消失了。

“结束啦。”晴明对女子说。女子默默穿上刚才脱下的冰冷的僧衣。

“实在感激不尽。”穿好衣服，女子平静地低头致谢。

女子的身上，晴明的身上，还有博雅的身上，都披着厚厚一层刚刚飘落的雪。

“下一次又是三十年后啦。”晴明自语般道。

女子点点头。“到那时再来见晴明大人吧……”

“那可就难以预料了。毕竟是三十年后的事啊。”晴明低声说道。

没有人动。

大雪在昏暗中纷纷扬扬地下着，三人久久伫立，仿佛在倾听雪花自天而降的声音。

好一会儿，女子低声说："那就告辞了……"

"噢。"晴明轻声回答。他头发上积了一层白雪。

女子躬身一礼，转身悄然远去。没有回头。晴明也没有向她说些什么。

就此，女子消失无踪。

她留在雪地上的足迹开始还清晰可见，很快就被继续下着的雪埋没，看不见了。

三

"晴明，刚才是怎么回事？"返回室内之后，博雅问道。

"她原本是人，现在却已不是人。"晴明这样答道。

"什么？！"

"会枯萎的，才是真的花；而不会枯萎的，就不能算是花了。"

"你是说那朵桔梗吗？"

"也可以这样说吧。"

"到底是怎么回事？"

"那也是一朵不会枯萎的花。"

"不会枯萎的花？"

"刚才的女人，还是三十年前的样子，一点也没变。"

"什么？"

"那位女子是不会老的，永远保持那副刚好二十岁的容颜。"

"真的？"

"对。今年该有三百岁了吧。"

“怎么可能？”

“传说三百年前，从千岁狐狸那里得到人鱼，并且吃了人鱼肉的白比丘尼，就是那位女子。”

“……”

“吃过人鱼肉的人，就不会老了。”

“我好像听说过这个传说。”

“就是这位女子。而且，她是我最初的女人……”

晴明从门窗大开的屋里，望向雪中的庭院。

雪仍在下，依旧悄无声息。

“那女子靠向男子卖身活着。”

“什么？！”

“而且只向没有身份、没有钱的男人卖身。代价非常低廉，有时为一条鱼就卖身，有时不要钱。”晴明仿佛不是在对博雅说话，而是自言自语，“虽然她永远不会老，但岁月会积在她的身体内，不久就要变成妖物……”

“为什么？”

“因为男人的精液在她体内啊。男人们的精液会与无法老去的岁月在女子体内发生反应，结合在一起。”

“但是……”

“不会老，不会死，就意味着没有生儿育女的必要。”

“……”

“那位女子的身体是不能怀孕的。接受了三十年不能成孕的精子，又与体内积存的无法老去的岁月结合，变成了祸蛇。置之不理的话，最后连那女子也会变成妖物……”

“噢。”

“所以，每隔三十年，就要从她体内除掉祸蛇。”

“原来是这样……”

“杀死祸蛇，用普通的刀不行，一定要用斩杀过好几个人的刀。”

“于是，就用上这把刀了……”

“对。”晴明简短地回答。

雪花仍在飘。晴明和博雅无言地望着飘雪。

“哎，晴明，人会死是件好事啊。”博雅说道，声调显得颇为沉痛。

晴明没有回答。他望着雪，听了一会儿雪的声音。

“不知怎么，我竟没来由地感到悲伤……”博雅不禁说道。

“你嘛，是个好汉子。”沉默的晴明忽然喃喃地说了一句。

“是好汉子吗？”

“是好汉子。”晴明简短地回答。

“噢。”

“噢。”

两人不约而同小声说着，然后又沉默不语，眺望着雪花。

雪下个不停，用无边无际的白色，用上天的沉默，包容地上的万物。

飞天卷

施小炜 译

小鬼难缠

一

源博雅走访地处土御门大路的安倍晴明宅邸，是在水无月的月初。

水无月，即阴历六月。

那是一个淫雨霏霏的下午。梅雨季节还未结束，天空中下着那种细细的、冷冷的雨。

刚穿过洞然敞开的大门，便有潮湿的花草香气将博雅拥裹起来。

樱树叶、梅树叶，还有猫眼草及多罗树、枫树的新绿，被雨水濡湿后，发出暗淡的光。

龙牙草、五凤草、酸浆草、银钱花……这些花草此一丛彼一簇，芊蔚繁茂，长满庭院，仿佛是将山谷原野的草丛原封不动地搬移到这里似的。

似乎是听任野草疯长，仔细瞧去，却发现可供入药的药草居多。博雅不解其功用，但那些看似毫无意义的花草对晴明而言，也许别具意味。

话又说回来，这些花草也许是纯属偶然地生于斯长于斯。晴明这个家伙，让人觉得两种情况好像都有十足的可能。

不过，这样的庭院倒是十分舒适。人必经之处，花草修剪得恰到好处，让人不致被雨水和夜露濡湿衣脚。有些地方还铺上了石头。

比针尖还细、比绢丝更软的雨，无声地倾洒在这些花草上。

蒙蒙细雨，望去宛似雾霭一般。

博雅身上的衣服湿漉漉的，含着雨滴，变得沉甸甸。他没带雨具，也没带侍从，便出门而来。

每次造访晴明，博雅都只身出行。既不乘车，也不骑马，总是步行。

博雅几度驻足观赏庭院，正待举步前行，忽然觉察到好像有人出现了。

将视线移开，见前方有人走过来。

一个是僧人，剃发，身着法衣。另一个是女子，身着淡紫色唐衣。

僧人和女子无言地走着，径直从博雅身边经过。交臂而过时，两人轻轻地向他颔首致意。博雅慌忙点头回礼。

这时，博雅闻到一缕淡淡的紫藤花香。

蜜虫——

如果没记错的话，去年这个时节，那名为玄象的琵琶被盗时，博雅曾和晴明一道前往罗城门。当时一道同往的，不就是这个女子吗？她是晴明召来紫藤花精灵做的式神。

所谓式神，就是阴阳师使唤的精灵、妖异之气以及鬼魂之类。它们通通被呼以这个名字。

可是，这个女子理应已经被魔鬼杀死了。莫非花精式神到下一个花期还会复生，可以作为新的式神重新出现在这个世界？

这个新的式神，博雅当然不知晴明究竟命名与否。目送二人远去，他刚收回视线，眼前又赫然立着一个女子。

不就是身着淡紫色唐衣，刚与僧人一同离去的女子吗？

博雅几乎要失声惊呼。女子却神态安详地俯首行礼。

“啊，博雅大人，欢迎您大驾光临……”声音低柔如诉，“晴明大人已经在那里恭候尊驾了。”

果然是式神。那这个女子无声无息地飘然而至，气韵又仿佛被雨水濡湿的花草一般朦胧，也就可以理解了。

女子微微垂首致意，移步在前引路。博雅跟随在女子身后，举足走去。

女子把博雅引到可以一览无余地眺望庭院的房间。屋内早已预备好酒菜。一只瓶子装满酒，用火略加烘焙的鱼干也放在盘子里了。

“来了，博雅？”

“好久不见啦，晴明。”

博雅已经坐在晴明面前的蒲团上。

“晴明，我刚才在外面遇见了一位僧人。”

“哦，你是说他呀……”

“好久没看到有人到你这儿来啦。”

“他是一位佛像雕刻师。”

“哦，是哪儿的佛像雕刻师？”

“教王护国寺的呀。”

晴明悠闲地竖起一只膝盖，不经意地将一只手搭在上面。

教王护国寺，就是东寺。延历十五年，为了护佑王城，在朱雀大路南端、罗城门东侧建造了这座寺院。后来将其赐予空海，做了真言宗的道场。

“那僧人身为佛像雕刻师，居然只身一人走访阴阳师，这事可有点蹊跷，而且连侍从也没带一个。”

“你每次来这里，不也是只身一人吗？”

“这个嘛，倒也是……”

“有什么事？又遇上麻烦了吗？”

晴明拿起酒瓶，给博雅面前的杯里斟满酒，给自己也倒上一杯。

“嗯。要说麻烦倒也挺麻烦，不过，遇上麻烦的不是我。”

博雅说着端起斟满的酒杯，二人也不分主客，便开怀痛饮起来。

“能一边喝酒一边聊天，可真不错呢。”晴明说。

“没跟刚才那位佛像雕刻师喝酒吗？”

“没有，对方是僧人嘛。话又说回来，博雅啊，遇上麻烦的到底是谁？”

“这个嘛，此人，那个，名字嘛……”博雅吞吞吐吐起来，“所以，这件麻烦事还得拜托你，晴明。”

“拜托？”

“可不是。此事只有求助于你才成。”

“不过，我可没法子立刻就替你办。”

“为什么？”

“就是刚才那位佛像雕刻师玄德师傅，我已经答应他明天去了。”

“去哪里？”

“去教王护国寺。”

“可是，晴明，我这边也火燎眉毛，急着请你赶快动手。这可是个身份高贵的人啊。”

“什么样的人？”

这么一问，博雅抱起双臂，长叹一声。

“不能说出来吗？”

“不不。没什么不能说的。让你知道也不碍事。这个人，就是菅原文时大人。”

“文时大人，就是那位大名鼎鼎的菅原道真[①]大人的孙子吗？”

“就是他啊，晴明……”

---

①菅原道真（845－903），日本唯一以才学登相位的文学家、政治家，其创作达到平安时代汉文学的顶点。遭贬谪后死于左迁之地，适逢京都怪异频生，遂传说为道真冤魂作祟。为抚慰怨灵，人们开始把道真尊为天神，后世逐渐演化为日本的文艺之神、书法之神、学问之神。

“是五年前吧，曾经奉天皇诏令，密呈三条意见的那位？”

“嗯。”博雅点点头。

菅原文时是当时深受天皇宠信的学林士人。既是汉诗人，又是学者。历任内史、弁官、式部大辅、文章博士，最终升至从三位。

“那么，这位菅原大人出什么事了？”

晴明悠然地自斟自酌。

“大致就是，菅原大人呢，曾经迷恋一位舞姬，生下了一个孩子。”

“哦，老当益壮嘛。菅原大人原来依旧青春不老呀。”

“哪里啊，晴明，那已是二十多年前的事啦。那时他刚过不惑之年，也就四十二三岁的样子。”

“然后呢？”

“后来，那位舞姬带着孩子搬到上贺茂山里，找了个不远不近的地方结个草庵住下来。”

“嗯。”

“于是，就出现啦。”

“出现？”

“怪事呀。”

“哦。”

“穿过上贺茂神社旁边，稍稍走一段小路就是那座草庵。怪事就是在通往草庵的小路上出现的。怎么样？这可正是你晴明的专长，该你出马了吧？”

二

据说那怪事第一次出现，恰好是在一个月前。

那天夜里，菅原文时的两位家人走在那条小路上。

菅原大人原本打算要到那女子家里去，可是由于突患急病，不能出门了。两位家人便携着菅原大人手书的和歌，急急忙忙赶路去送信。

穿过郁郁苍苍的千年古树林，便沿小径钻进稀疏的杂木林中。途中有个低矮的小丘，大致在丘顶附近，有个大大的丝柏树墩。

“就在两个人快要到那儿的时候，怪事出现啦。”

博雅说着，缩了缩脖子。

是个月夜。然而小路在杂木林深处。一位家人右手持着火把照路。

两位家人虽然不是武士，但腰间都佩着长刀。

来到可以依稀看见小路右侧那个大树墩的地方，走在前头的男子忽然停住脚步。后面的男子差点撞上他的后背。

“怎么了？”

“有人！是个小孩……”前头那个手持火把的男子说。

“小孩？”

后面的男子走上前定睛望去，果然，前方黑暗之中隐约可以看到一个白花花的东西。

恰好附近树木稀疏，蓝幽幽的月光从天空洒落下来。有个浑身仿佛被这如水的月光淋得透湿一般的人站在那里。

仔细看去，果然是个孩子。而且——

“天啊，他光着身子……”走上前的男子低声道。

两个人战战兢兢地走近些一看，的确是个光着身子的童子。倒没有全身赤裸，腰上还卷着一块布。但除此之外，身上就不着一丝了。可以看见他雪白的脚。

小孩年龄大约九岁或十岁吧，留着童子头。虽是夜间，也可以看出他的嘴角红红的，微微带着笑意。

“够吓人的吧，晴明？换作我恐怕也会大喊一声，落荒而逃。”

头顶上，杂木树叶在风中唰啦作响。

“怎么？想从这儿过吗？”童子问。

“是的。想。”

“不行。不许你们过。”

“什么?！”两位家人面呈怒色。

这时他们已经意识到，这个童子不是寻常的孩子。

两人手握刀柄，一步步逼近前去。正要经过童子身旁时，童子的身体骤然开始膨胀。两人还来不及吃惊，童子已经变成十尺开外的巨人。

两人刚要逃开时，童子抬起右脚，一脚将两个男子踩在脚下。

“啊哟！”

那童子力大无俦，两人连呼吸都困难起来。

“好难受啊！”

“救命呀！”

二人挣扎呻吟了整整一夜，不知不觉到了清晨。

醒过神来一看，童子早已无影无踪，两人的后背上倒是各压着一根枯树枝。

“从那以后，每天晚上，应该说是每当夜里有人经过时，那个怪童子肯定就会出现。”

“真有意思。”

“别幸灾乐祸啦，晴明，已经有好几个人在那里遇到那怪童子了。”

不论是去往哪个方向，只要一走近小丘顶上的大树墩，那个童子就会站在那里。

路人走近来，童子便问他们是否想过去。如果回答说想过，童子便说不让过；假如强行要通过，便会被踏倒在地。

如果说：“不想过去。”童子就会说：“那么就过去吧！”

等行人提心吊胆地走过树墩，终于放下心来。可刚松一口气，前面又出现一个树墩。犹疑不定地越过小丘顶，没走几步，那个树墩又出现了。

结果发现，一直到早晨都是在绕着小丘顶上的大树墩打转。

“就在四天之前，菅原大人终于也被踏倒在地啦。”

据说那童子一面踩着菅原大人，一面说道：“怎么样，被踩在脚下很疼是不是？就这么一辈子被踩在脚下可是更疼、更可怕呀！”

童子的声音显得很老成。

这可很好玩啊——

晴明虽然没说出口来，脸上却明明白白表露出这样的心情。

见菅原大人总也不来，那舞姬出身的女子觉得奇怪，第二天一大早便出去寻找，结果发现菅原大人和随从后背上压着枯树枝，正在小丘顶上呻吟不已。

“晴明，怎么样？”

“什么怎么样？”

“能不能帮个忙？希望这件事能在弄得满城风雨之前，神不知鬼不觉地把它解决掉。”

“你是说丝柏？”

“什么？”

“那个大树墩呀。”

“是啊。”

“是四年前砍掉的？”

“说是四年前。树龄已经有一千几百岁，好像是棵很大的树。”

“怎么会砍掉的？”

“听说五年前打雷，树顶烧毁了，之后整棵树从烧掉的部分开始腐坏。如果从腐坏处折了的话就危险了，所以四年前砍掉了。”

“原来是这样。”

“晴明，帮帮忙吧。我曾跟菅原大人学过书法和汉诗，承他真情相待。今后菅原大人晚上可就没法去跟相好幽会了。”

“就不能去找比叡山的僧人帮帮忙吗？”

“那里嘴快的和尚多得出奇。要是找了他们，转眼之间，谁都会知道菅原大人被枯树枝压倒在地，整夜呻吟直到天明的故事了。”

“我也未必不是个嘴快的呀。”

“哪儿的话，晴明，我太了解你啦。如果我拜托你别说出去，你是不会告诉别人的。”

晴明面露苦笑，给自己的空杯斟满酒，一饮而尽。

“好，那就去一趟吧，博雅。”

晴明放下酒杯。

“去哪里？”

“贺茂啊。”

“什么时候？”

“要去的话，就只有今天夜里啦。明天还得去教王护国寺。但说不定今天夜里那边的事情也能一并办妥。”

“那可太好了。”

“去吧。”

“去。”

事情就这么定下来了。

三

雨停了。可是又起了雾。浓密的水汽弥漫在大气中。

聆听着左侧贺茂川的潺潺水声，晴明和博雅行走在濡湿的草地上。

马上就要将这流水声甩在身后，朝着上贺茂神社爬去了。

上贺茂神社，正式名称是“贺茂别雷神社”，奉祀的是别雷神。因为是自然神，神社内不安置神体。

博雅手中拿着照路的火把。晴明一副心旷神怡、如痴如醉的神情，行走在雾中。

雾只是笼罩在地表，天空似乎是晴朗的，抬头可见朦胧暗淡的月光。两人就行走在这奇异的月光中。

“晴明，你不害怕吗？”

“害怕。”

“可是你说话的语气，倒好像一点也不害怕嘛。”

“是吗。”

“我可感到害怕。”说出来之后，博雅似乎更加害怕了，不禁拱肩缩背，“我其实是胆小鬼啊，晴明。”

博雅声音极响地吞了一口口水。

道路不知不觉之间偏离贺茂川，开始向着上贺茂神社爬升。

“尽管是胆小鬼，可还有另外一个自我，不肯宽恕这个胆小的自我。我觉得那个自我总是把我朝着恐怖的地方驱赶。这很难表达清楚，大概是因为自己身为武士吧。”

他说起自相矛盾的话来了。

博雅尽管是武士，他的身份却非常高贵。醍醐天皇的第一皇子克明亲王便是他的父亲。

“对了，晴明，有件事想问你。”

“什么事？”

“你白天说了一句怪话。”

“怪话？”

“你说过，说不定今天夜里护国寺的事情也能一并办妥，是吧？”

“嗯，我说过。”

“那是什么意思？这件事和教王护国寺那边的事情有关系吗？”

“大概有吧。”

“有什么关系？”

“别急，我边走边告诉你。”

“好吧。”

“你不是在我家里遇到了一位僧人吗？”

“嗯。”

“那僧人名叫玄德。我跟你说过，他在护国寺做佛像雕刻师……”

晴明开始讲起事情的来龙去脉。

小路已经进入那棵据说树龄已逾千年的丝柏所在的杂木林。

四

两年前，玄德开始动手雕刻四大天王像。

四大天王是守护须弥山东南西北四方的天神，分别是南方增长天王，东方护国天王，西方广目天王，北方多闻天王。

总共雕刻四尊，使用切成四段的丝柏古木。

护国寺得到了那棵树龄已逾千年的古丝柏。

千年古丝柏砍伐后要阴干两年，正好玄德要动工时，那千年古丝柏运来了。

玄德最先雕刻南方增长天王，花费了半年时间才完成。其次是东方护国天王，再次是北方多闻天王。每雕一尊都需要费时半年。最后雕刻西方广目天王。

一个月前，雕了邪鬼，接下去准备雕刻主体广目天王。就在这广目天王即将完成的时候，发生了怪事——

四位天王脚下原本分别踏着一个邪鬼。广目天王脚下所踏的邪鬼，就在整座雕像还差几天就要完成的一个夜晚，忽然不见了。

“不见了？”晴明问玄德。

“是的。消失了。”

从底座到邪鬼、天王，每尊雕像都由一整块木头雕成。广目天王的右脚底与所踏邪鬼的后背是连为一体的。

如今那鬼却陡然消失了，不像是有人用凿子凿去的样子。

直到那天中午，邪鬼还好端端地踏在广目天王脚下。这一点，玄德一清二楚。

那天夜里他起来小解，忽然想去看看广目天王像。毕竟耗时两年的工作就要大功告成。

小解后，点燃一盏灯，走进了雕刻间，却发现邪鬼不见了。

然而次日早晨，走进雕刻间一瞧，邪鬼这不就在广目天王的脚下吗？

玄德不禁怀疑：莫非昨天夜里是做梦？

这一天他依旧照常工作。到了黄昏时分，虽然已干完活，但昨天夜里的事还是莫名地放心不下。

“好吧！干脆今天夜里把它弄完得了。”玄德喃喃自语。

反正明天就要完工了，今晚再加一把劲，雕像大概就可以完成。玄德下了决心。

吃完晚饭，准备好灯烛回到雕刻间一看——

“邪鬼又不见啦。”

这次到第二天，甚至到了第三天，邪鬼也没有回来。

等到第四天，玄德终于按捺不住，偷偷地来找晴明商量个办法，对寺里却秘而不宣。

玄德说，如果告诉寺里，佛像雕刻师的职位也许就会不保。

“因为邪鬼不见了，说起来责任也许在我身上。”

“哦？”

“晴明大人，您知不知道别尊法这回事？”

别尊法，是一种祈祷法，供奉的不是佛祖和菩萨，而是其他各种天神。

“听说种类非常之多，由于口传以及代代师承不同，方法上差异也很大。不可能全部了解，但我还算略知一二。”

总之，玄德的意思是说，供奉的神如果是四大天王，就有相应的方法，以四大天王为本尊正佛进行奉祀供养。

“我们开始雕刻佛像时，不管它是什么佛像，心中所思所想的就只有那尊佛像。不妨说，在整个雕刻过程中，那佛像就是我们佛像雕刻师的本尊正佛。”

所以玄德开始雕刻新的佛像时，必定要洒水净身。倘若不是本尊而是别的天神，则要运用别尊法供养之后，再开始动手雕刻。

“到雕刻广目天王时，我疏忽了这个环节……”

五

“既然如此，晴明，你……”博雅兴奋得口齿也不清楚了。

“你猜对啦。”

“难道……”

“那可是树龄一千数百年的丝柏，精气自然不同凡响。而且是技艺超群的佛像雕刻师精心雕出的邪鬼，再加上是比脚踏其身的天王先完成的。总而言之，等一下就会水落石出。你瞧，那边不就要到了吗？”

小径早已深入杂木林。杂草在左右两侧蔓生，晴明和博雅的衣裾都湿透了。头上树叶飒飒作响。

“啊！就是那个吧。”

晴明停下脚步。博雅站在晴明身侧，向前望去。朦胧月色下，隐约可见前面立着一个白色的东西。

“走吧。”晴明若无其事地举步向前。博雅咽下一口唾沫，仿佛听天由命似的迈出脚步。

晴明走过去，果然有个巨大的丝柏树墩，树墩旁边站着一个光身子的童子。

童子看着晴明和博雅，薄薄的红唇向左右扯开，笑了。两片红唇间现出白森森的牙齿。

“想过去吗？”童子用穿透力很强的、细细的声音问道。

"啊呀，怎么办好呢？"晴明若无其事地说道。

"想过去，还是不想过去？"童子再次问道。

"啊呀，这个嘛……"

晴明话音未落，童子就大声叱问："到底想怎样？"随着叱问，唰啦一声，童子的头发倒竖起来，怒目圆瞪，眼球扩大了一倍。唯有嘴唇依然保持着微红。

"你自己想怎么样？想让人过去呢，还是不想让人过去？"

"你说什么？！"童子声音嘶哑起来，变成大人的语气。

"我们就按照你说的那样去做吧。"

"不行。我可不打算按照自己说的那样办。"

"呵呵。那你照我说的办吗？"

"不照办。"

"你说过照办的。"

"没说过！"

童子的嘴猛然张开，露出巨大的舌头和獠牙。

"啊呀，这可该怎么办呢？"

"你是来捉弄我的啊！"

童子已经不再装作小孩的模样了。身躯虽然还是很小，却俨然是魔鬼的样子。每当张口说话，口中就会熊熊喷吐出绿焰。

魔鬼跳离树墩，向着晴明猛扑过来。

"晴明！"

博雅扔下火把，拔出腰间的长刀。就在这时——

晴明朝着扑向自己的魔鬼伸出右手的食指和中指，一面在空中比画，一面念念有词地颂着咒语。

魔鬼陡然僵住不动了。

"你……"

"这是庚申咒文呀。"

晴明话音未落，魔鬼的身体便扭曲交叠，扑通一声摔倒在草地上。

“喂！”

博雅手握长刀上前一看，果然见地上躺着木头雕的邪鬼。正好是被广目天王踏在脚底的模样，身体交叠成两段，俯趴在地上。

“它原本是同那个树墩连为一体的，如果不设法让它离开那个树墩，我也拿它没办法。”

“这就是玄德所雕的广目天王脚下的邪鬼啊。”

“对啦。”

“刚才那是什么？”

“咒语呀。”

“什么咒语？”

“咒语原本是天竺发明的东西，但这段真言却是大和创造的。真言宗的佛像雕刻师在雕刻四大天王时，口中所念就是这段真言。”

“原来如此。”

“嗯。”晴明瞥了一眼身旁的树墩，走近摸了摸边缘的木纹，“哦？”

“怎么啦？”

“博雅，它还活着。”

“还活着？”

“嗯。其他部分几乎彻底腐坏了，这部分虽然很虚弱，但还是活的。看样子下面有非常强壮的树根。”

晴明再次把手放上去，口中低低地颂起咒语。

他把手搭在那儿，念了很长时间咒语，甚至感觉朦胧的月亮都逐渐西斜了。

终于念毕咒语，晴明从树墩移开手。

“哦……”博雅不禁惊呼出声。

因为晴明放过手的树墩边缘处，一个小得眼睛几乎看不出的绿色嫩芽扬起头来。

“千年之后，这里应该还会耸立起一棵参天大树吧。”

晴明低声自语着，仰望着天空。

遮没了月亮的雾，此时已经散开了，幽蓝的月光从天上悄然洒落在晴明身上。

寻常法师

一

一个秋日的黄昏，博雅心事重重地造访安倍晴明的宅邸。

这个汉子拜访晴明，总是只身前往。

源博雅是醍醐天皇第一皇子兵部卿亲王之子，从三位殿上人，真正的皇孙贵胄。以其身份，本来不会在这个时刻出门。而且身边也不带侍从，连牛车也不乘，就独自一人徒步外出。然而这个汉子就是如此，甚至有时会做出鲁莽之举。

天皇的琵琶玄象失窃时，他居然深更半夜只带一名侍从，便闯到罗城门去。

总之，在这个故事里，博雅是一位血统高贵的武士。

还是言归正传吧。

一如平素，穿过晴明宅邸的大门，博雅“呼——”地长吁一口气，仿佛叹息一般。

庭院中已是一片秋野的景象。

女郎花、紫苑、红瞿麦、草牡丹，以及众多博雅不知其名的花草繁密茂盛，满院怒生。这边一束芒草穗在微风中摇曳，那边一丛野菊混杂在红瞿麦中纵情盛开。

唐破风式的墙旁，胡枝子红花盛开，低垂着沉甸甸的花枝。

整个庭院看上去似乎丝毫未加修整，任由满院花草自生自灭。这种景象，简直——

“就是荒野嘛！”博雅脸上的表情在这样说。

可是不知何故，博雅并不讨厌晴明这花草自由自在盛开无忌的庭院，甚至觉得喜欢。大概是因为晴明并不仅仅听任花草自生自灭，其间似乎也有他的意志在起作用。

这庭院的风景并不是单纯的荒野，而是存在某种奇异的秩序。无法用语言巧妙地表达这种秩序到底存在于何处、呈现出何种形态，但大约正是那奇异的秩序，才使这个庭院令人喜爱。

如果要说肉眼可见的印象，倒看不出哪一种花草长得特别多。可又不是每种花草都长得同样多。有的种类多，有的种类少，但整体望去，比例恰到好处。

这种调和究竟是出于偶然，还是出自晴明的意志，博雅不明就里。尽管如此，他还是觉得晴明的意志大概确乎以某种形式，与这风景有关。

“晴明，在不在家？”博雅朝屋子里喊道。

然而，屋子里没有回应。

就算有谁出来引路，是人的模样也好兽的形状也罢，也大概是晴明使唤的式神。

记得有一次，一只会说人话的萱鼠来迎接自己。所以他不光注意屋内，甚至还留意观察脚下，但是并没有出现什么。

唯有秋日的原野在周围铺展开去。

“不在家吗？”低声自语时，博雅闻到了风中甜甜的香气。

那妙不可言的香气是融化在大气之中的。仿佛在空气中的某一层，那香气格外强烈。只要扭扭头，香气便会和着那动作忽而变强忽而变弱。

奇怪。博雅侧首凝思。到底是什么香气？

知道是花香。

菊花吗？不，不是。比起菊花来，这香气更带有甜味，馥郁芳醇，似乎会将脑髓溶化似的。

就像为这香气诱惑，博雅举足踏入花草丛中，绕向房屋的侧面。

薄暮从房屋和院墙的侧影里一点一点爬出，正悄悄潜入大气。只见不远处的草丛中，长着一棵三人高的大树。

不是第一次看到这棵树。每次造访晴明宅邸，都会看到这棵树。与以往不同的是，这次树的枝条上长着既像花朵又像果实的黄色东西。

那甜甜的香气，似乎就是从这棵树上流泻出来的。走过去，这香气变得清晰而浓烈。

博雅在树的近前停住脚步，发现树梢处似乎有什么在动。

是个白色的人影。有人爬到树上，不知在干什么。

吧嗒一声，博雅的脚边落下一样东西。

仔细一看，是一根细枝，上面密密麻麻长满了树上那种盛开的、既像花朵又像果实的东西。博雅暗忖：香味这么浓烈，恐怕不是果实而是花吧。

这时，又一枝花落下来。树上传来细枝轻轻折断的声音。

那人影不断用细细的指尖折断开着花的细枝，抛下树来。

再仔细看去，树的四周宛似地毯一般，密密麻麻铺满黄色的花朵。

奇怪的是，那人影虽在枝叶茂密的树梢间，却丝毫不受阻碍，行动自如。那影子一般的躯体仿佛空气，在枝叶间自由自在地钻来钻去。

博雅凝神注目，想看清楚那究竟是谁。

可是，越是目不转睛地盯着那张脸看，那人的眼睛、鼻子、嘴巴和面部轮廓就越模糊。明明可以看见，却越看越看不真切。简直就像是人形的幻影。

是式神吗？！

不料博雅这么一闪念，那朦胧的脸庞忽然变得清晰，还对博雅微微一笑。

“晴明……”博雅轻声叫道。

“喂，博雅。”

从斜后方传来呼唤博雅的声音。

博雅回头看去。外廊内，身着白色狩衣的晴明盘腿而坐，右肘支在右膝上，竖起右臂，下巴搁在那只手上，笑嘻嘻地望着博雅。

“晴明，刚才那树上……”

博雅扭头望向那树梢。然而，那里已经没有人影了。

“原来是式神啊。”博雅回过头来，对着晴明说。

晴明抬起脸。“哦，也可以这么说吧。”

“你叫式神在做什么？”

“你不都看见了吗？”

“我不是这个意思。我当然明白自己看到了什么——有人从那棵树上折了开着花的细枝，抛到地上。”

“对呀。”

“可是，我不明白这意味着什么，所以才问你嘛。”

“马上就会明白了。”

“马上？”

“嗯。”

“我怎么马上弄明白？”博雅话说得爽快耿直。

“你瞧，博雅，这里已经预备了酒。咱们一边喝上几杯，一边慢慢观赏庭院，过一会儿你就明白啦。”

“哦……”

“到这边来吧。”

晴明的右手边有个托盘，上面放着一瓶酒和两只酒杯。另一个碟子里盛着鱼干。

“好啊。反正坐下来再说。”

博雅从庭院直接跨进外廊，坐到晴明身边。

“你安排得倒很妥帖嘛。简直就像事先知道我要来。”

“博雅啊，要想不让我知道，经过一条戾桥时就别自言自语呀。”

“我又说话了吗？在哪儿？”

“不知道晴明在不在家啊。你不是这么说的吗？”

“难道又是你那一条戾桥的式神告诉你的？”

“呵呵。”

晴明嘴角浮现出不经意的微笑，拿起瓶子，往两只杯子里斟满酒。

这不是普通的杯子，是琉璃杯。

“哦！”博雅发出惊叹，“这不是琉璃吗？”

他拿起杯子，细细地观赏。

“嗬，连里面的酒也不比寻常。”

凝眸看去，杯中盛着红色的液体，闻香便知是酒，但又与博雅所知道的酒不同。

“喝一口试试，博雅……”

“总不至于有毒吧。”

“大可不必担心。”

晴明先端起酒杯喝了一口。博雅也举杯送往唇边，将一小口红色液体抿在口中，慢慢咽下。

“啊，不错。”博雅长吁了一口气，“直透五脏六腑啊。”

“杯子和酒都是从大唐传来的。”

“嗬！原来是来自大唐。”

“嗯。”

“到底是大唐，奇珍异宝应有尽有。”

“从大唐传来的，可不止这两样。佛家的教义、阴阳的本源，也都是从大唐和天竺传来的。此外——”晴明将视线移向庭院中的树，“那个也是。”

“那个也是？”

“那是桂花树。”

“噢。”

“每年一到这个季节，花香就会芬芳四溢。”

“唉，晴明呀，一闻到这种香味，便会让人思念起意中人。”

“呵呵，有人了吗，博雅？”

“哎呀，你问什么？”

“你的意中人呀。不是你刚刚说的吗，一闻到这种香味，便会思念起意中人？”

“哪儿的话。我不是说自己，只是泛泛而谈，说说一般人的心情而已。”

博雅连忙掩饰。晴明的嘴角微含笑意，愉快地凝视着博雅。

这时，晴明的视线移动了。“啊，快看……”

博雅追随晴明的视线。前方正是那株桂花树。

桂花树前的空中，悬浮着烟霭一样的东西。茫茫暮色已悄然潜入庭院的大气。在这空中，一个发着朦胧磷光的物体似要凝固起来。

“那是什么？”

“我不是跟你说了吗，马上就会明白。”

“跟刚才折花扔下来有关吗？”

“就算是吧。”

“到底是怎么回事？”

“安静地看嘛。”

简短的几句交谈之间，空中那个东西密度慢慢增大，开始形成某种形状。

“是人……”博雅低声自语。

转眼之间，出现了一个身着唐衣的女子。

“那是小熏……”

“小熏？”

“在这个季节照料我身边琐事的式神。”

“什么？”

“到这花凋为止，也就只有十来天时间吧。”

晴明又呷了一口杯中的葡萄酒，含在口中细细品味。

“可是，晴明啊，这与刚才折了花抛到地上又有什么关系？”

“博雅，召唤式神其实也不容易。在地面铺满桂花，是为了使小熏更容易出现。”

“这又是怎么一回事？”

“比如说，博雅，如果猛地叫你跳入冰冷的水中，你能做到吗？”

“如果是圣上降旨的话，我大概会照办不误。”

“可是，那恐怕也需要勇气吧？”

“嗯。”

“但是，如果先在温乎乎的水里泡一下，然后再跳进冰冷的水中，大概就要容易些吧。”

“倒也是。”

“那些撒在地上的花也一样。呼唤树之精灵来做式神，让她突如其来地闯出树外，那就跟直接让她跳进冰冷的水里一样。如果先让她在充满同样香味的空气里待上一会儿，树之精灵也就容易出来啦。”

“哦，原来是这么回事。”

“正是。”晴明转眼望着庭院，对小熏道，“小熏，麻烦你到这里来，给博雅大人斟酒，好吗？”

“是——”。

小熏丹唇轻启，简短地答应一声，静静地走来。她轻飘飘又悄无声息地上了外廊，陪侍在博雅身畔。

她拿起酒瓶，将葡萄酒倒入博雅的空杯中。

道了声“谢谢”，接过酒，博雅毕恭毕敬地一饮而尽。

二

“话又说回来，晴明啊，蝉丸大人在逢坂山结庐蛰居，闭门不出。我最近才好像理解他的心情。”

博雅一面喝着葡萄酒，一面叹息道。

“怎么忽然大发感慨？”

“你别看我是大老粗，也是心有所思嘛。”

“所思的是什么呢？”

“人的欲望这玩意儿，其实是很可悲的。”

那语气似乎感慨至深。

晴明望着博雅的脸，问道：“出什么事了吗，博雅？”

“出事倒也说不上。横川的僧都前几天去世了，你一定知道吧？”

“嗯。”晴明点点头。

横川与东塔、西塔鼎足而立，是比叡山三塔之一。

“这位僧都可是一位不同凡响的人物。博学多识，信仰笃诚。病倒之后，仍然坚持每天念佛。所以当这位僧都亡故之时，人们都以为他毫无疑问会往生极乐世界……”

“难道不是吗？”

僧都的葬仪终了，过了七七四十九日，一位弟子承继他的僧房，搬进去住了。

有一天，这位僧人偶然看见架子上放着一个小小的素烧白罐子。那是故世的僧都生前用来装醋的。他顺手拿起来，往里面一看。

“你猜怎么着，晴明？那罐子里面居然有条黑蛇盘曲成团，血红的信子还不时摇来摆去吐进吐出的。”

那天晚上，僧都出现在这位僧人的梦里，泪水潸潸，说道：

“诚如你们都曾看见的那样，我一心盼望往生极乐世界，满怀志诚念佛不已，直到临终前都心无余念。可不意在将死之际，我竟然想起了架子上的醋罐。我死之后，那个罐子究竟会落入谁人之手呢？就这么一个在垂死之际浮上脑畔的念头，却成为对尘世的眷恋，让我变作蛇的形状盘曲在那个罐子里了。为此之故，我至今都不能成佛。拜托你用那个罐子作为诵经费，替我供养经文，可以吗？”

这位僧人依言办理之后，罐里的蛇消失了，僧都再也没出现在他的梦中。

“连比叡山的僧都竟然都会这样，凡夫俗子要舍却欲望，岂不更是难上加难？”

“嗯……”

“不过，晴明，难道仅仅是心怀欲望，就这样难以成佛吗？”

现在的博雅已是酒酣耳热，双颊染上了红晕。

“我倒觉得一丝一毫欲望也没有的人，就已经不能算是人了。既然如此——”博雅喝干了杯中酒，继续说道，“我呀，最近觉得做一个普通人就行了，晴明……”

他感慨良深。小熏又为他的空杯斟满了葡萄酒。

庭院中，夜色早已降临了。不知不觉间，房屋里到处都点起摇曳的灯火。

晴明温柔地注视着面孔通红的博雅，轻轻地说：“人，是成不了佛的……”

“成不了吗？”

“对，成不了。”

“连德高望重的僧人也不行吗？”

“嗯。”

“不论怎么修行都不行吗？”

“是的。”

仿佛要把晴明的话深深地纳入肺腑，博雅沉默了一会儿说："那难道不是很可悲，晴明？"

"博雅，都说人可以成佛，其实这只是一种幻想。佛教对天地之理拥有一套穷根究理的思考，何以在这一点上竟会如此执着？我曾经百思不解，可是最近终于想清楚了：原来正是由于这种幻想，佛教才获得了支撑，也是由于这个幻想，人才能获得拯救。"

"……"

"把人的本性称作佛，其实也是一种咒。所谓众生皆佛就是一句咒文。如果人真的能够成佛，那也是由于这句咒，才得以成佛的。"

"哦……"

"放心吧，博雅。人，做一个人就行了。博雅做个博雅就行了。"

"咒什么的，我也搞不懂。但听了你的话，不知为何感到放心了。"

"对了，你怎么忽然谈论起什么欲望来了？恐怕是跟今天来找我有关吧。"

"哦，对啦。晴明啊，因为小熏的缘故，不觉就忘了说正事。我今天的确是有事来找你的。"

"什么事？"

"说起来，这件事相当棘手。"

"呵呵。"

"这么说吧。我有一个熟人住在下京，自称寒水翁，是个画师。"

"嗯。"

"虽然自称寒水翁，年纪也不过三十六岁上下。佛像也画，有人相求的话，隔扇也罢扇子也罢都画。松竹鲤鱼之类，下笔如有神，信手画来。就是这个人，如今倒大霉啦。几天前，这家伙来找我，跟我说了一大堆话。可听他说了来龙去脉，我发现根本不是我应付得了的。晴明，这倒好像是你的专长。所以今天我就到这儿找你来啦。"

"先别管是不是该由我来过问，博雅，你能不能先跟我谈一谈那位寒水翁的事？”

“嗯。”博雅点点头，“事情是这样的……”

三

前一阵子，以京西那一带为中心，常常可见一个自号青猿法师的人，在各处街头路口卖艺，表演魔术。

有时他让看客的高齿木屐、无跟草履之类变成小狗满地乱跑，有时凭空从怀里掏出只吱吱乱叫的狐狸来。

有时还不知从哪里拉来马儿牛儿，表演从牛马的屁股钻进去，再从牛马的嘴巴里钻出来的魔术。

有一天，寒水翁偶然路过，看到了青猿法师的表演。

寒水翁本来就对奇门外法极感兴趣，在目睹这些魔术之后，就彻底成了俘虏，不可自拔了。

那寒水翁，今天青猿在东献艺便跟到东，明天在西表演他又跟到西，就这么亦步亦趋地赶场追随青猿。一来二去之间，他自己也萌生了想学魔术的念头。

这个念头发展到极致时，寒水翁终于再也按捺不住，跟青猿搭话了：“请问，您能否将这套魔术传授给我？务请赐教！”

据说当时青猿回答道：“这可不能轻易传给别人。”

青猿根本不理睬寒水翁。但寒水翁也绝不轻易退却。

“务必恳请垂教。”

“真拿你没办法。好吧，如果你诚心想学，方法倒不是没有。”

“那么，能请您教我吗？”

“你先别忙。不是我教你。过几天，我带你去见一位大人，你去跟那位大人学。我能做的，仅仅是带你去见他。”

“那就多多拜托了。”

“事先需要跟你约定几件事，你能信守诺言吗？”

“请您尽管吩咐。”

“首先，从今天起七日之内，吃斋净身，不要让别人知道。还要预备好一只新的木桶，做好干干净净的年糕放进去，扛着它再来见我。”

“明白了。”

“还有一件事。如果你志坚心诚，真心想学这门秘术的话，下面这件事你一定得牢牢遵守。”

“什么事？”

“绝对不能带着刀来。”

“容易得很。不带刀不就行了？我是专门前来求教的，绝无他意。”

“那么，千万不要带刀！”

“好的。”

于是，寒水翁立刻沐浴净身，张起注连绳[①]，闭门不出，任何人都不见，斋戒了七天。做好洁净的年糕，装在洁净的新木桶里。

到了即将动身去见法师的时候，却对一件事忽生疑窦，便是不准带刀的问题。

为什么不许带刀呢？那位法师特意强调不准带刀，本身就很可疑。假使因为没带刀去出了什么事，那可不妙。

寒水翁犹豫了半天，最后决定身上悄悄藏把短刀带去。

他精心把刀磨好，秘密地藏在怀中。

“我如约前来拜访。”

寒水翁来到青猿那里，青猿叮问道：“可千万没带刀来吧？”

寒水翁直冒冷汗，点头称是。

“那么就走吧。”

---

①用来驱邪的稻草绳。

寒水翁肩扛木桶，怀中暗藏短刀，跟在青猿身后。

走着走着，青猿带他走进一座陌生的山中。寒水翁逐渐感到有些恐惧，可还是紧随其后。

过了一阵子，青猿停下脚步，说："肚子饿啦。"回头对寒水翁说："吃些年糕吧。"

寒水翁放下木桶，青猿伸手抓起年糕，狼吞虎咽地吃起来。

"你也吃些吗？"

"不，我不饿。"

寒水翁扛起变轻的木桶，继续向更深的山里走去。

不知不觉，已经到了黄昏时分。

"啊呀，居然走到这么远的地方来。"

两人继续前行，到太阳落山的时候，才来到一处相当别致的僧房。

"你在这里等一下。"

将寒水翁留在那儿，青猿向僧房走去。

寒水翁看着他，只见他在短篱笆前停下，咳嗽了两声。纸糊的拉门便从里面拉开，出现了一位老僧。

那位老僧看上去睫毛很长，着装似乎很气派，但鼻子好像出奇的尖，嘴边露出长长的牙齿。而且，似乎有股腥臊的风从他身上吹来。

"你好久没来了。"老僧对青猿说。

"久疏请安，万分失礼。今天我预备下礼物来拜访您老人家了。"

"什么礼物？"

"啊，有一个人说情愿侍奉您老人家，我就把他领到这儿来了。"

"你大概又是满口花言巧语把人家诓来的吧。那玩意儿在哪里？"

"就在那边——"

青猿扭过头来。

青猿与老僧的视线，同寒水翁的视线相遇。

寒水翁微微点点头，觉得心脏早像打鼓般狂跳不已。

这时，出现了两个手提灯盏的小和尚，将僧房各处的灯点亮。

“到这里来吧。”

青猿对寒水翁喊道。寒水翁无奈，只好硬着头皮走过去。

刚站到青猿身边，青猿便从寒水翁手中接过木桶，放在外廊内。

“这是年糕。”

“呵呵，看样子很好吃嘛……”

红色的舌头隐约露出来。

寒水翁已经迫不及待地想赶快回家。这个青猿和老僧都很可怖。他恨不得哇地大喊一声抱头逃跑，但只能极力忍耐。

“怎么样？这家伙该不会怀揣利刃吧。”老僧可怕的目光朝向寒水翁，说道，“用利刃剥我的皮，我可受不了……”

一种毛骨悚然的感觉让寒水翁不寒而栗。

“是是。我已经再三叮嘱过了。”青猿回答道。

“可是不得不多加提防啊。喂，过来——”老僧朝小和尚喊道。

“是！”

“你们查查这家伙身上，看他到底有没有带刀。”

“明白！”小和尚走下院子，朝寒水翁走过来。

啊呀，不好！

寒水翁暗想，被他一查，那还不图穷匕见？那可就糟啦，自己一定会命丧青猿和老僧之手。反正横竖都是一死，干脆先斩他一刀再说。

小和尚走过来了。

“哎哟——”小和尚喊道。

“怎么啦？”老僧忙问。

“这位大人浑身哆嗦呢。”

“哇呀！”

小和尚话音未落，寒水翁大吼一声拔出刀来，一把推开小和尚，纵身跃上外廊。

就着跳起的势头，寒水翁冲着老僧猛扑过去，“嗨”的一声，顺势砍向老僧。

刚觉得手上似有砍中的感觉，却听老僧口中发出“啊哟哇”一声惊叫，转眼踪影全无。小和尚和僧房也消失了。

再环视四周，发现自己站在一处来历不明的佛堂之中。

仔细一看，见带自己来此地的青猿站在一旁，浑身发抖。

“天哪，你怎么能干出这么荒唐的事，真是胆大包天啊！”青猿对寒水翁大哭大骂，“你乖乖让他吃了不就万事大吉了吗？反正你也是难逃一死，这么一来，还连累我也要陪你一命呜呼。”

嗷嗷。呜呜。

他大声痛哭起来。随着一声声大吼大叫，身姿渐渐起了变化。

再仔细看去，那原来是一只青色大猿。

嗷嗷。呜呜。

大猿一面痛哭，一面跑出佛堂，消失在深山里。

四

“事情大致就是这样。这怪事就发生在我的熟人寒水翁身上。”

博雅说这话时，天已经完全黑了。

“寒水翁就是因为心存无谓的欲念，想学什么魔术，结果便遇上了这么可怕的事。”

“后来呢？”

“寒水翁好歹总算回到家里，可是三天之后的晚上，又出事了。”

“什么事？”

“哦……”博雅点点头，又开始说起来。

寒水翁虽然回到了家，却恐惧得无以复加。

“反正你也是难逃一死。”

大猿这句话始终萦绕耳际，想摆脱也摆脱不了。

寒水翁足不出户在家中躲了三天。到了第三天晚上，有人咚咚地敲门。由于恐惧，他不吭一声。

“是我是我。”一个声音说道。

是那个法师大猿的声音。

“有个好消息要告诉你。开门吧。”他的声音明朗快活。

寒水翁心想，莫非事态好转了？便打开门，可外边空无一人。唯有月光如水，洒满一地。

正奇怪时，一个东西倏地从天而降，重重摔在地上。

一看，原来是那只大猿的头滚落在屋前的土地上，同样浴着月光。

“三天之后的晚上，我还会再来。”

滚落在地上的大猿嘴唇嚅动着，用那老僧的声音说道。再仔细一看，大猿口中嚅动的舌头上沾满粪便。

“于是，寒水翁今天中午来到我家，找我商量。事情就是这样。”

“那么，三天后的晚上是哪天？该不会是今天晚上吧？”

“是明天晚上。”

“哦，那样的话，倒也不是无法挽救。”

“有什么办法？”

“没时间说了。现在没办法做好准备。对手可是个穷凶极恶的家伙。”

“有那么困难吗？”

“嗯……博雅啊，你听好，我下面说的话你一定要牢牢记住。”

“好，你说吧。”

“明天傍晚以前，你赶到寒水翁家，把所有门窗关严实，你们两人躲在屋里。”

“明白了。”

“我现在来写符咒。你要把这符咒贴在他家里的子、丑、寅、卯、辰、巳、午、未、申、酉、戌、亥，以及艮、巽、坤、乾等各个方位。”①

“然后呢？”

“这么一来，那妖物大概就进不了屋。”

“哦，那太好了。”

“没有那么好。知道进不来，那妖物就会千方百计闯进屋里。记住，如果是里面的人自己开门引狼入室，那么不管贴了什么符咒，都将形同虚设。这一点你一定要记好。”

“嗯。”

“总而言之，不管发生什么事，都不能将任何东西放进门来。”

“晴明，你干什么呢？”

“我晚点再去。”

“晚点？”

“要救寒水翁，需要特别的东西。我得去找。顺利的话，傍晚时分就可以赶到寒水翁家。如果不顺利，也许就要到夜里才能赶到了。”

“嗯。”

“所以，在我赶到之前，不管谁来，都决计不能开门。”

“明白了。”

“为稳妥起见，你把小熏带去。如果你心中犯迷，不知道该不该开门，就问小熏好了。要是小熏摇头不许，那就绝对不可开门。”

“好。”

“为了更稳妥，再把这个交给你。”

晴明伸手从怀里取出一把短剑。

“这剑名叫‘芳月’，曾为贺茂忠行大人所有。万一那妖物想出什么办法进入屋内，随后就要钻进寒水翁的身体。从你刚才说的情况来看，

---

①阴阳家的方位定法依次为：子正北，丑北北东，艮北东，寅东北东，卯正东，辰东南东，巽南东，巳南南东，午正南，未南南西，坤南西，申西南西，酉正西，戌西北西，乾北西，亥北北西。

大概是从寒水翁臀部钻进去，再从嘴巴钻出来。记住，让那妖物从臀部钻进去不要紧，但要是让它从嘴巴钻了出来，寒水翁就会连魂一块儿被它掠走啦。”

“把魂掠走？”

“就是说，寒水翁必死无疑。”

“那可不行。”

“所以，如果发现妖物已经进入寒水翁体内，一定要在它钻出来之前，让寒水翁将这把剑衔在口中。记住，要把剑刃向内让他衔住。那妖物好像很怕利刃，恐怕从前曾狠狠吃过利刃的苦头。”

“好，明白了。”博雅点点头。

五

淡淡的桂花香气四溢。

博雅静静呼吸着这隐约飘动的香气。寒水翁坐在他左侧。

离两人稍远的地方，坐着小熏。桂花的香气就是从她身上飘来的。

灯盏里只有一豆灯火。

已是深夜，将近子夜时分。晴明尚未到来，时刻却已经迫近。

到这时，一直还是平安无事。

“博雅大人，也许会这样一夜平平安安就过去？”

寒水翁战战兢兢地问道。

“不知道。”博雅唯有摇头。也许真的会像寒水翁说的，一夜无事。但是也许会出事。难下断言。

其实，寒水翁不是不明白这个道理，实在是感到不安，便信口说了出来。

博雅膝前放着一柄长刀，随时都可以拔刀而起。

薄暮时分还没有一丝微风，但随着夜色渐深，风也渐渐刮起来，不时摇撼着门户，发出响动。

每当这时，寒水翁也好博雅也好，都会悚然心惊，朝着响动处看去。然而那仅仅是风声，并没有异常发生。

大约刚过子时，只听嘎嗒嘎嗒，传来推搡门板的声音。有什么东西试图把门推开。

“嘿！”博雅拉过长刀，单膝跪起。

“啊呀，可恨可恨，此处竟有符咒。”

令人毛骨悚然的低低的声音，从门外传进来。

摇门声停下来，接着，离门户稍远一点的墙壁又发出响动。那是竖起锐利的爪子咯吱咯吱又挠又抓的声音。

“啊呀，可恨可恨，此处竟然也有符咒。”

听上去十分懊恼的低沉声音传来。

寒水翁失声惊呼，死死抱住博雅的腰，全身乱颤，哆嗦不止。

“可恨可恨”的叹息声环绕房屋四周，总共传来一十六次。

那声音正好绕着房屋转了一圈。寂静再度降临，依然只有风声。

“是不是走了？”

“不知道。”

博雅松开由于紧握刀鞘变得发白的手指，又将长刀放回地板上。

过了一会儿，有人咚咚地敲门。博雅一惊，抬起脸来。

“寒水呀，寒水呀……”

一个女人的声音在呼唤寒水翁的名字。

“你睡着了吗？是我呀……”

是上了年纪的妇人。

“母亲大人！”寒水翁喊出声来。

“什么？！”博雅再次把手伸向长刀，低声问道。

“那是家母的声音，她理应在播磨国才是。”寒水翁说着，旋即站起身来。“母亲大人，真的是您老人家吗？”

“这话是怎么说的？瞧你这孩子！好久没见到你了，娘想你，这才巴巴地赶来看你。开门吧。你忍心让娘这么一直站在寒风里吗？”

“母亲大人！”

寒水翁朝门口走去，博雅拦住他，看看小熏。小熏静静地摇了摇头。

“是妖物。不能开门。”

博雅拔出长刀。

“谁在说我是妖物？你居然跟如此恶毒的人为伍？寒水呀……”

寒水翁沉默不语。

“开门吧。”

“母亲大人，如果真是您老人家的话，您能说出我父亲的名字吗？”

“什么？他不是叫藤介吗……”

“我那嫁到备前国去的妹妹，臀部有个黑痣。那颗痣是在左边呢，还是右边？”

“你混说什么呀？阿绫臀部哪来的什么黑痣！”妇人嗔道。

“真是母亲大人！”寒水翁正要上前，博雅拦住了他。就在这时——

“啊哟！”外边传来女人的哀叫，“啊哟。”

“这是什么东西啊？有个可怕的东西抓我来啦。啊，快来救救我，寒水呀——”

咕咚一声，门外有人摔倒在地。接着又传来野兽啃肉的喀嚓声。

“疼死我啦……”妇人的声音哀鸣着，“这家伙在吃我的肠子啊。哎哟，疼啊……”

博雅看看小熏，小熏还是静静地摇头。

博雅和寒水翁的额头上都冒出了冷汗。

忽然，门外静了下来。只有风声依旧。

博雅长长地吁了一口气，刚刚呼吸了一两下。这时猛的一声巨响，门板向内弯曲进来。什么东西想强力破门而入。

博雅将长刀高举过头，叉开双腿站在门口，用力咬紧牙关，身体却哆嗦个不停。

破门声持续了一会儿，随后逐渐安静下来。

“呼……”博雅不禁大大地吁了口气。

又过了一段寂静的时间。好像是快到丑时了，门外又有谁来敲门。

“博雅，对不起，我来晚了，你们没事吧？”是晴明的声音。

“晴明——”博雅欣喜若狂，奔向门口。

“博雅大人，那是——”

小熏站起身来，摇头制止。可博雅已经把门打开了。

说时迟，那时快——

一阵狂风呼啦啦向着博雅扑来。好似黑雾一样的东西随着烈风钻进门口和博雅之间的缝隙，进入屋内。

仿佛是要阻止它，小熏站到黑雾前。狂风和黑雾猛然撞倒小熏，她的身姿片片粉碎，散于大气中。

桂花的浓郁芳香，充溢在房屋里乌黑的大气里。

黑雾变成了一条细流，集中在寒水翁的胯间，消失了。

“啊哟！”寒水翁两手捂着臀部，扑倒在地，忍不住痛苦地扭动着身体。他的肚子膨胀起来，圆滚滚的，大得惊人。

“寒水翁！”博雅奔过去，慌忙从怀中取出晴明交给他的短剑，拔了出来，“快张开口，把这个衔住！”

博雅将短剑放入寒水翁口中。寒水翁用牙齿紧紧咬住，苦状立刻平息。他是将刀刃对准内侧横过来衔着，所以两个嘴角都受了伤，流出血。

“别松口！就这么衔紧了！”博雅大声叫道。

“晴明……”博雅呼喊。

接下来该怎么办才好？博雅手足无措，不知接下去该怎么办。

寒水翁用胆怯的眼神仰望着博雅。

“别放开！不能放！”博雅只能对着寒水翁大声呼喊。他将牙齿咬得嘎吱嘎吱响，抬起脸，忽然看见门口有个人影。

晴明站在那里，正看着博雅。

“晴明？！”博雅大喊。

“你真的是晴明吗？”

“对不起，博雅，进了一趟深山老林，所以花了这么多时间。”

晴明迅速来到博雅身边，从怀中取出一束药草。

“这种药草是生长在夏天的，所以这个季节很难找到。”

晴明说着，薅了一两把草叶，放入口中咀嚼起来。

咀嚼了一会儿，再吐出来，用指尖捏着，从衔着的刀与牙齿之间，塞进寒水翁的口里，说道：“吞下去。”

寒水翁赶紧将药草吞进胃里。如此反复数次。

“行了。就这么把刀衔着，挨上一个时辰就得救啦。”晴明恳切地说道。寒水翁热泪潸潸，点点头。

“晴明，刚才让他吞下去的是什么？”

“天人草。”

“天人草？”

“这也是从大唐传来的东西。据说是吉备真备大人带回来的。在大唐多生于自长安通往蜀中的山道上。我们国家现在还少，但已经有野生的了。”

“噢。”

“自长安至蜀中的山道上，有很多从臀部钻进人体为害的妖物。行路人都服用天人草炼制的吐精丸护身。安史之乱时，从长安逃难去蜀中的玄宗皇帝，途中经过那山里，听说也吃了这吐精丸。”

“可是，你刚才让他吃下去的……”

“没有时间炼制吐精丸，所以让他直接吞下了药草。给他服用的剂量很大，药效应该是绰绰有余。”

大约一个时辰过后，寒水翁的肚子开始咕咕作响。

“快到时候了。”晴明低语道。

“快到什么时候了？”博雅不解地问道。

晴明未及回答，寒水翁已开始痛苦地搓揉肚子。

牙齿与刀刃之间，痛楚地咻咻呼气。

“要不要紧啊？”

“不要紧。天人草见效了。”

不多会儿，寒水翁排出一头野兽。

似乎曾被猎人捉住剥过皮，野兽的腹部有一处很大的刀伤。

那是一具巨大的经年老貉的黑色尸骸。

陀罗尼仙

一

“哎呀，晴明啊——”

一开口说话，博雅口中便飘出了白气。他似乎心有所思，几次独自颔首。

“实在妙不可言啊。真是遵时守信，如期变迁呀。”

听上去感慨良深。

“你指什么？”晴明将酒杯送往唇边，口角微含笑意。

两人正在相对小酌，是在晴明宅邸的外廊内。

两人相对盘腿而坐，身旁是寥廓的秋野。

准确地说，其实并非原野。晴明家那几乎未加修整的庭院，看上去仿佛是将秋日的原野原封不动地搬来一般。

“当然是说季节喽。”

午后的阳光斜斜地照着庭院。花朵早已枯萎的桔梗和女郎花的群落犹自残存在院里，那里一丛，这里一簇。

博雅眺望着院中的花草，深深呼出一口气，变成了白雾。

“我是不是有点不对头，晴明？”

“博雅你吗？”

“嗯。”博雅喝干杯中的酒，看了晴明一眼，“我呀，对于这个庭院是无所不知的。连春天长出什么草，这草又开出什么花我都知道。可是……”

“怎么了？”

“夏天里那么茂盛鲜妍的花草，一到秋天却枯萎败落，披上霜……”

“嗯。”

“这简直……”

说到这里，博雅把后面的话生生地吞了下去，将视线移向庭院。

“简直什么？”

“不说啦……”

“为什么？”

“说出来你又要笑话我了。”

“我怎么会笑话你呢？”

“怎么不会，你的嘴角已经在笑了。”

“我没有笑。跟平时一样啊。”

“那你就是平时一直都在笑话我。”

晴明的嘴角浮出微笑。

“瞧，笑了不是？”

“这不一样。”

“怎么不一样？”

“这是在称赞博雅你呢。”

“那我可不懂了。”

“我嘛，始终觉得博雅是个好汉子。”

“那是嘲笑吗？”

“是称赞。”

“但是我可不觉得这是称赞。”

“你不觉得，这也是称赞啊。”

“唔。”

“接着说呀。”

“嗯。”博雅的喉头低低地咕嘟了一下，低下头说道，“我是想说——简直就像人世间一样嘛。”

他的声音很低沉。

“原来如此。”

见晴明意外认真地点头称是，博雅抬起脸来。

“想当年那样不可一世的平将门[①]大人，不也不在人世了吗？”

也许是晴明的表情让他感到安心，博雅接着说道。他拿起酒瓶，给自己的杯子里斟上酒。

“所以啊，每次望着这样的风景，便会不由自主感到哀伤，同时又觉得，这也许正是人世间的真实写照。这种奇怪的心情连自己也理不清头绪。”

“你是说这不对头吗？”

“嗯。”博雅微微点头，又喝干了杯中的酒。

“大概不是不对头，博雅。”

“你这么看吗？”

“你终于变得跟普通人差不多了。”

听晴明这么说，博雅脸色怃然，正要放下酒杯的手停在半空。

“怎么了？”

“你该不是说，所谓跟普通人差不多，也是称赞我的话吧？”

“这话嘛，既不是称赞也不是贬低……”

“那，是什么？”

①平将门，平安中期的武将，939年在关东起事，自称新皇，为平贞盛等诛灭。

“这可为难了。”

“我才为难呢。”

“怎么，你生气了？”

“没生气，只是觉得没劲而已。”

博雅犯了牛脾气。正在这时，有人唤了声：“晴明大人！”

声音来自庭院，是清脆澄澈的女声。

一个身着唐衣的女子站在枯野中，身上沐浴着午后的斜阳。

“有客人光临。”

“什么客人？”晴明问女子。

“是来自比叡山的一位叫明智的大人。”

“哦？”

“来客说，如果晴明大人在家，想拜见大人。”

“那么，请他进来。”

“是。”女子飘然走过枯野，向大门口走去。

她的步态轻盈飘逸，宛如枯野之类根本就不存在。裙裾所及，草叶摇也不摇一下。

“岂不是来得正好？”博雅对晴明说。

“什么正好？”

“客人一来，正好可以不必继续谈下去了嘛。”

“呵呵。”晴明不置可否，看着博雅微微一笑。

不一会儿，刚才那位女子沿着外廊静静走来，身后跟着一位僧人。

僧人身材瘦削，年约六十。

“明智大人来了。”

女子说毕行礼，缓缓转身离去。

一步，两步……走出不到五步，女子的身影开始逐渐模糊，尚未走到外廊尽头的转角处，便悠悠地消失不见了。

二

晴明和博雅并肩而坐，那位名叫明智的僧人与二人相对。

明智虽与晴明相对，却仿佛芒刺在背，上身扭扭捏捏动个不停。

“请问您有何尊示？”

晴明问对方，可他半天也不开口。

“这个，老实说，是一件极其秘密的事……”

明智说，连自己到这里来拜访一事，也务请千万保密。

博雅和晴明表示当然不会泄密，明智才终于启齿。

“哦，事情是这样的，我总是做梦……”

“梦？！”

“是的。而且是很奇怪的梦。”

“哦？”

晴明正准备细听下文，明智却问道：“不知晴明大人是否知道尊胜陀罗尼这名字？”

“佛顶尊胜陀罗尼……就是佛顶咒的真言吗？”

“是的。就是那个佛顶咒。”

据说，释尊亦即佛陀，具有常人所无的三十二相。

第一相是顶成肉髻相。头顶上有一块髻状骨肉，这就是佛持有的众相中的第一相。随着佛顶崇拜的演进，肉髻被神化，开始形成信徒信仰的对象“顶如来”。

佛顶髻音译为“乌瑟腻沙”，它放射的光芒能降伏一切邪魔外道。

这乌瑟腻沙真言，就是佛顶尊胜陀罗尼，亦即晴明所说的佛顶咒。

“我还听说，那位大名鼎鼎的大纳言左大将常行大人，就是靠了这尊胜陀罗尼，才逃过百鬼夜行之害。”晴明对明智说道。

“哦，原来您也知道好色顽童常行大人的事？”

“嗯。”

这位常行从年轻开始，直至年龄已经相当大时，还依然喜欢扮作童子模样。

其人，形美丽而心好色，爱念女色无并者也。至夜则出，东串西行，以为业。

《今昔物语集》这样记载。

一天晚上，这位常行只带了一名侍从和一个马夫，前往相好的女人家。

沿着大宫大路北行，然后折向东，行至美福门附近，忽然看见前方黑暗中，许多人手执火把迎面走来。

初看是人，但仔细端详便发现不对头，似乎是一班非同寻常之辈。

有红头发额上生角的狐脸女子，武士打扮双足步行的狗，或是只有头没有身子、在空中飞来飞去的女子，以及其他稀奇古怪的货色。

“呜呜。如此良夜，竟无人外出行路。”

“嗷嗷。饿死了，饿死了。”

“前一年在二条大道上，我吸了一个年轻娘儿们的眼球，那滋味可真难以忘怀呀。”

“老子倒想尝尝男人的那话儿是什么味道。”

“呜呜。”

“嗷嗷。”

常行等人只听见他们七嘴八舌嚷嚷不休。

“哎呀，这不是碰上了百鬼夜行吗？”

百鬼夜行，真的让常行给撞上了。

眼看着群鬼越来越近，这样下去，只怕连骨髓也要被吸尽。

正在不知所措，侍从说道：“神泉苑北门开着！”

于是，一行三人由此门冲进神泉苑，紧闭大门，浑身哆嗦个不停，等待着群鬼走过去。可群鬼却好像在门外停了下来。

“呜呜，这不是生人的气味吗？”

“嗷嗷，果然是生人的气味嘛。”

群鬼推开大门，闯进神泉苑来。

“要是人的话，我可要吸了他的眼球吃。”

“要是个男人，那话儿可得归老子。”

“舌头归我，老子要生吃……”

常行听得魂飞魄散。

然而，群鬼走近了，却好像并不知道常行他们藏身何处。

正如《今昔物语集》所说：

> 翼殷不逝，目大不睹。

忽然，有个鬼看了常行一眼：“咦，这里有尊胜真言。”

话音未落，群鬼一哄而散，争先恐后逃出神泉苑，消失不见了。

常行捡回一条性命，仓皇回到家里，一五一十告诉了乳母。

乳母说道：“其实，我有个做阿阇梨的兄弟，去年我让他抄写了一份《尊胜陀罗尼经》，把它缝在少爷您的衣领里了。”

据说是考虑到常行经常夜间外出和情人幽会，说不定什么时候就会撞上百鬼夜行，于是想了这么个办法。

晴明和明智提及的，便是这件事。

“这尊胜陀罗尼与阳胜僧都的事，您都知道吧？”

“您是说僧都骑烟飞升的事吧？”

“不愧是晴明大人，真是无所不知啊。”明智充满钦佩地说。

这个阳胜僧都的故事，《今昔物语集》中也有记载。

据该书记载，阳胜是能登人氏，俗姓纪氏，十一岁上比叡山成为佛门弟子，拜西塔胜莲华院的空日律师为师。

阳胜自幼聪明，过耳不忘，道心极强。书中说他：

无余心。

就是说，对佛道以外的事物几乎毫无兴趣。

见人裸身无衣，便解衣与人，见人腹饥无食，便以自己的饭食相赠，这些都是寻常事。

又不厌蚊、虮螫啖。

《今昔物语集》还这样记载。

阳胜身住比叡山中，一来二往间，胸中便抱持了坚定的道心。即是对道教生出兴趣。再简单地说，就是想当仙人了。

于是，阳胜离开了比叡山，来到吉野古京的牟田寺，闭门不出，学起了仙人之法。

修行的第一步是辟谷。即一切谷物皆不入口，只吃山菜。其次是断菜食，只吃树木和花草的果实种子。

再下一个阶段，一日只食一粒粟，身上只穿藤衣。再接下去，就只吸饮草上的露水，然后是只闻花的香味。最后就不需要任何食物了。

后来，据说一个在吉野山苦行的僧人恩真曾见到阳胜。

阳胜已成仙人，身无血肉，有异骨奇毛，身生双翼，飞翔空中如麒麟凤凰。

《今昔物语集》中这样写道。就是说，他的身上没有血肉，只有奇怪的骨头和羽毛，背上长着两只翅膀。

这位阳胜仙人每月八日一定要来到比叡山，聆听不断念佛[①]，拜过慈觉大师的遗石才离开。

《今昔物语集》还记载了阳胜成仙后的故事。

当时，比叡山西塔的千光院有位僧正法号净观。净观勤于修行，每夜都诵读《尊胜陀罗尼经》。

一日，阳胜仙人前来聆听念佛，飞到净观的僧房上空时，听到僧正正在诵读《尊胜陀罗尼经》。

阳胜情不自禁地落在僧房前的杉树上倾听，那《尊胜陀罗尼经》的诵读声益发清晰，他便从树上下来，坐在僧房的高栏上。

净观僧正发现后便问道："请问大人是……"

"我叫阳胜，从前曾在这比叡山住。刚才从这僧房上空飞过，听见有尊贵的声音念诵《尊胜陀罗尼经》，情不自禁，便降落下来听得入迷了。"

"真是太荣幸了。"

僧正打开角门，恭请他进入室内。阳胜仙人像鸟儿般飞进去，坐在净观面前。

那次，净观僧正与阳胜仙人畅谈了整整一夜。终于到了拂晓。

"那么，我得告辞了。"

阳胜仙人站起身，却飞不起来了。

"大概是与人间的气息接触过久，身体变重了吧。"阳胜仙人对净观道，"请焚香一炷，再让那香烟飘近我的身体，可以吗？"

净观依言照办，阳胜仙人立刻骑乘在那香烟之上，升到空中，不知飞往何处了。

这是《今昔物语集》的记载。

据说后来净观自己也生发了道心。他留下一句"吾亦做仙人去也"，

①修行的一种，昼夜不间断地念佛。

便也下比叡山而去。

“那么，您的梦与尊胜陀罗尼又有什么关系？”晴明问明智。

“这个……其实我也是每天夜里都在比叡山自己的僧房里，念诵《尊胜陀罗尼经》。”

“哦。”

“可是，四天前的晚上，我做了一个梦。”

明智娓娓叙述起事情的来龙去脉。

三

那晚，明智念诵一遍《尊胜陀罗尼经》之后，如常就寝，可是刚一睡着，便听见有人声。

“明智大人，明智大人——”

他猛然醒来，但四下里却听不到任何声音。

他以为是自己的错觉，迷迷糊糊地将要入睡时，又听到那个声音。

“明智大人。喂，明智大人——”

再度睁眼，仰卧的明智发现脸的正上方，有张人脸俯视着自己。

他一惊，翻身爬起一看，一个僧侣模样的男人坐在枕旁。

“明智大人——”那个僧侣模样的男人开口说道，“您终于醒来了。”

那人的声音举止都很沉稳。

“您是谁？”明智问道。

“我的名字不足为外人道。”

“您有何贵干呢？”

“呃，我偶然从这里经过，听到诵读《尊胜陀罗尼经》的声音，不由得驻足听了起来。”

然而，明智诵读《尊胜陀罗尼经》时，房中根本没有发现其他人，这一点他清清楚楚。

“听完《尊胜陀罗尼经》，正准备回去，大概是与人间的气息接触过久，身体变重了，结果身体怎么都不听使唤，能否请你焚香一炷？”僧人模样的男子这样请求，然后又说，“焚香后，请将那香烟，就这样移近我的身体。”

明智当然听说过阳胜仙人的故事。

“莫非您就是阳胜真人？”

“哪里哪里。我可不是那样的人物，只是一个普通僧侣罢了。”

僧人断然否定。

总而言之，明智依言行事，焚香移近前去。那僧人骑在烟上，频频作势欲飞，然而身体丝毫没有起飞的迹象。

“哎呀，这可麻烦了。”

一来二往之间，天色渐晓，明智也困意难耐了。

终于迷迷糊糊地睡着了。醒来时已是早晨，自己好端端地仰面睡在卧具之中。

他心想，看来昨天夜里的事是场梦。然而房间里却充溢着焚香的气息，枕边放着像是昨夜用过的香炉。

思前想后，明智才觉察昨天夜里连蜡烛也没点一支，竟然能在黑暗中看见那僧人的身姿，实在是怪事。

转念一想，又觉得恐怕还是一场梦。就这样，夜晚又降临了。

又到晚上，他一如往日诵读《尊胜陀罗尼经》完毕，刚一睡着，便响起了声音：“明智大人——”

起身一看，枕边又坐着那位僧人。

“抱歉，能不能再请您给我焚一炷香？”

明智焚了香，将香烟移过去。僧人仍旧一个劲地试图飞升，可依然是一副飞不起来的样子。

一来二往之间，明智昏昏睡去。

醒过来时，又是清晨，自己还是在卧具里睁开了眼睛。

“这样的事情一连三个晚上连续发生啊。”

明智说，昨天夜里，他鼓足勇气对那僧人说：

“比叡山上不乏法力远胜于我的高僧，我想为您的事情去找他们商量商量……”

“不不，那可不行。请大人千万不要那样做。”

话虽如此，可是每晚都这样的话，袖手旁观总不是办法呀。

“看来无论如何，还是得向精于此道的人求教。”明智说道。

“既然如此，能不能拜托您去请土御门大路的安倍晴明大人帮忙？”

据说那僧人这么告诉明智。

“就是出于这个缘故，今天我才专程前来尊府拜谒。”

四

“世上真是无奇不有啊，晴明。”

博雅双臂抱胸，自顾自地频频点头。

明智刚才告辞离去了。此刻，外廊内只有晴明和博雅两个人。

已是薄暮时分，酒也罢大气也罢，现在都已变得冷冰冰的。

刚一清醒过来，酒的温度也好，醉意也好，都仿佛梦境一般。

博雅眼睛炯炯有神，接连颔首道：“我已经决定了，晴明。”

“决定了什么？”

“我也去。”

博雅的意思是说，晴明今晚去明智僧房时，自己也一起去。

“就这样吧，带我一块去，晴明。既然已经听到了那样的事，如果把我撇开，我可要牵肠挂肚，彻夜无眠了。”

博雅想，反正自己也睡不着觉，干脆也一起去。这就是他的逻辑。

“况且，夜里赶路也不安全。”

“不安全吗？”

“要是遇上百鬼夜行什么的，当然得看你的了。可万一对手是血肉之躯，是强盗匪徒之类，那可就要看我的了。”

看来他是非去不可，没得商量了。

“那么就去一趟吧？”

“好！”

“去吧。”

“去。”

事情就这么决定下来了。

五

月白风清。月亮周围，好几团碎云向东飘去。

仰头望去，只见月亮从黑黝黝的杉树梢头探出脸来。

此时，晴明和博雅站在明智僧房之外。

“就和平常一样……”晴明再三叮嘱明智。

不久前还可听到明智诵读《尊胜陀罗尼经》的声音，此刻业已停止，僧房中寂静无声。

深夜里那冷得透心彻骨的寒气，包围着晴明和博雅。杉树梢头也瑟瑟作响。

“晴明，到底要等到什么时候啊？”博雅低声问道。

“要是带酒来就好了。”

晴明这么一说，博雅赌气般答道“我不需要酒”，还稍稍提高了嗓音。

“觉得冷吗？”

“不能说不冷，可也不是不能忍耐。就是脱光衣服我也不在乎。”

博雅说着，那语气听上去似乎真的做好了脱光衣服的准备。

“我有数。”

正当晴明低声回答时——

“明智大人，明智大人……”

僧房中传来人语声。这不是明智的声音。

“晴明——”博雅压低声音，看着晴明。

“听见了。”晴明点头示意。

听到呼唤，明智喃喃地低声答应：“今夜请来了安倍晴明大人。”

听到明智说话声，晴明迈出脚步。“走吧，博雅。”

“嗯。”博雅左手握住腰间的长刀，跟了上去。

拉开门，晴明和着月光一起，静静地踏进僧房。

黑暗中，明智仰躺在卧具之中，睡得正熟，但嘴唇呶呶翕动。

“今夜还是要焚香吗？”

明智依旧闭着眼睛，头微微抬起来。

“不用了。今夜晴明大人惠临，用不着焚香了。”

那个声音这么说之后，明智的头落在枕上，开始安宁地发出鼾声。

明智枕边暗处，依稀有个僧侣模样的男人身影。这僧人坐在地板上，仰头看着晴明。“辛苦您了，晴明大人。”

他的年龄看上去约莫有八十来岁。一望便知，他不是阳世之人。因为月光从角门悄然潜入，照在僧人身上，但透过身体，居然可以依稀看见身后的书桌。

晴明在那僧人的面前坐下，问僧人：

“那么，请问阁下找我晴明有何贵干？”

“恳请大人援手。”

仔细看时，发现说话的僧人满脸憔悴。

“可是，我可以做什么事来帮助您？”

“说实话，我回不去了。”

“回不去？”

“嗯。”僧人点了点头，继续说道，“说来我原先也是这比叡山的和尚，后来却弃佛从仙，一度离开这比叡山……”

“哦。”

“我在熊野、吉野修炼，学会一点仙术的皮毛，却达不到长生不老的境界。”

“嗯。”

“归根结底，世间万物变迁无常，即便入了神仙之道，还是无法阻止肉体衰老的。”

“的确如此。”

“到了风烛之年，从前的往事一一浮现脑际，令人心生眷念，不知不觉，竟信步来到这比叡山。”

“……”

“来是来了，然而这寺中还有认识我的人在，又不好腼着脸抛头露面，于是悄悄隐身山中，结果偶然听到这位明智大人念诵《尊胜陀罗尼经》的声音。”

僧人微微一笑。

“便来到这里，每夜聆听尊胜陀罗尼。可是等到打算回去的时候，却回不去了。尝试了种种办法，诸如焚香骑烟之类，结果此身始终不能离开。明智大人提议请教修得更高法力的高僧，可我不愿在旧相识前露面。想起安倍晴明大人的大名，这才劳烦大人前来……”

“就是说，只要我襄助您离开此地就可以了，对吗？”

“正是如此。”

“那么，需要您将一切前因后果悉数告诉我。”

“唉，还要我说什么呢？”

“这香味……应是黑沉香吧。”

“正是。”

“经典里记载，这香味遍熏三千世界。如果骑乘此烟还是回不去的话，应该有特别的理由。”晴明似乎在思考什么，过了一会儿说道，“您是否在这里恋慕上谁了？”

“恋慕，此话何意？”

“您在这里遇见令人动心的女子，或是对这位明智法师……”

“怎么可能！我绝不会喜欢这个明智。”

“那么，就是一位女子……”

“唔。”僧人含糊其词。

“那么，请允许我失礼了。”晴明说着，从怀中取出一枝花。

花朵虽已枯萎，但花瓣上依然残留着淡淡的青色。原来是龙胆。

“这是我的庭院中开的最后一朵花。”晴明对着花轻轻吹了口气。

“来吧，青虫，这是你最后一项工作了。”

说着，晴明把花放在地板上。

黑暗中，花儿婀娜地绽开，一位身着青色唐衣的女子站立在那里。

“晴明，这是……”博雅不禁脱口惊呼。

原来她正是白天明智来访时，前来通报的女子。

“青虫啊，请你把这位法师心中思恋的女子领到这里来吧。”

青虫静静地行了个礼，再抬起头来。

头尚未完全抬起，她的身影已经溶入黑暗中。

不一会儿，就在她消逝的地方，身影隐隐约约开始出现。

这次不是青虫一个人。她还牵着另外一个女子的手。那是一位美丽的舞姬。

青虫现出全身后，向晴明嫣然一笑，再度消失了。舞姬却留在那里。

“是这位小姐吧？”晴明对着僧人说。

“哎呀，这……”僧人含羞微笑。

“晴明，这位姑娘是……”博雅问。

“便是这位法师心中所想之人啊。”

“这可真是……”

僧人一个劲儿地扭扭捏捏，坐立难安。

“怎么样？索性一不做二不休？”

“一不做二不休？”

“已经余生无几了吧？”晴明和蔼地对着僧人说。

“是啊。”僧人点点头，声音已镇定下来。

“那就从神仙之道回归俗人之道，与这位姑娘了却夙愿，岂非一段佳话？”

“……”

“由《尊胜陀罗尼经》撮合，不也是天定良缘吗？”

晴明伸出手，把手掌放在沉睡的明智额头上。

明智醒来，看见一旁的舞姬，大为惊愕。

“这……这个……”

“好吧，我们到外边去待一会儿……”

晴明催促着惊诧不已的明智和博雅，走到僧房之外。

“喂，晴明，这是怎么回事？我简直是丈二和尚摸不着头脑。”

“别急。我们边赏月边等吧。过一会儿就水落石出了。”

“喂……”

晴明不知是否听到了博雅的声音，只是仰望着月亮。

“博雅，看来还是应该带酒来啊。”

六

过了约莫半个时辰，那位僧人出现在僧房外赏月的三人面前。

他满脸尴尬地看着晴明，在月光下沉默不言。

“怎么样？”晴明不经意地问道。

“终于了结心愿了。不过，晴明大人，人可不是那么容易成佛成仙的啊。”僧人的口气似乎十分欢快，他搔着脑袋，又说，“试图穷尽佛法仙术，结果却还是……”

“什么？”

“凡人呀。”

老僧低头道：“对不住，还要请您往西边山里略深处走走，应该能找到我的尸体。烧也罢埋也罢，还望多加关照。”

“是。”晴明答道。

老僧再度施礼示谢。

反反复复致谢之后，渐渐地，僧人的身影愈变愈淡，消失在黑暗中。

月光下，只剩下杉树梢头在风中瑟瑟作响。

“走，回去吧。”

在晴明的催促下，大家走进明智的僧房一看，那老僧自不待言，连舞姬的身影也杳然不见了。

“好啦。这下可以请你告诉我了吧？”

晴明对始终沉默的明智说道。

“是。”明智点点头。

“晴明大人，我想，您一定全都一清二楚了。但恐怕还是应该由我从头道来。”

明智蹲下身，掀起自己的卧具，从下面取出一卷卷轴。

点亮灯，在灯光之下，明智将卷轴摊开来。绢本上画着画像。

“这个……”博雅险些脱口而出。

画像画的正是刚才出现在屋子里的舞姬。

“说来惭愧之至。我身为佛门弟子，却未能斩断思恋女子的念头。每天夜里，念诵完《尊胜陀罗尼经》后，便望着这幅画自渎。刚才看见她居然出现在这里，大为震惊。一定是每夜聆听《尊胜陀罗尼经》，画像也附上魂灵了。大概刚才那位僧人被《尊胜陀罗尼经》吸引，来到这里后，在我自渎之际，看见了这画上的女子，因而对她生发了恋慕之心。”明智低声对晴明解释。

“可是，那位僧人的亡魂本在别处，是不可能自己来到这里的呀。”

“依您看呢？”

“这几天有没有什么特别的东西出现过？”

晴明一边说，一边观察四周，似乎在地板上发现了什么，便伸出手去。

“有了。”晴明从地板上捡起一只黑蝴蝶的尸骸。

“就是这个了。他是让这只垂死的蝴蝶把自己的灵魂驮了来。”

“我想起来了，这几天确实曾看见这只蝴蝶在僧房里无力地飞来飞去。”

无血，无肉，浑身长毛，骨骼奇妙，有两只翅膀……

“原来是它呀！”博雅低声叹息。

“好了，那我们走吧，博雅。”

说着，晴明站起身来。

“去哪里？”

“西方。”

晴明正要走出门，明智连忙招呼道：

“多谢了。送给您一样谢礼吧。”

“不用——”刚说到这儿，晴明若有所思地中断话头，又接着说，“那么，能否将这幅画送给我？今年冬天，正好还缺一个照料身边琐事的式神。”

他从地板上拾起龙胆花，温柔地放入怀中。

“那么请大人收下。”

晴明将明智递过来的画轴放进怀里，走进月色之中。

忽然，眼前飘然出现了那位袅娜的舞姬。

“我们走吧，博雅。这位舞姬会给我们领路的。”

晴明刚说完，舞姬便率先走在前面。

七

巨大的老杉树下，一个老僧仰天躺着，已经死去。

“就是他吗，晴明？”博雅手中举着火把问道。

“是的。”晴明答道。

“这个人究竟是谁呢？”

“我猜，大概是净观法师吧。”

“就是那个继阳胜仙人之后，想做仙人的法师吗？”

“是呀。不过他生前叫什么名字，已经没必要刨根问底啦。”

晴明俯视着老僧说。

博雅将火把移近些。火光通明，照着老僧的脸。

“哦！”博雅不禁低声惊呼，“晴明，法师的脸在微微地笑呢。”

恰如博雅所说，法师那布满皱纹的口角，浮现出微微的笑意。

夜露

一

月亮把浓浓的月色倾洒在外廊内。

从屋檐下仰望夜空，唯见几缕云彩飘动。青幽幽的满月明朗晶莹，一览无余。秋夜澄澈的大气，充盈流溢在庭院里。

“好明月，真是不能赞一词啊，晴明。”博雅喃喃地不胜感慨。

他和安倍晴明正坐在外廊内举杯对饮，以烤红口磨佐酒。

面前是入夜后的庭院。虽未点灯，然而月光明亮，连胡枝子随风摇曳的情形都清晰可见。

女郎花、龙胆等秋花秋草上，似乎夜露已降，映着月光闪动飘摇。

薄暮时分，博雅来找晴明。两人悠悠然从那时一直喝到现在。

“快看，晴明——”博雅目不转睛地注视着面前的地板。

在纹理分明的地板上，一只螳螂在爬行。

“是螳螂？”

一只很大的螳螂从博雅面前悠然自得地缓缓爬过。动作中，夏日里旺盛的生命力已经不见了。

“不知怎的，我觉得这只螳螂好像是在寻找归休之地。”

“怎么啦，博雅？今天晚上很伤感嘛。”

“晴明啊，如此看来，人和虫子尽管寿命长短不同，但其实都是一回事。”

“呵呵。这话怎么说？”晴明满面愉快的表情，看着博雅。

“满心以为全盛的夏日没有穷期，可不知不觉中盛期已经一去不复返。人也罢虫子也罢，都将老去……”

“……”

“甚至可能连安然终老都做不到，哪天忽然染上流行病，不就两腿一伸呜呼哀哉了？”

“嗯。”

“是得趁还活在世上的时候，将各种事情一一料理妥当，免得死到临头还留下牵挂啊……”

“比如说？”

“比如说啊，假使有一个女子，你在心中偷偷思恋着她，就应该明明白白把所思所想向她倾诉。”

“嗬，有了吗？”

“什么？”

“嗨，问你是不是有个这样的女子呀。”

“不，不是说我有，而是说如果有的话。”

“那就是没有喽？”

“不，我没说没有。”

“那么还是有喽？”

“晴明啊，我只是打个比方，并不是说有没有的问题。”

博雅沉下脸，端起酒杯送往嘴边。

“出什么事了吗，博雅？”等博雅喝干了酒，晴明问道。

“是出了……”

“哦，是什么事？”

“我听到了一个故事。”

“一个故事？”

“嗯。就是昨天，我有点小事，到藤原兼家大人府上去了，在那儿遇上了超子小姐。”

“是兼家大人的女公子吗？”

“嗯。”

“今年芳龄几何？”

“快二十岁了。人又聪明又美丽，简直是闭月羞花，比盛开的芍药还更有风韵。她好像对宫中的事情格外感兴趣，问了我好多各种各样的问题，表情看上去宛如天真无邪的童女。”

“呵呵……”晴明得意地微笑。

“不不，晴明，我不是去找超子小姐的。本来是去见兼家大人，可大人手头有事一时脱不了身，所以超子小姐就陪我聊了一会儿。”

“后来呢？”

“当时她告诉我一件事情，就是这个故事，让我感慨不已啊。”

“博雅大人，您听说过这件事吗？”

超子先这样问博雅，然后开始讲述那件事。

二

某个地方有一个男子。

这个男子身份尚说得过去，很久以来一直恋慕着一位家住豪宅深院、血统高贵的女子，然而始终难偿夙愿。虽然一心想同她结成亲密无间的关系，却总也得不到令人满意的答复，唯有时间无情地流逝。

“于是一天晚上，这个男子将那女子从深宅大院里偷了出来。”

由于酒力，博雅面上微微带着红晕。

男人背上负着那女子，急急忙忙地摸黑赶路。渡过一条叫芥川的河，就是原野。正巧月亮出来，周围的草丛中，星星点点地有些闪亮的东西。

夜露凝结在草叶上，为月光照耀，仿佛群星一般闪闪生辉。然而从未走出过深院一步的女子，却不知道那是什么。

“彼何物乎？”女子在男人背上问，那闪闪发光的是什么东西？可男人一心赶路，连答话的时间都没有。

每当女子芬芳的气息吹向自己的颈项，男人便觉得热血沸腾。自己的后背感受到女子的体温，几乎令他觉得痛楚。

不久，来到了传说中经常有鬼怪出没的一带，然而男人却没有觉察。不知从何时开始，月亮隐到了云彩后面，开始下起大雨来。

“那里正好有一座破屋。”

男人背着女子奔进去，顿时感到这座破屋似乎不同寻常。

他把女子推进内屋，拿着随身携带的弓箭，彻夜不眠守卫在门口。

不久，东方的天空渐渐开始泛白，就要天亮的时候——

“啊哟！”女子发出一声悲鸣。

他冲进内屋一看，只见女子踪影全无，只有那美丽的头颅滚在衣服上。

“女子被鬼怪吃掉了！”

男人涕泪横流，然而女子却永逝无归，再也回不来了。

“晴明，据说这个男子当时还咏了一首和歌呢。”

博雅于是放开嗓子念诵：

美人不识露
问我彼何物
永恨答无期
香消太疾匆

"这首和歌感人至深啊。"博雅叹道。

"这么说来，你懂得这首和歌的意思了？"

晴明红色的嘴唇上浮出愉快的微笑。

"当然懂啦。"

博雅生气似的噘起嘴巴。

"就是说嘛，晴明，这个男人是在哀叹，当时女子询问那晶莹闪亮的东西是什么，自己要是能在她死去之前哪怕只答复一句，说我的爱人啊，那东西叫作夜露，该多好呢？的确，人的生命就像夜露一样短暂而虚幻，转瞬即逝啊。"

"嗬！"

"对于一个不谙世事的女子来说，被男人负在背上连夜奔走在旷野荒郊，该是怎样一种心情？心中忐忑不安，怦然狂跳，脚底下星星点点地晶莹闪烁，女子一定会觉得自己仿佛置身宇宙中吧。"

在那个时代，宇宙这个词早已成立，用来指称时空。

中国的古书《尸子》中记载说：

> 上下四方曰宇，往古来今曰宙。

"下文呢？"晴明问。

"什么下文？"

"我是问你，后来怎么样了呀。"

"无所谓怎样不怎样。此话到此为止。"

"呵呵。"晴明抿嘴一笑。

"既无下文也无续篇，这时兼家大人驾到，故事便收场啦。"

"可是奇怪，你到兼家大人府上去干什么？"

"唔……"

"今天来，是为了兼家大人的事情吗？"

“难道这事又传到你晴明的耳朵里去了？”

“听说兼家大人五天前的晚上，在二条大道遇上百鬼夜行啦？”

“正为此事呀，晴明……”

博雅探身向前，说起事情经过。

三

五天前的一个晚上，藤原兼家步出自家宅邸，去会家住右京附近的某相好。他坐着牛车，有两名侍从跟随在身边。

转过神泉苑的拐角，上了二条大道向西而去。蹄声笃笃地行不多远，牛车忽然停下来。

“出什么事了吗？”他高声问道。

往外边看去，只见两个侍从连叫喊都忘了，浑身颤抖不已，目不转睛地紧盯前方。

“怎么啦？”兼家从牛车中探出头，朝侍从凝视的方向纵目望去。

“啊呀！”他几乎惊呼出声。只见一个身长约十丈有余的法师，从神泉苑尽处朝着这边走来。

法师的眼珠足有成年人的拳头般大小，黄黄的，宛似燃烧的炭火一般，亮得刺目。

我之白发三千丈
我之心高一万尺
因果宿业六道尽
历经轮回数过百
爱花忍踏成泥淖
何惧身堕畜生道

那法师朗声高唱着诗一类的东西，阔步走来。

定睛一看，只见他头上熊熊燃烧着火焰似的东西，每当他开口高唱，口中便会闪闪发亮，吐出蓝色的火苗。

法师的周围，乱不成军的家伙一道走近了。

借着月光凝睇细看，那群家伙中，有长着马头、大如小犬的人，有脑袋下面紧接着两条腿的东西，有用双足行走的猫，还有许多奇形怪状的货色。

这肯定就是传说中的百鬼夜行！

兼家吓得似乎头发都变粗了，一把将两个侍从拉进狭窄的牛车。三人拿出平素专为避邪准备的《尊胜陀罗尼经》的纸片，紧紧捏在手中，屏息吞声，浑身乱颤。

我之白发三千丈
我之心高一万尺

法师的声音越来越近，停在了牛车前。

“噫嘻，奇怪呀。”传来法师的说话声，“此地分明有人气，可前来一望，却踪影俱无。”

三人吓得魂飞魄散。

竹帘被轻轻地掀起，法师巨大的脸盘伸了进来，扫视车中。

“里面也没有。”

由于《尊胜陀罗尼经》的灵验，异类看不见三个人的身影。

法师那两只黄色的眼睛炯炯生光，搜寻了一番。

“呜呼，可恨可恨。好久不吃人肉了，今日本欲大快朵颐……”

竹帘放下来，声音又从外边传来。

“既然如此，只好拿这牛来果腹了。”

话音甫落，乱不成军的小东西们似乎开始上蹿下跳。随后，牛的哀嚎之声大作。

透过竹帘的细缝，兼家朝外看去，只见蓝幽幽的月光下，那巨大法师手抱着牛头，龇牙咧嘴咬住牛颈，正在狂饮牛血。

牛身上密密麻麻地爬满众小鬼，正在大吃大嚼牛的皮肉。

不久，牛的哀鸣渐渐止息，只听见群鬼生吞活剥、猛啖牛肉的声响。

喀哧。咕唧。嘎巴。

这大约是法师用牙齿嚼碎牛骨的声响。

又过了一会儿，声响停息下来。

我之白发三千丈
我之心高一万尺

那法师的歌声又响起来。

因果宿业六道尽
历经轮回数过百
爱花忍踏成泥淖
何惧身堕畜生道

那声音向着来时的方向渐渐逝去，一会儿便消失了，四周一片静寂。然而，三人连话也说不出一句，吓得动弹不得。

终于，兼家战战兢兢地掀起竹帘，朝外面偷眼看去。只见系在车轭上的牛踪影俱无，法师和小鬼们也杳然不知去向。

蓝幽幽的月光悄然倾泻在地上，照着大大一汪鲜血。

兼家在那儿一直等候到天际泛白，这才让两个侍从拉着牛车，好歹回到了自己家中。最终也没去相好家。

四

“事情的经过大体就是这样。”

博雅滴酒未沾，一口气讲了下来。

故事讲完，博雅将杯中丝毫不曾动过的酒一饮而尽，滋润一下讲得口干舌燥的喉咙。

刚才那只螳螂已经无影无踪了。

“那么，博雅，你是怎么知道这件事的？”

“这个嘛，晴明，是兼家大人本欲前去相会的那位女官告诉我的。”

“哦。”

“这位女官与从前曾多方关照我的一位老前辈是亲戚。她说是有事相商，派人来找我，三天前我去，她告诉了我这件事。”

“可为什么那位女官要找博雅你呢？”

“因为我和你是好朋友嘛。”

“哈哈。”

“这位女官非常担心兼家大人的身体。因为兼家大人派人送去和歌，说是染上了鬼魅瘴气，暂时不能前去相会。”

“嗯。”

“她问我能不能去看望兼家大人。说如果兼家大人身体情况令人担心的话，就把来龙去脉告诉安倍晴明大人，拜托他替兼家大人除去身上的瘴气……”

“所以你昨天去了兼家大人府上，听超子小姐讲了夜露的故事，是这样吗？”

“啊，是这么回事。”

“那么，情况怎么样？”

“什么情况？”

“兼家大人的情况呀。”

“我直截了当地告诉兼家大人，说是那位女官让我来的。因为我不善于隐瞒，觉得还是有什么说什么好。兼家大人非常过意不去。”

“后来呢？”

“他把经过告诉了我。他好像受到极大的惊吓，身体似乎欠佳。不过，他说已经没事了。”

“既然这样，不就结了吗？”

“哪里，不行啊。遇到百鬼夜行的人，几天后忽然暴死的情况不也很多吗？如果哪天早上，家里人起来一看，兼家大人在被窝里已经僵冷了，岂不连我也不好办吗？”

“不过，你看——”

“无论如何，晴明，你去见见兼家大人。见了之后，如果你说没事，那我也就没意见了。”

“唔，”晴明抱着胳臂思索，“也是啊。博雅，你看这么办怎么样？”

“怎么办？”

“我写一封书信，明天你拿去兼家府上交给他，好不好？”

“然后呢？”

“你请兼家大人当场看过这封信，然后再听听他怎么回答。”

“回答？什么意思？”

“你就问他：晴明的意思写在这里，需要把他喊来，还是怎么样？”

“哦。”

“如果兼家大人回答说不必来了，那么我也就不必去了嘛。”

“噢。”

“行吗？”

“行。”博雅点点头。

于是晴明啪啪地拍了两下手，呼唤道：“阿萩，阿萩呀——”

夜间的庭院中，一个人影倏然出现。

是个女子，唐衣长袍上点缀着赤紫色萩花，也就是胡枝子花图案。

“是。”

“对不住，我得写点东西，能不能麻烦你准备准备？”

“放在什么地方？”

“就放在这里好了。”

“是。”女子回应一声，便不见了。

“是阿式吗？”

“嗯。”

又喝了几口酒，那个叫阿萩的女子将砚、墨、水、笔、纸放在托盘上端着，从房屋的里间现出身姿。

“分明是在院子里消失的，可是重新登场，却是从里间出来的。对于阿式，我至今还没弄清是怎么回事……”

阿式，即指式神。

晴明在莫名其妙的博雅旁边研墨，拿起笔和纸，在纸上挥笔疾书，写完后细心地卷好。

“给，博雅。把这个交给兼家大人，听听他怎么作答。”

“噢。”博雅接过来，放进怀里。

“博雅，别的暂且不问，今夜月色难得如此之好，你带笛子了吗？”

“嗯。笛子我可是从不离身的……”

“好久没欣赏你的笛子了，吹一曲怎么样？一面忧虑着螳螂的末路，一面举觞对酌，大概不算俗不可耐吧。”

五

博雅满面飞红地来到晴明宅邸，是第二天入夜以后。

和昨天一样，与晴明隔席相对。在外廊内刚一坐定，博雅便嘟囔道：

“晴明呀，这事简直太奇怪了……”

“大概兼家大人说的是‘不必劳驾赐顾了’吧。”

“完全正确。兼家大人读了信，不停地搔着脑袋，说安倍晴明大人居然全都知道，太令人佩服啦。”

“他大概会这么说。”

“他还要我向你好好道谢，说感谢你关心挂念。”

“果然是这样。”

“晴明呀，究竟是怎么回事？我可一点都摸不着头脑。如果你不把谜底告诉我，今晚我无论如何也睡不成觉。所以就这么不请自来啦。”

“你从兼家大人那里什么也没听说吗？”

“兼家大人说，晴明大人一清二楚。详细情形要我向你打听呢。”

“哦。这样看来，还是得由我来说喽。”

“快告诉我吧，这次到底是怎么一回事？”

“这个嘛，完全是兼家大人自编自演的假戏啊。”

“假戏？”

“就是骗局嘛。”

“骗局？什么意思？”

“就是说，什么撞上百鬼夜行，什么巨大的法师把牛生吃下去之类，这些话都是胡编乱造的。”

“岂有此理。干吗要胡编呢？”

“就是说嘛，兼家大人大概又有新的相好啦。”

“新的相好？”

“是啊。大概他老早就在苦苦追求另一个女子，到了那天晚上忽然得到了令人满意的回音，不能去与那位你也认识的女官幽会了。所以就想出那么一个故事来。”

“啊？”

“那位受到冷遇的女官一定也心中有数，明白这话是无稽之谈。”

“既然如此，那位女官干吗还托我去做那些事情？”博雅不解。

晴明微微一笑。“因为你是个好汉子嘛。”

“我吗？”

“嗯。恐怕她猜想，如果拜托博雅，你就一定会把我拉扯进来。”

“……”

“我如果一去，兼家大人的谎言立即就会被拆穿。她大概是想把事情闹大，让兼家大人出出洋相。”

“可是……”

“总之，兼家大人既然回答说我不必去，就说明我的推测完全正确。”

“你信里都写了些什么？”

“唔，就是刚才告诉你的那些话呀。”

“但是我还有地方没弄明白。你怎么会知道这些情况？”

“我当然知道。”

“为什么呢？”

“超子小姐不是都告诉我们了吗？”

“超子小姐？”

“就是那位在原大人的故事呀。”

“在原大人？”

“在原业平大人的故事嘛。”

“搞不懂你在说些什么。”

“那个被鬼怪吃掉相好的男人，就是在原业平大人呀。”

“什么?！”

“近来宫中流行的话本，你没读过吗？”

“你指的是什么？”

“《伊势物语》，蛮有意思的。这个话本里就有那个女子被鬼怪吃掉的故事。”

“可是，光凭这个，你又怎么知道兼家大人的话是谎言？”

“当然知道啦。”

“为什么？”

“这个故事还有后话。说的是业平带着女子出逃的途中，被堀河大臣发现了。”

“……”

“那位女子便是二条后。二条后的哥哥堀河大臣盘问试图拐带她出逃的业平大人，并当场把妹妹领了回去。可不愧是业平大人，他不说女子是被带回家去，而说是被鬼怪吃掉了，还把夜露也搬出来，甚至还作了首和歌，编出个美丽的故事来。”

“那么说来……”

“超子小姐全都知道，所以告诉你业平大人的故事，不露声色地让你明白，兼家大人的故事是谎话，叫你别让她父亲出丑。”

“哦……”博雅的声音听上去仿佛灵魂出了窍似的，“怎么搞的。原来是这么回事啊。”他那粗壮的肩膀彻底委顿下来。

“别泄气嘛，博雅。”

“我觉得，好像大家都拿我当傻瓜啊。”

“没那回事。大家都喜欢你，兼家大人、超子小姐还有我都是，所以大家都很关心你。那位女官其实也是喜欢你的。正因为喜欢你，才会老实不客气地利用你呀。”

“晴明，你大概是在安慰我，不过我并不开心。”

“没什么可开心的，但是也不必悲哀。你对大家来说，是一个必不可缺的人。对我来说也是。”

“嗯。”

“你真是一条好汉子。”

“我还是不开心。”博雅表情复杂地低声回答。

晴明无奈地搔了搔脑袋。

“喝酒！”

“喝！

于是，两个人又悠悠地喝起酒来。

鬼小町

一

春天的原野。云蒸霞蔚。

原野、山丘，一派青霭蒙蒙。

树木的梢头，新绿吐出嫩芽。原野上刚刚萌芽的花草，展现出让人几乎要发出叹息一般的柔嫩绿色。

道路两侧生着野萱草。星星点点的蓝色小花泼洒在大地上。

有些地方甚至还有些许开残的梅花，而樱花大都盛开八分了。

“多好的风景啊，晴明。”博雅不由得大发感慨。

“的确不错。”晴明一边说着，一边信步走在博雅身侧。

这是一条坡度徐缓的山径。头上，栎树和榉树枝条交错，与阳光相契，在晴明白色的狩衣上投下美丽的图案。

这里是八濑地界。

不久前，他们下了牛车，将牛车和侍从都留在那里，约定明天同一时刻再来这里迎接。前面的道路，牛车已无法通行了。

“嗨，晴明，你这人不痛快。”

“怎么不痛快？”

“我说风景好，你却说不错，装模作样。”

“我一直就是这样啊。”

“那么你就是一直在装模作样。”

“嗯。”

“看见了好东西就说好，看见了美丽的东西就说美，坦率地将心中所思在脸上表现出来……”说到这里，博雅闭上了嘴。

“表现出来，便怎么样？”

“人才不会累嘛。”

晴明失声笑出来。

“你为什么笑？”

“你是在为我担心吗？”

“呃，嗯……”

“你叫我把心中所思表现出来，所以我便笑了，可你又问我为什么笑，这不是叫我无所适从吗，博雅？”

当然，这不是吵架，也不是口角，而是你来我往的嬉戏玩耍。

“哎，是不是快到了？”晴明问。

“还有一段路。”博雅说。

两人此行的目的地，是一所叫紫光院的寺院。小小的寺庙里供奉着一尊高约三尺的木雕观音菩萨为本尊正佛。还住着一个名叫如水的老法师。前天，如水法师与源博雅一同前来拜访晴明。

“这位是如水法师，从前我蒙他多方照顾。”博雅对晴明说道，“他独自住在八濑山中一个叫紫光院的寺院里。近来似乎遇到了很大的麻烦。我听了他的说明，觉得好像是你晴明的拿手好戏，所以今天便领他找你来了。能不能请你听听如水法师的故事？”

晴明从如水口中听到的，是这样一个故事。

两年前，如水住进紫光院。

紫光院原先是个真言宗的寺院，曾经有过一个住持僧人，凑凑合合地念经礼佛，倒也一应俱全。然而自从住持死后便后继无人，到两年前已经破败，简直如同废寺一般。正是这时，如水法师住了进来。

如水法师原本是宫中吹笙的乐师。有一次，与一位出身高贵的女子相好了，然而那女子是有夫之妇。此事暴露后，他被逐出宫。

他辗转沦落到相识的真言宗僧侣的寺里，无师自通地学会念经，也能像模像样地模仿僧侣的作态行事，便接受了徒具形式的灌顶礼。

这时，得知八濑有个残破寺院，便下定决心住进那里去了。

如水慢慢修理好正殿及其他各处，每天清晨念经礼佛，总算初具佛寺模样了。可就在这时，他发现了一件奇异的事情。

每天一到下午，便会出现一个气质甚雅的老妪，也不知是来自何方，在正殿前放下些花朵、果实以及树枝之类，然后飘然而去。

有时能看见老妪的身姿，也有时不知她什么时候来过，只见正殿房檐下放着果实或树枝。

这种情况天天出现。

相遇时跟她打招呼的话，她也会回应，但并没有特别交谈过。

如水很想知道她为什么要这样做，然而考虑到她也许有不愿告人的隐情，就没有特意打听。这样一晃便过去了两年。

然而到最近，如水再也忍不住，开始怀疑起这位老妪来。

不知这位老妪究竟是什么身份，可是连侍从也不带，独自一人日复一日，雨雪无阻，每天坚持到这所小寺来，毕竟不是件寻常事。

也许不是人类，说不定是妖异。总而言之，自己虽身为僧侣，一想到这个女子，却会觉得周身热血沸腾。

终于有一次，如水按捺不住，招呼老妪："这位施主，您每天都给正殿供献花朵，非常感谢。敢问施主，尊驾是何方人氏？"

于是老妇恭恭敬敬地低头施礼："师傅您终于跟我说话了。"

她接着答道："我家住在这西边的市原野。因为有个缘故，所以每天都像这样到这里来朝佛一次。我心里一直在想，这么做是否会给您增添不便，如果有朝一日您开口跟我说话，一定要向您打听一声。结果到今天您果然发话了……”

她声音举止都温雅柔和，气质上佳。

“寺里没有什么不便的。但是施主您为什么每天都要特地赶到这里来呢？如果方便的话，是否可以告诉我？”

“多谢垂问。我都跟您说了吧。正好我也有事要劳驾住持法师。明天这个时候，能不能请您光临寒舍？”

老妪把自己家住市原野某地某处，一五一十详细地告诉了如水。

“那儿有两棵经年的大樱树。两棵树之间的茅舍，便是我家了。”

“一定拜谒贵府。”如水答应道。

“一定要来啊。”老妪叮咛道，然后飘然离去。

第二天，如水依约准时来到老妪所说的地点。那里果然长着两棵巨大的老樱树，两树之间结有一间小小的草庵。树上的樱花绽开了五成。

“有人吗？”如水问。

草庵内有了响动，那位老妪走了出来。“欢迎光临寒舍。”

她拉起如水的手，准备领他进屋。

她举止柔媚娇娆，远远不像个老婆婆。似乎连吐息都芳香如兰。

如水情不自禁地跨入门内，只见庵中虽然窄小，但却很整洁，一角铺着床，甚至酒也预备下了。

“请请，这边来。”她伸手催促。

如水强忍不受，问道：“您打算做什么？”

于是老妪嫣然一笑。“事已至此，您总不至于还想逃走吧？”

老妇握着如水的手不放，眼神可怖地怒视着如水。如水想甩脱她的手，却挣脱不开。

“是因为我这把年纪让您觉得讨厌吗？那么好，这个样子怎么样？”

说着说着，就在如水眼前，老妪的脸眼看着皱纹全消，变成了一张年轻貌美的女子的脸。

“这样的话，怎么样？”老妪微笑着看着如水。

原来是妖异。如水恍然大悟，手上用力，试图将女子的手甩掉。

对方握着如水的力量也愈来愈强，力气之大根本不像一个女子。

女子斜睨着如水，忽然发出男人的声音：“讨厌我吗？”

如水朝后退去，女子便向前逼来。

“居然讨厌你。居然讨厌你。居然连这个臭和尚也讨厌你啊。他在寺里看到你的时候，曾经是那样淫心大动。可是到了眼下这个地步，他那邪心又到哪儿去了……”

从女子的红唇中吐出男人的声音。

“你说什么？”这次是女子的声音。

“喂，您不是要走了吧？您不会回去吧？”

这次还是女子的声音。

仿佛是在嘲弄这女声，一个男人的高声大笑从同一双红唇中泄出。

“哈哈哈哈……”

毫无疑问是妖异。如水害怕起来。

观自在菩萨

行般若波罗蜜多时

他口中急忙喃喃念诵《心经》。只见女子的脸色顿时险恶起来。

“咦？”

握着如水的手的女子，力气减弱了。如水慌忙甩开她的手，逃了出来。

那天晚上，如水就寝后，有人咚咚地敲房间的门。他从梦中惊醒，问道：“是谁呀？”

“市原野的女子。请开门吧。”那个女子的声音响起。

"那个女妖物是来咒我死的。"

如水吓得把被子蒙在头上，一心一意地念诵经文。

"嗷，他讨厌你呀。天哪，连那个糟老头也讨厌你呀。"

这次，外边响起了那个男人的声音。

"如水法师，请开门吧。"

"如水法师！"

"咦？"

"如水法师！"

呼唤如水的女声和男声持续了一阵子，终于消失。

如水吓得魂不附体，听不到声音之后，犹自念经，一直念到天明。

这种情形又持续了两晚。

白天，那个老妪没有再到庙里来。可是到了夜里，便有女子来敲门。于是他再也忍受不住，来找博雅商量。

"就是那里了，晴明。"博雅停住脚步，手指着前方。

那里，榉树林间露出了寺院的屋顶。

二

正殿里铺着木地板的房间内，放好圆坐垫，晴明、博雅、如水三人相对而坐。里面的台座上安置的菩萨像，正以端庄的表情望着三人。

"昨天夜里也来了吗？"晴明问如水。

"是啊。"如水点头道。

和往常一样，交互听到女子和男人的声音，如水念经之后，它们便在不知不觉中离去了。

"女子拿来的果实和树枝等东西，你都怎样处理了？"

"大部分都集中起来烧掉了。还有些没来得及烧的，我都收好了。"

"能让我看看吗？"

“是。”如水起身走出去，随后抱着树枝回来，放在地板上。

“哈哈。”晴明拿起一根，“这是柿子树嘛。”

“这是米槠子儿。”晴明又说道。

晴明一根又一根地拿起放在地板上的枝条。

茅栗树枝、柑橘树枝——

“这个柑橘枝上原先是有花的。”如水说。

“嗯。”晴明略带忧容，侧首凝思，“这可是个颇费猜测的谜语啊。”

“谜语？”

“嗯。总觉得似懂非懂。好像差那么一丁点就可以揭开谜底。”

“晴明，你那模样简直就像我读收到的和歌，难以理解意义时一样嘛。”

晴明的眼睛忽然一亮。“博雅，你刚才说什么？”

“我说你那样子跟我难以理解和歌的意义时一样。”

“和歌？”

“是呀，和歌。那又怎么啦？”

“真有你的，博雅！”晴明大声说道。

“是呀，是和歌……”

博雅的表情好像是终于将鲠在喉咙口的东西吞了下去。

“什么？”

“就是说，这是和歌啊。有道理。”晴明自顾自地点头称赞。

“晴明，我可是莫名其妙呢。你再说明白点。”

也不知道听见没听见，晴明劝慰博雅：“别急，等等。”接着，他对如水说道：“请你准备好纸、砚、笔墨，好吗？”

“是。”

如水也与博雅一样莫名其妙。他满脸诧异，将晴明需要的东西放在他面前。

晴明神情明朗，研着墨，一边说：“博雅，你有一种奇特的才能。

你大概是带着我这样的人望尘莫及的东西，降生到这个世上来的。”

“才能？”

“对呀。博雅的才能，或者叫它‘咒’吧，相对于晴明我的‘咒’来说，不是恰好成双成对吗？如果没有博雅这个咒的话，晴明这个咒就等于根本不存在啊。”晴明喜不自胜地说。

“晴明啊，你这么说我当然很高兴。可是我仍然莫名其妙。”

“别急，等等。”晴明说着，放下墨，右手拿起搁在一旁的毛笔。左手拿着纸，在上面挥毫疾书。如水和博雅兴味深长地看着。

“写好啦。”晴明放下笔，把纸摊在地板上，为了让博雅和如水看清上面写的东西，又把它上下颠倒过来。

上面墨汁未干，分明这样写着：

我本是歌人
宸游四位身
花橘香永逝
苦忆欲销魂

“我看，差不多就是这样吧。”晴明说道。

“喂喂，我看不懂嘛。晴明，这到底是怎么回事？”

“你看不懂吗？”

“我也看不懂。”如水说。

“我自己也没有完全弄清楚。不过，大概只要弄明白这些，就算有了进一步揭开谜底的线索。”

“哎呀，晴明，我可一点也不明白。说话半吞半吐藏头露尾，可是你的坏脾气啊。别再拿糖作醋啦，痛痛快快抖出来吧。”

“我不是说了吗，博雅，我也没有完全弄清楚，所以要等等。”

“等等？”

“就看今夜吧。”

“今夜怎么样？”

“大概那个女子还要来。到时候，直接问她本人好了。”

“喂，晴明——”

“等等。”晴明将视线从博雅移向如水，“如水法师，你有没有在哪里储藏着酒？我打算跟这位博雅对饮几杯，等待那位女子到来。”

“酒倒不是没有……”

“好极了。今宵我们大家姑且边赏花边喝酒，开怀痛饮一场如何？”

“喂，晴明——”

“就这么定啦，博雅。”

“喂！”

“喝酒喽！”

“可是……”

“喝酒呀！”

“呃，嗯。”

“那就喝吧。”

事情就这么定了下来。

三

与博雅推杯换盏间，夜幕降临了。

到底没在正殿上喝。他们是在位于正殿旁边、看上去仿佛是草庵一般的小屋里喝的。如水就是用它当作寝室的。

进门处没有铺地板，还有一个锅灶，可以煮饭烧菜。

在房间里铺有地板的地方，围着地炉放好圆坐垫，三人坐下来。

从这个铺地板的房间，拉开门就可以直接进入正殿。

“这是供客人饮用的酒。”如水说着，滴酒不曾沾唇。

喝酒的是晴明和博雅两个人。因为晴明任怎么喝，还是不肯将那首和歌的秘密说出来，博雅正在闹别扭。

博雅的下酒菜是树上的果实。他一会儿把这些东西拿在手里又放回地板上，一会儿斜睨着晴明写有和歌的纸，一边举杯送至唇边。

“看不懂啊。”博雅低声咕噜着，喝口酒。

似乎微微起风了。外面的黑暗中，响起了飒飒风声。

渐渐地，夜色转深。放在地板上的灯盏中，小小的火苗摇曳着。

“快到时间了吧。”晴明望着昏暗的天棚说道。

那天棚随着灯火的摇曳，也披上了红光，微微摆来晃去。周围的板壁上，三人的身影向上延伸到天棚附近。

“我看不懂这和歌，不过晴明——”博雅忽然开口说道。

“怎么？”

“深夜来访的那位女子，不知怎的，我觉得她很可悲。”

“哦……”

“那么一大把年纪了，却独自一人住在如此偏僻的地方，不是吗？”

“嗯。”

“好像有什么隐情，每天都到这观音堂供献果实枝条之类，是不是？”

“嗯。”

“这时，如水法师头一次跟她说话了。可爱的人哟，你的芳名叫什么？在这位女子听来，如水法师的声音听上去大概就是这种意思吧。”

“嗯。”

“所以那位女子为了让他更了解自己，便将如水法师请到自己的草庵里。结果如水法师却逃之夭夭，令她非常伤心，这才每天夜里都到这里来，不是吗？”

“哈哈——”

“只有夜里才来，说明这位女子不是人，恐怕是妖物之类。但我觉得更重要的是，她是一个很可悲的角色。”

“嗯。”

“我想弄懂和歌的意义，所以在仔细端详这些枝条和果实，看着看着，忽然产生了这样的想法……”

“博雅啊，你也许远远要比我更敏锐，更理解这首和歌的含意。”

晴明以一种意外的认真口气说道。

风声愈来愈响。这时，好像有人咚咚地敲门。

“喂，如水法师，如水法师……”是女子的声音。

细细的声音，似乎瞬间就会消逝一般，却清晰地传向耳际。

如水猛一哆嗦，身体僵硬起来，不安地看着晴明。

“请把门打开。我是市原野的女子……”

晴明用眼神示意如水不必害怕，自己站起身来，下到未铺地板的屋子，走近门口，站在那里。

“喂，如水法师。”

声音发出时，晴明将顶门棍取下来，朝旁边拉开门。

只见门口站着一个人。是个美丽的女子。

一阵风飒的一下从她背后吹来，无数的樱花瓣飘入小屋。

晴明的头发朝后飘起，灯火好像马上就要熄灭似的，摇动不已。

女子看见晴明，一双眼睛向左右两侧高高吊起。两只眼角裂开，血滴如同眼泪一般，啪嗒啪嗒成串地滚落下来。

额头两端扑哧扑哧，刺破皮肉，生出来两只角。

“好啊，如水！想叫阴阳师来降伏我吗？”

女子吼叫时，晴明敏捷地走到女子面前。“请读读看。”

晴明把写有那首和歌的纸递给她。

女子接过来，看了一眼那首和歌。

“嗷呜——”女子额头的角缩了进去，吊起的眼睛回复原状，“这，呜呜，我的……呜呜，我的，我的，哦呜呜，哦呜呜，这是怎么回事？居然有人懂得……”

可怖的是，从女子的红唇中交替吐出女人和男人两种不同的声音。

女子手里拿着那张纸，呜咽着，在漫天飞舞的花瓣中，发疯似的扭动着身躯，接着噗的一下，陡然不见了。

刚才还站立着两个人的地方，此刻唯有疾风呼啸，花瓣狂舞着扑入小屋。

四

“就是说呀，博雅……”

晴明一面喝酒，一面被博雅纠缠不过，正在讲解那首和歌。

“柿子是指柿本人麻吕大人。茅栗则指的是山部赤人大人。”①

“什么？”

“人麻吕大人的府第门前有棵柿子树，遂以柿本作为姓氏，这个故事不是众所周知的吗？茅栗生长于赤人大人的坟墓旁，这也是很有名的故事嘛。想到这两样东西分别指柿本人麻吕和山部赤人之后，这才想到可能与和歌有关。”

“那米楮子儿呢？”

“不是‘果实’吗？与‘我本是’谐音呀。我本来是‘四位’之身——那米楮子儿传达的不就是这个意思吗？”②

“噢。”

“到这一步，自然就会想到那柑橘恐怕也跟和歌有关联。而提起有关柑橘的和歌，立刻浮现在脑中的就是这首……”

待到五月回

---

①柿本人麻吕，日本最古老的诗集《万叶集》中收录的飞鸟时代最优秀的抒情歌人，与山部赤人并称“歌圣”。山部赤人，奈良时代初期的歌人。

②日文中“果实”与“我本是”同音，“米储”与“四位”同音。

柑橘花初开
此香旧相识
萧郎袖底来

晴明朗声吟诵这首和歌。

“这首和歌，我把它用在刚才那首的最后一句。其实只要是吟咏柑橘的和歌，哪一首都是无所谓的。”

“唔。”

“柿本人麻吕大人和山部赤人大人，两人合起来作‘歌人’解释，这样，那和歌就写成了。”

“那么，这首和歌的意思呢？”

“这个嘛……”晴明低声解释和歌的意思，“说起歌人，一般都用来指一个人物，但是根据场合不同，也可以指所有写作和歌的人。也就是说，是这个意思……”

我是一个拥有两重人格的歌人

“首先表明了自己是这样一种存在。其次再讲述自己曾经是四位之身。这是先说男人的身份。最后女子将自己的内心寄托于柑橘之花。往昔可待成追忆啊……”

“这怎么说嘛，晴明，就凭着那么点树枝呀米槠子儿呀，你竟然搞清了这么复杂的事情……”

博雅发出的与其说是赞叹之声，不如说是惊愕之言。

“不过，这一切全是因为博雅啊，你跟我提起了和歌这个词，这才是非常重要的线索。如果没有你，我可破解不了这果实呀树枝呀的谜。”

“晴明，你看到什么东西，都要进行这样复杂的思考吗？”

“并不复杂。”

“你不累吗？”

“当然累啦。”晴明笑着点点头，“博雅，咱们明天去吧。”

“去什么地方？”

“市原野，那女子的草庵。”

“为什么？”

“得去向她打听许多事情。”

“打听什么？”

“嗨，为什么她每天要把果实枝条之类送到这里来，她的名字叫什么，为什么会像那样两个人的魂魄合为一体。诸如此类的问题……”

“哦。”

“这些事，其实我也没弄明白。”

“这下我可放心啦。原来你也有不明白的事情。”

晴明转向如水问道：“明天能否请您领路？”

五

“就是那儿。”

如水手指着前方停住脚步。博雅站在他身旁。

“哦——”博雅不禁惊呼出声。

樱树果然是美轮美奂、硕大无朋。两株高大的老树需要仰视，树上樱花盛开。花朵密密麻麻层层叠叠，将枝条压得低垂下去。

虽然无风，花瓣却飘飘洒洒，一刻不断地从枝条上飘落下来。

似乎唯有樱树下的那片空地上，静静地铺陈着清澄的空气。

两棵樱树下，有一间小小的草庵。

三人缓步走去。于是，一个老妪悄无声息地步出了草庵。

美丽的绢质唐衣，翩跹地拖曳在地上。

三人驻足不前。老妪也停下脚步。

晴明向前迈出两步，停住。

仿佛是回应晴明，老妪席地危然正坐。她化了妆，面颊涂着白粉，嘴唇抹着口红。

樱树下，晴明与老妪相对而坐。

“您是安倍晴明大人吗？”老妪静静地开口问道。

“请问您尊姓芳名？”

“已经是百年以前的事了。那《古今和歌集》中有这样一首和歌：

窈窕美如花
敢夸颜色好
奈何淫雨欺
徒见女儿老

“写这首和歌的人，便是我。”

“如此说来，您便是那位——”

“当年的少女小野小町[①]，经历百年星霜后，便是眼前的我。”

“小町女史，您为何会在这种地方？”

“历经百年星霜后，小町我死去的场所，便是这两株樱树下。”

“是由于何种理由，您的魂魄依然羁滞于此世？”

“因为我至今犹是未能成佛之身……”

“为什么说未能成佛？”

“让您见笑了。因为女子真是罪孽深重、可耻可怜的东西啊……”

已是老妇之身的小町徐徐站起身，一面低低地唱起来。

前佛已然逝去兮

①小野小町，著名的女歌人，同时以美貌著称于世，“小町”因此成为美女的代称。

后佛尚未出世
生来幻梦中间兮
何物当思为现世

她自己唱着，扬起手臂，缓缓起舞。花瓣静静飘落在她的手臂上。

身是水诱浮萍兮
身诱浮萍
亡去之身兮更可悲

“我这身躯，等同于飘零在水上的浮萍。啊，想当年我的头发好比蝉翼般美艳，如同柳丝般飘舞风前。我的声音好似娇莺清啭——”

含露细胡枝
秋花更几时
红颜犹不及
转瞬畸零姿

“啊啊。想当年我何等骄慢，反而因此更加楚楚动人，攫夺了多少男人的心啊……”

随着老妇小町的翩翩舞姿，她脸上的皱纹渐渐减少，变成了一位美貌的少女。

展背，伸腰。

樱花片片飞舞，静静地倾洒在她全身。

“也曾委身于身份高贵的男人，两情相许；也曾吟诗作赋，示爱抒情。生活得欢愉快乐。然而，这一切都是过眼云烟，转瞬即逝啊……”

小町的动作停止了。

“啊啊。白云苍狗变幻无常，连人心也如同随风翩跹飞舞的蝴蝶一样，时时不断变幻羽翅的颜色，美丽的姿色岂能永远保持不变？随着年岁增长，美丽从我的容貌中消逝，而随着美丽的消逝，男人们也从我身边离去了。啊啊，再没有比无人追求更让女子悲哀的事了……”

小町的脸慢慢地又变回老妇。

她的脸上、白发上，花瓣飘飘不绝地飞落下来。

“活得长久了，不知不觉中竟会受到世间卑贱女子的轻蔑，在众人面前出丑扬疾，任人指指戳戳，说，瞧，那就是小町哟！岁月流逝，年纪渐长，终于寿盈百岁而死于此处的老妪，便是我了。”

“……”

“我一心想再次以美色博得众人喝彩，让人们盛赞：到底是小町！哪怕仅仅是一夜风流，也希望与男人重享肌肤之亲。就是这个念头使我不得成佛啊。”

小町的表情转为严肃，仰望长天。

“哈哈哈哈——”

她忽然神色大变，发出男人的大笑声。

“嗷，嗷，嗷嗷。小町哟小町哟小町哟，我的爱人啊，小町你胡说些什么呀。说些什么胡话呀。你不是有我在吗？我会来追求你呀。我会来吸吮你枯萎的乳房呀。”

啪嗒。啪嗒。

小町猛力地摇头。头发左右甩动，拍打在脸上。

“我来追求你。一百年，不，一千年，不，一万年，死而复生后，我也会告诉你，你那满是皱纹的面庞是美丽的。我还会亲吻你那只剩下三颗黄牙的小口。我不离开你，永不离开你。”

发出男声的小町，将为数不多的牙齿咬得嘎嘣响。

“你是谁？”晴明问道。

小町依然用男声答道：“你不知道我？我便是一连九十九夜，夜夜走访小町，到第一百夜终死于相思绝症，人称深草少将的那个人呀。”

“什么九十九夜？”

“此事你不知道？”

“……”

“我迷恋上了这个小町，写情书给她。我写了一封又一封的情书，可连一次回信都没得到。迷恋小町的男人多得很，可像我深草四位少将这样深深思恋小町的男人却是一个也没有呀。”

“……”

“不过，我唯一得到的一封回信，便是戏弄我，叫我连续一百夜走访她。夜夜不断风雨无阻，等到第一百夜到来时，便让我如愿以偿，这就叫‘百夜走’。可是，我连续走访了九十九夜，终于迎来了第一百夜，可我却再无力行走，一命呜呼了。就是这窝心，就是这遗恨使我不得成佛，附体在小町身上了。”

“因为这个男人附在我身上，所以哪里都没有我的安居之地……”

“嗷！因为我发过誓，愿化作烦恼之犬附于这个女子身上，棒打也不分开啊。”

“多么可悲可叹啊。”

口中交互发出男声和女声，小町开始从容不迫地起舞。

如此便化作烦恼之犬兮
任棒打也不分离
此等身姿兮可怖可惧

老妇小町发疯了。她的眼中，理智已经消逝。

她疯狂地舞着。巨大的樱树簌簌作响，花瓣纷纷飘落。

小町在花瓣飞舞中翩翩起舞。

“晴明——”博雅唤道。然而晴明不作一声。

“正是我附体于这个女子，将她咒死了。哪怕是死后，我也不放过她……”

“你撒谎！”

“撒什么谎？”

“是谁应允的？要我不间断地去那寺里供献果实与枝条，说是只要有人能破解其中的寓意，便离开我的躯体而去？”

“是我呀。”

“那你为什么还不放开我呢？”

“我可不放。你不是思恋那个和尚吗？谁会放过你这个下贱女子！我要永永远远地恋慕你。千年万年，直到时间的尽头。小町哟，任凭天地变幻，任你美貌不再，只有我的心永远不变。啊啊，无比的可爱呀，这个贱女子……”

“混账！”

“哈哈哈哈！”

“混账！”

“哈哈哈哈！多开心啊，小町——”

老妪的眼中，不知是谁的泪水潸潸流落。

樱树在头顶上飒飒作响。

在飞旋飘荡的樱花雨中，小町舞姿翩跹，一面起舞，一面流泪。

她的额头上嘎吱作响，扭曲的角刺破皮肉，生了出来。

“哈哈哈哈——”

“呵呵呵呵——”

两人的哄笑在樱花雨中响起。轰轰隆隆，樱树大声作响。

“晴明！”博雅大喊，他的眼中流淌泪水，“怎么啦？你为什么站着不动？”

晴明默默不语。樱花雨中，小町疯狂地边笑边舞。

“晴明！”博雅喊叫着，仿佛悲鸣一般，“怎么啦？你是能帮他们的呀！”

晴明看着翩翩起舞的鬼，静静地摇头。

“我什么忙都帮不上……”

“帮不上?！”

“我救不了他们。不光是我晴明，任何人都救不了他们两个。”

“为什么？”

“救不了，博雅……”

晴明的声音中甚至充满着深深的怜爱与同情。

“晴明，我……”

“博雅啊，对不起。有些事情是谁都无能为力的。”

晴明说着，仿佛齿间嚼着蓝色的火焰。

漫天飞旋的樱花雨中，已经什么都看不见了。唯有鬼的声息在翩翩曼舞悲歌。

但尽吾心兮
但尽吾心，枕边榻上无数

呜呼欢郎难忘兮令我思慕
呜呼萧娘难忘兮令我思慕

桃园木柱节孔婴儿手招人

一

樱花谢尽，初夏的熏风吹拂。

安倍晴明横躺在外廊内，支起右肘，右手托脸，漫不经意地眺望着庭院。五月的风，似乎要将他身上的白狩衣也一并染成新绿的色彩。

博雅坐在晴明的近前，正静静地倾杯慢饮。

绿叶葳蕤的樱树上，还留有开残的樱花，一朵，两朵，三朵……

栎树，榉树，栗树。各种树叶的颜色，花草的颜色，新鲜的绿色，全都淡淡的，嫩翠欲滴，令人不觉喟然长叹。

透过树木的梢头，露出蓝色的天空，飘浮着白色的云朵。

晴明横躺着，不时伸出左手，擎杯呷酒。

“不知怎的，我感到忐忑不安，晴明。”

博雅陶然欲醉般，望着眼前的风景说道。

“怎么了？”

“呃，每年一到现在这个季节，我就会没来由地心慌意乱。也许应该说是高兴，还是该说是振奋？又好像是这样一种心情：自己的心变成了那风，跟它们一块在天上飞驰……”

晴明嘴唇含着红山茶花瓣似的微笑，听着博雅说话。

“人心真是妙不可言啊……”

晴明不出声地笑了，缓缓坐起身，将后背靠在外廊的柱子上，盘腿坐定后，又竖起左膝，左肘搁在膝盖上。

“要说妙不可言吧，晴明，平常无足轻重的小事，有时真的竟会变得相当阴森可怖。”

“你指什么？”

“有没有听说源高明大人桃园府邸的事？”

“嗯。”晴明点点头。

是这样一件事。

桃园府邸寝殿东南上房的木柱上，有一个节孔。到了夜里，从那个节孔中就会有一只白嫩的婴儿的右手钻出来，飘飘忽忽地招手唤人。

那手招动不休，也不是刻意向谁招手，只是仿佛在招呼人走过去。

最先发现的，是源高明雇来照料日常生活的贴身女佣小萩。

“啊哟——”她吓得失声尖叫。

那婴儿手也没有干什么坏事。

不知不觉间，便会在夜间从木柱的节孔中伸出来，招呼人过来。

不知不觉间，在清晨之前又消失了。

“恐怕是一种鬼吧。”

既然无害便罢了，高明并不以为意。可家人毕竟惶惶不安，便用写上经文的纸将那木柱节孔层层卷缠起来。然而，那婴儿手还是出来。

又用画有佛像的纸将木柱层层卷缠起来，然而，还是出来。

“奇怪了。”高明喃喃道。于是取出战场上用的箭矢，戳进了木柱节孔里。

从此，婴儿手便不再出来了……

“说是如果再出来的话，不免麻烦，所以把箭镞留在了节孔中。

晴明，我听说这个故事时，毛骨悚然啊。相当恐怖呀……”

“嗯。”

“跟什么鬼怪吃人之类的故事相比，细想一下，可不要恐怖得多吗？”

“对啊。”

“晴明，是婴儿手啊，婴儿的……”

博雅将杯子放在地板上，双手抱在胸前，自顾自地点点头。

“像这种前因不明后果不清的事，其实更令人毛骨悚然。”

晴明愉快地望着博雅说道：“这个故事其实还有下文，你知不知道？”

“下文？”

“嗯。”

“怎么回事？不是到此结束了吗？还有什么下文，我可不知道。”

“想知道吗？”

“想知道。”

“故事是这样的。”晴明开始讲述起来。

二

婴儿手不再出现之后，又过了一段时间。

还是在那间屋子里，源高明正在独酌。

夜里，酒喝完了，贴身侍女小萩预备好新酒端过来时，忽然看到脚下有一样东西。小小的，长长的。

“咦，这里有什么东西。”

捡起来仔细一看，原来竟是人的手指头。

“啊呀！”小萩尖声惊呼，一屁股跌坐在地上。

高明立刻命人调查家中有没有人失去了手指，结果人人都十指健全。

那也许是什么人的恶作剧？然而仔细查访后，也并无此事。

究竟是怎么一回事？

第二天晚上，高明正打算就寝——

啪嗒。传来一个声响。

是什么声音？高明拿起打算吹熄的灯，朝发出声响的方向照去。

“那里又落下来一根手指头。”晴明兴趣盎然地说道。

“手指头？”

“是手指头。”

每天晚上都这样，总有手指从天棚上落下来。

以为天棚上也许有个洞，手指就是从那里掉落下来的。然而根本没有洞。连天棚里面都查过了，结果毫无异常。

仅仅是有一根手指，啪嗒一下掉落下来。

有时好像是右手的食指，有时又是左手大拇指，每次落下来的指头都不相同。还曾经连续两夜都是右手大拇指掉落下来。

究竟是从天棚的什么地方掉下来的，还是从空无一物的半空中掉下来的？高明总是凝望指头掉落的地方，试图探寻究竟，但人无法永远盯着一处不动。

每当他不留神偶一松懈时，啪嗒声便会响起。移目看去，指头已经落在地板上了。

他一心想目睹指头到底是从哪儿掉落下来的，努力了多次，可每次结果都一样，看不到。

一不留神，或是倦意袭来时，等回过神来，指头已经掉落下来了。

高明终于忍无可忍，又把箭矢戳进天棚上他觉得可疑的地方。于是，指头不再掉落下来了。

“这可太好啦。”博雅道。

“但是，并非如此。”

“什么？”

“这下改成青蛙了。”

“什么青蛙？”

“每到夜间，那间房间里便有青蛙出现。不知不觉中，就忽然发现青蛙满屋子乱爬……”

也跟手指一样，不清楚是从哪里爬出来的。等发现时，已经在地板上爬了。这次，高明在房间四隅的地板上全戳了箭矢。青蛙终于不再出现了。

“可是取而代之……”

“怎么了？”

“这下蛇又出来啦。”

出来的是青蛇。

不光是那个房间，整个府邸都闹起蛇来了。而且不是一两条就完了。不分白昼黑夜，柱子上、房梁上、地板上，整个府邸到处爬着蛇。其中还混有蝮蛇。

叫家人一一捉住这些蛇，又害怕它们作祟，便扔到其他地方去。

“仅仅三天，数量竟然超过了一百条！”

“三天之内，超过一百条？”博雅也极为惊讶，“这怎么受得了？但这些事我一无所知，还以为只是婴儿手呢……”

“毕竟不是什么美谈佳话。高明大人对这些事一直是秘而不宣。”

“可你又是怎么知道的呢？”

“因为高明大人来找我商量了。”

“什么时候？”

“今天早上。说无论如何要我到他家里去一趟。”

“你怎么回答的？”

“我对他说今天和博雅约好一起喝酒的……”

“等等，晴明，我跟你说好来你这里，可没提过喝酒的事呀。”

“这不是在喝吗？”

“唉，不过这个嘛……”

“嗨，这样不挺好嘛。高明大人满脑袋都是自家的事，我和博雅喝不喝酒，他哪还管得了那么多。”

“嗯。”

“于是高明大人又说了。”

“他说什么？”

“他说，如果博雅大人不介意的话，务必请同晴明大人一道光临寒舍。寒舍也预备有酒……”

晴明模仿高明当时的动作，行礼相邀。

“高明大人果然很在意酒，不是吗？”

“在意的是你自己。”

“我可不在意。”

“那不就得了？”

“唔……”博雅无话可答。

“怎么样？去不去？”

“唔……”

“怎么样？”

“好吧。”

事情就这么定下来了。

三

不久，一位身穿男子般的浅黄色常礼服、年龄约莫十七八岁的少女，翩然出现在庭院里。

“青子，怎么了？”

“源高明大人遣来的侍者，刚刚过了一条戾桥……”

“哦，来得正是时候。”晴明说道。

青子缓缓地深鞠一躬，退了下去，倏然踪影全消。

“是阿式吗？”

“嗯。博雅，你也听到了。咱们把剩下的酒喝光吧。”

晴明给博雅和自己喝空的杯子里倒满酒，正好将瓶子倒空。

“来迎的使者到了。”

青子的声音仿佛柔软的风，不知从何处传过来。

来迎接的是一辆牛车。博雅和晴明相对坐在车中。

蹄声笃笃，牛车向前驶去，没多久便到了桃园府邸。

四

在那寝殿的一室之内，晴明、博雅与源高明相对而坐。

“呃，情况大致如此，所以想请晴明大人前来看看，家中是否有什么人搞鬼作祟。”

“嗯。”晴明注意地看看天棚，又看看地板，“的确让人感到有点奇怪啊……”

刚说着，不知从天棚的什么地方，啪嗒啪嗒掉下来两条大青蛇，落在地板上。

“哦！”博雅单膝立起，手握住腰间的长刀。

“啊，不必担心。”

高明啪啪拍了两下手，便有两名侍从手持火钳似的两根木棒和口袋走进来，熟练地将两条蛇捡起放入袋中。

“失礼了。”两名侍从行礼后退出房间。

“呃，两位也看到了，不成体统啊。”高明叹道。

“刚才各处巡看时，柱子也罢房梁也罢，都没看见有蛇呀……”

博雅坐回原处，说道。

“不知从什么地方，忽然就会冒出来……”

重新审视四周，只见天棚的梁子上插着一根箭矢，地板的四隅也各插着一根箭矢。

“那么，这就是那根木柱喽。”晴明指着高明背后的柱子说道。

“是的。”

“我可以看一看吗？”

“请。”

高明说毕，晴明便站起身来。

“就是这个节孔喽。”

“对。”

“里面好像有什么东西。”

“是箭矢的箭头戳在里面。”

“哦。”晴明转身对着高明，“我想看看府上各处。”

“当然可以。请吧。”

晴明将各处巡视了一遍，若有所思地从外廊来到庭院。

“从这一带应该是可以看见如意岳的，不知是哪个方向……”

“在那边。”

晴明朝着所说的方向纵目望去。“我明白了。”说着，他回到原先的座位坐下，又问，“请问，府上有没有水井？”

“有啊。难道……”

“最近有没有发生什么奇怪的事？”

“如此说来，好像最近水量有所减少，只有平时的一半左右。”

“哦？”晴明再次扫视了众人一眼，“断了如意岳气脉的，大概就是这位小萩喽。”

“什么?！”

高明望了望小萩。连小萩自己也不解其意，不禁愕然。

“到底是怎么回事？”高明忙问。

“其实这京都之地，乃是天地巨大气脉流入交汇之所。北侧船冈山一带的大地龙，与东侧贺茂川的水龙，流汇于京都之地。而那地龙所饮之水，便来自神泉苑的池子。”

“唔，嗯……”

“可是，流汇于此的气脉之力，如果听其自然，则会流走消散。而阻止其流散的，便是东寺与西寺高大的佛塔……”

“……”

“然而，光是阻止还不够。还需要将漫溢出来的气一点点送还给外边的天地。那就是位于东南的鸟边野的使命了。”

“什么？”

在京都，死者或土葬或火葬，其场所便是鸟边野。

“高明大人，小萩怀有身孕。”

“什么？！”高明看着小萩，“真的吗？”

“是。”小萩双手触地，深深地低下头去。

“说起来，就是小萩和她腹中的胎儿，将从贵府通过的气脉在这里阻断了。因此从贵府地下通过的气脉力量漫溢出来，便要向外消散。那婴儿手、手指、青蛙、蛇，都是大地水龙百般挣扎，试图冲出所造成的。”

“原来如此啊……”

“我想大地气脉一旦被阻止，水井中一定会有所变化，所以刚刚才这样问。结果不出所料……”

“那么，该如何是好呢？”

“将柱子上的箭镞、天棚上插着的箭矢，还有地板上扎着的箭矢统统拔掉。在贵府私地的东南角，建造一个类似鸟边野的小冢。这样，就会一切恢复原状了。”

“恢复原状？”

“就是说，顶多是婴儿手出来，并没什么妨碍。如果胡乱改变大地气脉，那就不光是蛇出来，只怕还会有更糟糕的事……”

“更糟糕的事？”

“比如说，家主患大病死去。”

“明白啦。马上就……”

“如果将这位小萩送出府邸，那么种种怪异都会消失。但如果想留她在身边，就必须按照刚才所说的做。”

“如果孩子生下来呢？”

“生下来以后，就会一切恢复原状。高明大人您如何处置，那就不是晴明应该置喙的事了。”

晴明深深行了个礼。

五

“晴明啊，小萩腹中之子，会是高明大人的孩子吗？”

博雅在归途的牛车中问晴明。

“呃，大概是吧。”

“哼，把人喊到那儿去，原来是为这个嘛……”

博雅自顾自地点头。

“对了，这儿有高明大人送的酒。”说着，晴明将酒瓶拿起来给博雅看，“回家后，咱们继续喝酒，就是它啦。”

“嗯。”博雅点点头。

于是按照晴明所说行事，高明府邸的怪异消失了，唯有婴儿手夜里摇摇晃晃地招来招去。后来，小萩生下孩子，婴儿手也不再出现了。

源博雅堀川桥逢妖女

一

有一位名叫源博雅的男子。

他是平安时代中期的大臣，也是一位雅乐[①]家。他的父亲是醍醐天皇的第一皇子克明亲王。母亲则是藤原时平的女儿。

一说他生于延喜十八年，另一说生于延喜二十二年。比紫式部及清少纳言还要早一个时代，是一位如同呼吸空气一般呼吸过宫廷风雅的人物。天延二年擢升从三位，是身份高贵的殿上人。

关于源博雅这个人物，我们先来讲述一下。

根据史料，他是一位卓越超群的才子。

> 万事皆志趣高洁，犹精于管弦之道。

说他多才多艺，尤其擅长管乐和弦乐，对此道精通至极。《今昔

①日本古代的宫廷音乐。

物语集》有这样的记载。

据说他琵琶弹得曲尽其妙，笛子也吹得高明之至。

这个时代，已经进入遭际两大魔鬼的时代。

从京城来看，二者都位于东北方向，恰好是鬼门方位。

其一为东北地方的魔鬼阿弖流为，为征夷大将军坂上田村麻吕所灭。另一个是关东地方的魔鬼平将门。将门之乱也为征夷大将军藤原忠文平定。

当时的惯例是将朝廷之外的势力统统称作夷狄，视为魔鬼加以诛灭。每次扑灭一个恶鬼，都城似乎就将黑暗与魔鬼更深入地拥入了自身内部。

京都城其实是根据从中国传来的阴阳五行说建造而成的巨大的咒法空间。

北方有玄武船冈山，东有青龙贺茂川，南有朱雀巨椋池，西则配以山阳、山阴二道作为白虎，按照四神相应的理念，建成了这座都城。东南西北四方配以四神兽，东北角鬼门方位则置比叡山延历寺。这样的安排并非偶然。

当初桓武天皇兴建这座都城，就是为了保护自己免受因藤原种继暗杀事件而遭株连、被废黜的早良亲王冤魂的诅咒。

放弃经营十载的长冈京，开始建设平安京，便是在这个时候。

朝廷内部经常发生权力斗争。一种被称作蛊毒的咒法之类屡屡实施，仿佛是家常便饭。

京都便是一个诅咒的温室，内部培育着黑暗与魔鬼。

被称作阴阳师的技术专家，便是在这样一种背景下应运而生。

风雅与魔鬼在黑暗中，时而放射出苍白的磷光，时而又散发着微弱的金色光芒，难以分辨地混杂交融。

人们屏息敛气，在这黑暗之中与魔鬼及阴魂和平共处。

博雅便是呼吸着宫廷中风雅而又妖异的黑暗，生活于那个时代的一位文人，或者说乐人。

关于源博雅的文献史料留存下来很多。

多为与丝竹，即琵琶、琴、笛子等相关的逸闻。源博雅不仅精于演奏琵琶和龙笛之类，还擅长作曲。他作的雅乐《长庆子》是舞乐会结束时必定演奏的退场乐，至今仍然经常演奏。

曲中似乎加入了南方谱系的调子，今天听来，仍然不失为典雅纤细的名曲。

博雅三位者，管弦之仙也。

《续教训抄》中也这样记载，而且说博雅降生时，便有瑞象显现。

据说，东山里住着一位叫圣心的上人。

这位圣心上人有一次听到天上传来妙不可言的乐音。其音乐的编制为：二笛、二笙、一筝、一琵琶、一鼓。

这些乐器合奏出美妙的乐音，不像是凡间的音乐。

何奇妙吉祥也欤！

上人走出草庵，循着那乐音传来的方向走去。

走至近处一看，原来是某户大家宅邸，正有一个婴儿即将诞生。

不久，婴儿降生，乐音也停息了。这婴儿便是博雅。

不论这是事实，还是后人的附会，能够留下这样的逸闻，足见源博雅卓越不凡的音乐才华。

他的音乐，还曾数度拯救过自身性命。

同样根据《续教训抄》记载，式部卿宫，也就是敦实亲王，曾经对源博雅心怀怨怼。也就是说，敦实亲王对源博雅怀恨在心。为什么怀恨，书中没有记录。

附带说明一下，所谓亲王，指的是天皇的兄弟姐妹和子女，如果是女性，则称为内亲王。这是效法隋唐的制度。

同为继承天皇血统者，彼此之间究竟发生过什么样的明争暗斗，我们不妨驰骋想象,但不论现在还是当时,这种故事都湮没在黑暗之中，深藏不露。

原因说不定竟与两人都十分擅长的音乐有关。

总而言之，这位式部卿宫命令“勇徒等数十人”，图谋刺杀博雅。

一天夜里,数十名刺客手执长刀,前去刺杀博雅。他对此一无所知。

根据前书描述，早已过了深更半夜，博雅却不睡觉，将寝房西侧的“格子拉门开一扇许”，就是说，将边门洞开，眺望着黎明之前的月亮挂在西边的山头。

“多好的月色啊……”大概他会陶然欲醉，这样喃喃自语。

一般来说，倘使有人对自己怀恨在心，自己总会有所觉察。

既然古籍上明确记载着是“怨怼”，难以想象这次暗杀是出于与博雅无关的政治原因。而对方派出的刺客达数十人之多，可想而知仇恨很深。

那天深夜，还将格子门洞然大开，独自一人赏月，说明博雅丝毫不曾察觉自己遭受旁人仇恨一事。可见他是个不谙世事，对人与人之间的复杂关系非常漠然的人。

但倘若引出结论，认为他“原来是个不识世间疾苦的公子哥儿”，这样看待他的话，便乏味得很了。

其实，博雅身处宫中，比别人过得更加艰辛。然而对他来说，这种苦楚并没有导致仇恨他人的恶意。

恐怕这个男人的内心世界里，有令人难以置信的率真，有时竟至愚直的地步。这又恰好是博雅的可爱之处。

可以想象，不管是何等的悲哀，这个男子汉都会畅快直率地表达出来。

如果我们设定，人人心底偶尔都会隐藏恶意这种负面情感，但博雅这个男子汉的内心却从不曾有过。作为小说的个性塑造，我想应当没有问题吧。

正因如此，博雅才无法想象别人竟会心怀怨怼，甚至派遣刺客暗杀自己。也许正是这种雍容大度使得式部卿宫怀恨，但我们也无须想太多。

总之，博雅正在赏月，也许会有泪水扑簌簌地顺着面颊流下来。

博雅从里间取出大筚篥，含在两唇之间。所谓筚篥，是一种竹制管乐器——竖笛。

博雅吹奏的筚篥之音，飘飘地流入夜气中。

这是盖世无双的竖笛名家源博雅心有所感而吹出的乐音。

前来暗杀博雅的数十名刺客深受震动。

他们来到博雅府邸，传入耳中的却是清越的笛声。而且吹笛的博雅竟将门户洞开，独坐在卧室的外廊内，沐浴着蓝幽幽的月色，吹着笛子。定睛望去，只见他的面颊上涕泪横流。

勇徒等闻之，不觉泪下。

前面提到的书中这样记载。

前来暗杀博雅的汉子们，听到博雅的笛声，竟不觉流下眼泪，无论如何也下不了手。

刺客们不忍下手刺杀博雅，无功而返。当然，博雅对此一无所知。

“为何不斩杀博雅？”

式部卿宫问道。

“哦……可是怎么也下不了手啊。”

勇徒们汇报了理由，这次轮到式部卿宫扑簌簌地泪流满面了。

最终——

同流热泪而捐弃怨怼。

最后，式部卿宫摒弃了刺杀博雅的念头。

《古今著闻集》里还记载了这样一个故事：

盗人入博雅三位家。

三位逃匿于地板之下。盗人归去，方出，见家中了无残物，皆为盗人所盗。

唯饰橱内尚存筚篥一，三位取而吹之，盗人于逃遁途中遥闻乐声，情感难抑，遂归返，云："适才闻筚篥之音，悲而可敬，恶心顿改。所盗之物悉数奉还。"

放下所盗之物，行礼而去。往昔盗人亦有风雅之心若此耶。

这个故事说的是，强盗闯进博雅府邸抢劫一空，只剩下一支笛子。强盗走后，躲藏在地板下的博雅爬出来，吹起笛子。于是，强盗为笛声感动，在奔逃途中掉头回来，将劫掠的物品完璧归赵。

这也是笛声救了博雅的故事。

与博雅的笛声呼应的，并不仅限于人。天地之精灵、鬼魅，有时连没有意志与生命的东西也会发生感应。

《江谈抄》记载，博雅吹笛时，连宫中屋顶的兽头瓦都会掉落下来。

博雅拥有一管天下无双的名笛，名字叫作"叶二"。

叶二者，高名之横笛也。号朱雀门鬼之笛者即是也。

《江谈抄》中这样写道。

这叶二，是博雅得自朱雀门鬼之手的笛子，这段逸闻记载于《十训抄》中。

博雅三位，尝于月明之夜便服游于朱雀门前，终夜吹笛。一人着同样便服，亦吹笛，不知何许人也，其笛音妙绝，此世无伦。奇之，趋前觑观，乃未曾见者也。

我亦不言，彼亦不语。

如是，每月夜即往而会之，吹笛彻夜。

见彼笛音绝佳，故试换而吹之，果世之所无者也。

其后，每月明之时即往，相会而吹笛，然并不言及还本笛事，遂终未相换。

三位物故后，帝得此笛，令当世名手吹之，竟无吹出其音者。后有一名净藏者，善吹笛。召令吹之，不下于三位。帝有感而曰：

“闻此笛主得之于朱雀门边。净藏可至此处吹也。”

月夜，净藏奉命赴彼处吹笛。门楼上一高洪之声赞曰：

“此笛犹然佳品哉。”

以此奏达帝听，始知系鬼之笛也。

遂赐名叶二，乃天下第一笛。

后传至御堂入道大人手中，此后造宇治殿平等院时，纳于经藏。

此笛有二叶。

一赤，一青，相传朝朝有露于其上。但京极公观览，赤叶遗落，朝露亦无。

这是源博雅将自己吹的笛子与朱雀门鬼所吹之笛交换的故事。

回顾这些故事，我们会注意到一个事实。就是博雅的“无私”。

降生时响起美妙的乐音，这并非出于博雅的意志。

至于前来刺杀博雅的汉子们最终无功而返，也不是博雅刻意吹笛阻止他们的。强盗将所盗之物完璧奉还，也不是博雅为了让强盗归还而吹起笛子。

鬼和博雅交换笛子，也并非博雅刻意谋求。

在这些场合，博雅只是一心吹起笛子而已。

如同天地感应于他的笛声一样，人、精灵、鬼也同样有所感应。难道不是这样？

自己的笛声拥有的感召力，博雅全无自觉，这一点也十分可喜。正如博雅的友人安倍晴明爱说的，这个人物——

“是个好汉子。”

笔者以为这便是明证。

是啊，博雅是个好汉子，而且可爱。

在男子汉的魅力中，加入博雅这样的可爱，不也很好吗？

这个汉子具备各种可喜的特质，认真无疑也是其中之一，这一点也不妨在此提一提。

在《今昔物语集》中，源博雅登场的故事有两则，即《源博雅赴会坂盲处物语》以及《琵琶之宝玄象为鬼所窃》。

前者说的是博雅到琵琶法师蝉丸处学习琵琶秘曲，充分表现了好汉博雅的纯真性格。不妨说，是这则故事决定了本系列中博雅的形象。

后者说的是博雅将被鬼盗去、雅名叫“玄象”的琵琶，从鬼的手中夺回来。在这则故事中，博雅起的作用非常有趣。

这两则故事已写进晴明和博雅大显身手的故事里，在此不再赘言。如果要再写点什么的话，那便是有关博雅的著作了。

源博雅写过《长竹谱》等好几卷关于音乐的著作，此外奉天皇敕命，撰写《新撰乐谱》等。在这部书的跋文中，博雅写道：

> 余撰《万秋乐》，自序始至六帖毕，泪下不绝。生生世世勿论所在，余誓生为筝弹《万秋乐》之身。凡调中《盘涉调》殊胜，乐中《万秋乐》殊胜也。

博雅说，他用筝演奏《万秋乐》这支曲子时，从第一帖弹至第六帖，没有一时不落泪。这仿佛只是泛泛之谈，却似乎能听到博雅亲口在说：姑且不管旁人怎么样——

“至少我自己是要流泪的。”

恐怕演奏五次便是五次，演奏十次便是十次，这个汉子无疑要情不自禁地抛洒热泪。

博雅就是这样一个人物。一种非常小说化的个性，便形成于笔者的胸中。

二

梅雨似乎已经过去。

几天前，比针还细的雨丝连绵不断，日复一日，身上穿的衣服也仿佛终日带着湿气。然而从昨夜起，云团开始流动，逐渐消散了。

今夜，从乌云缝隙中露出了澄澈的夜空。从小板窗下望去，只见夏季的星辰闪烁明亮，云间青幽幽的月亮忽隐忽现。

清凉殿上——

执行宿卫任务的官吏们聚集在靠近外廊的厢房，正在聊天。

宿卫，也就是值夜。然而守卫宫内清凉殿的人官位高，所以并没有什么特别的任务。

点起灯火，宿卫们便神聊起来，谈论白日里不便议论的闲话和宫中的流言蜚语。

什么谁谁与某处某女子交好，养下孩子啦；近来某某是否有些太出风头呀，前日竟然在圣上面前说出那种话来；哦对对，就是这话，你们可不能说出去，其实这事呀……

大概都是诸如此类漫无边际的闲言碎语。而近日大家值班时谈论的话题，清一色全是发生在三条东堀川桥的奇事。

“怎么样呀，今夜大概也会出来吧……”某人说道。

“恐怕会出来。”另外一个人附和道。

“我看呀，有人过去，它才会出来。谁都不去的话，大概什么东西也不会出来吧。”

“可是一有人去，它就出来。这不是说它一直都在那儿吗？”

“那可不一定。因为有人去，它才出来。没人去便不出来。想想看嘛，一个人影也没有，只有妖物独自站在桥边。这难道不是很可怕的情形吗？”

“嗯……”

“嗯……”

官阶或三位或四位、身份高贵的人们议论不休。

“再派个人前去打探打探怎么样？”

“啊，好主意！”

“派谁去？”

“我可敬谢不敏。”

“谁最先说起来的谁去，怎么样？”

“我只不过是问问怎么样罢了。话既然这么说，阁下自己去不就很合适吗？”

“你想强加于人啊！”

“什么话。你才强加于人呢。”

“不不，是你是你。”

就这么唇枪舌剑地你一言我一语之际，萤火虫三三两两飞过夜晚的庭院。

源博雅不即不离地坐在一角，有意无意地听着大家交谈，眼睛看着黑暗的庭院中飘飘忽忽飞来飞去的萤火虫。

对于此刻传入耳际的这类话题，博雅并不厌烦。

加入谈话圈子也不妨，但是照眼下这种情形推演下去，最终势必又得有人到那三条堀川桥走一遭不可。倘在这种时候加入谈话，结果嘛……去的人明摆着是我喽。博雅如此思忖。

一直是这样，这类吃力不讨好的角色，总是自然而然落到他头上。

说起来，此刻谈论的话题，起源于七日之前那个晚上一桩偶然的小事。地点也是在这清凉殿。在值班的人们中间，传开了这个故事。

“喂，听说出来了。”

不知是谁这样开了头。

“出来什么啦？”

问话的究竟是谁，事到如今已无关紧要了。

“喏，就是三条堀川桥嘛。”最先开口的男子说道。

于是有人接过茬去：

“哦。三条东堀川桥妖物那件事，我也听说过。”

说这话的，是藤原景直。

“什么事？”源忠正问道。

“呃，就是小野清麻吕大人遇到的那个女子嘛。”

橘右介口中刚刚提及女子二字，在场的殿上人几乎立刻都加入了这个话题。

“喂，是怎么回事？”

“我可不知道。”

“我倒听说过。”

“这件事可真是怪极了。”

就这样，值夜的男人们聊起来。

细细的雨无声地下着，为了避开潮湿的夜气，板窗已经放下来，关得牢牢的。

灯光在橘右介的眸子里飘飘忽忽地摇来荡去，他说：“诸位，好好听我说嘛……”

大约三天前，也是一个细雨如雾的晚上，小野清麻吕带着两个侍从，乘坐牛车赶去与相好的女子幽会。女子住在何处就不管了，总之要去她的府邸，途中必须由西向东穿过三条东堀川桥。

那座桥已经快腐朽了，都说如果发生大水什么的，恐怕就会被冲垮。据说等到梅雨季节一过去，就要立刻安排工人把它拆掉重建。

牛车来到了这座堀川桥前。河宽约七间，相当于十二米多。架在河上的桥长近十间，约合十八米多。

由于已经腐朽，掉落的木板随处可见，从桥面能望见水面。

每当牛车轧上去，便会咕咚咕咚地发出沉重的响声。

来到桥当中，牛车忽然停下了。

“出什么事了？”清麻吕朝外边的侍从喊道。

“有一个女子。”侍从答道。

“女子？”

清麻吕挑起竹栅车的上帘，向前望去，只见约三间开外，东侧桥堍，依稀站着一个白花花的东西。借着侍从点在竹栅车前的灯仔细看，果然是个女子。

她上着绫罗短褂，下穿挺括的厚裙，全身纯白一色。白衣上映着红色的火焰，看上去仿佛在摇摇晃晃。

奇怪，在这种地方，怎么会有一个单身女子……

偷眼望去，是一位年纪在三十左右、头发乌黑、肤色雪白的妇人。看来大概是妖魔……

女子目不转睛地注视着清麻吕，薄薄的嘴唇微微开启。

“桥已腐朽，车轮轧在桥板脱落之处，刺耳难忍。请弃车徒步过桥。”

“你要我徒步过桥？”

如雾的细雨中，浑身雪白的女子点头称是。

任怎么看都是个普通的女子，除了深更半夜独自一人站在这种地方，并不见有什么妖异之处。

刚才畏缩不已的清麻吕稍稍镇定下来。他强硬起来。

“那可不行。”

相好正在等着自己呢。此刻临时打退堂鼓的话，比起眼前这个女子来，那位相好的女子更加可怖。

“如果您要通过的话，有一事相托……”

“什么事？”

“听说这座堀川桥，一等梅雨季节过去就要拆除，重建新桥……”

“哦，听说的确如此。”

“相托之事，正是为此……”

“那么，是什么事？”

“能否请您奏闻圣上，拆桥之事，不要在出梅之后立即动工，请再等七天左右……”

“为什么？”

“事出有因。请不要追问理由。”

“什么？”

理由不能说，但是请上奏圣上，将重建新桥的事后延。女子便是这么要求的。

不胜惶恐，因受托于某女子之故……

如果这样奏请圣上将筑桥工程后延，根本没有可能。

“不行不行……”说着，清麻吕向侍从使了个眼色，“不要紧。冲过去。”

咕咚——车轮还没有转到一圈。

“那么，就不得已啦……”

女子将雪白的右手伸进怀中，拿出来时，只见手掌上有无数的红东西在跳动。

蛇？

每一个红东西，都是一条红色的小蛇。

女子将右掌上的蛇群唰地撒了出去。

刚落到桥上，只见满地的小红蛇便此起彼伏地抬起头来。

起初看上去好像是这样，然而并非如此。

看似小红蛇的东西，扭动着躯体窜来窜去，冉冉地升腾。原来是火焰。那火焰舔舐着桥面，朝着清麻吕的车子逼近。

“啊呀！”清麻吕高声尖叫，慌忙命令侍从，“掉头！快掉头！”

侍从们慌手慌脚，好不容易在桥中央掉转车头，逃回西岸。

停下车来回头一看，本来应该熊熊燃烧的火焰竟然踪影全无，桥一如旧态，也不见女子的身影。唯有古旧的桥，在侍从们手持的火把照耀下，浴着蒙蒙细雨，朦胧可见。

“听说清麻吕大人在车中抖个不停。”橘右介说。

“听说他那天晚上也没去相好的家，逃回府邸后，念佛念了一夜，直到第二天早上呢。”说这话的是藤原景直。

“哎呀，惨不忍睹啊。”

“大概是做梦吧。”

“只怕不是做梦，是遇上妖物了吧。这么丁点事，有什么可逃的。”

“恐怕是老狐狸精变化的吧。”

“哎呀，没出息。”

众人七嘴八舌地发表感想。

“我是本来就不相信什么妖魔鬼怪的。是人自己内心的迷惘和恐惧，让人们看见这些东西。实际上，大概桥根本就没燃烧……”

源忠正加重了口气。

“那么，今天夜里谁到堀川桥去看看，怎么样？”有人建议道。

“哦，这很好玩呀。”

虽说是值夜，其实没有什么特别的事情要做。反正夜间闲得无聊。众人随口附和：“好啊好啊。”便决定下来了。

可是，谁去呢？

派一个人去堀川桥固然有趣，然而谁也不肯主动表态。一来二往之间——

“源忠正大人怎么样啊？”

有人这样提议。

“嗯。好主意。忠正大人反正不相信狐狸妖怪幻化之类。既然如此，去一趟怎么样？”

“这个主意好。”

众人的意见立刻统一。

除了遵循惯例，日复一日月复一月地例行公事，这帮家伙整天想着寻求乐趣打发无聊。

在这样一种沙龙般的聚会里，没办法从气氛如此热烈的话题中退步抽身。一旦逃脱，便会谣诼四起，被说成不通风雅的人，从此被驱逐到宫廷沙龙的角落里。

对宫廷人来说，在宫廷里无人理睬是最为悲哀的事。若想退步抽身，就必须想出令人惊讶的漂亮理由，再流畅地咏上一两首恰到好处的和歌，巧妙地全身而退。

但源忠正并不具备这样的聪明才智。尽管想方设法避开众人的矛头，却未能躲过。

“好吧，就去一趟吧。”

事情就这么定了。

牛车驶离皇宫，车后跟着三个侍从。忠正让三人带上长刀，他自己也带着长刀。

也是一个细雨绵绵的夜晚。牛车走动，车轴吱吱作响。

穿过朱雀门，驶出宫门，沿着朱雀大路而下，来到三条大道向左转，向东行去，没多久便是堀川流过的堀川小路。道路宽约二十间，其中约三分之一的宽度为河流占去。

走了没几步路，忠正从车里询问外边的侍从。

“喂，没事吗？”

“没事。”侍从答道。

又过了一小会儿，忠正又问了。“喂！有什么异样吗？”

“没有。”

“没有就好。有的话反而不好办……”

海口夸得不小，忠正的声音此刻却在颤抖。

不久，上了三条大道折向左。蹄声笃笃，牛车向前行去，终于驶上了堀川小路。

车子停住了。

“大人，下面该怎么办？”侍从请示道。

忠正掀帘观测前方。只见雨雾深处，朦朦胧胧可以看到桥头。

“没……没关系。”

“真的不要紧吗？”侍从也能感到忠正的胆怯。

“前……前进。”忠正说道。

车轴再度吱吱作响，车身移动了。

“马上就要到堀川桥了……”侍从说。

“呃，嗯嗯。”

忠正咬紧牙关，呻吟似的，仅仅点了点头。

一直在地面上行驶的牛车声，很快变成了轧在木板上的声音。

忠正魂飞魄散。他紧闭双眼，在车中念起佛来。牙齿咬得紧紧的。

如果咬得松点的话，牙齿相撞的声音就可能传出去。

就在这忠正的耳边，忽然——

“有……有人！”

响起了侍从的声音。

“什……什么？”

车子停住了。忠正的脸上失去了血色。

“是……是女人！”

“啊！”忠正发出痉挛的声音，他惊呼，“掉头！快掉头！快把车头掉过去！”

忠正不曾向外边看一眼，车身就在桥上掉转方向，疾驶回来。

忠正面色苍白地回到宫内，可是由于什么也没看到，当别人问他“怎么样”，他无话可答，只得说：“一个女子站在那儿。”

“发生了什么？”

“不是说了吗？一个女子站在那儿。”

“你看见了吗？”

“呃，嗯。”

“长得什么样？”

他被问得语塞，无言以对。

这时候，其他人从侍从那儿打听来了消息。

于是真相大白。原来侍从看见对岸桥畔依稀站着一个似乎是女子的白色影子。忠正只是听了侍从的报告，连一眼也不曾朝外看过，就驱车返回了。

“忠正大人只会说嘴。”

这样的风言风语便传播开来。

随后前往三条东堀川桥去的，是一个名叫梅津春信的武士。

也是值夜的时候，藤原景直将这位梅津春信带了来。

在宫廷中，很多人都知道他的名字。不久前，单枪匹马将三个闹得都城上下不安的强盗制服的，便是这个人物。

宫中接到密告说，三个强盗准备闯入油坊作案。于是他便扮作油坊小厮守株待兔，等三个强盗摸进来，斩杀了两个，活捉了一名。

三个强盗行劫时，见了女人便奸淫，倘若有人看见他们的脸，便一律当场杀人灭口。

三个强盗同手下使唤的两个爪牙，因为分赃不均发生内讧，一个爪牙被强盗杀死，另一个九死一生逃出来，于是密告了三人下一步的作案计划。

三人摸进油坊时，春信站在黑影里，问道：

“喂，你们便是强盗吗？”

一个强盗一声不响地拔出刀，大吼一声“啊呀”，劈过来。

春信闪身让过这一刀，踏进一步，将手中所持的长刀深深刺进这个汉子的脖颈。

第二个汉子举刀砍来，春信拔出刀，顺手向上一挑，就势砍落下去。刀刃从汉子的左肩向下斩。

第三个汉子转身就逃，春信从背后喝道：

“不许逃！逃就一刀斩了你！”

听到怒吼，那汉子扔下手中的长刀，双膝跪在地下，乞求饶命。

等到在外面守候的官员进来，三个强盗中有两个已经毙命，活着的一个也被反剪双手，捆得如同粽子一般。

这桩事就发生在春天。

春信是力大无比的武士，据说能用手指抓着马蹄，生生撕裂下来。听说有一次天皇为了测试他的力气，曾下令将三件弄湿的狩衣叠在一起，让这位春信徒手去拧。结果他竟若无其事地拧断了。

“怎么样，我想请这位春信到桥边走一遭。”

带春信来的藤原景直说道。

“哦，有意思。”

“这是桥头女和春信的较量嘛。”

于是决定由春信去。景直问，是否需要派人同去。

“我一个人就够了。”春信说着，走出了宫廷，单独一人徒步前往堀川桥。

“哎呀，到底不愧是春信大人。”

“这才是真正的武士气概呀。”

值夜的人们七嘴八舌赞扬春信。然而，春信却迟迟不归。

一个时辰过去了……

两个时辰过去了……

时间流逝，终于到了早晨。

东方泛白，天已渐渐亮了，三四名侍从去堀川桥边打探，发现在东桥头，春信仰面朝天倒在地上，昏迷不醒。

春信被抬回宫廷，终于苏醒过来。据他说事情是这样的——

走出宫廷时，细雨如雾，可是走到桥畔，雨停了，变成了雾气。

春信一手举着火把，腰际悬着斩杀了两个强盗的长刀，脚踏着桥板，一步一步走在桥的中央。

走过桥一看，果然，东头桥堍立着一个身穿白色的短褂和浆裙的女子。春信迈步走去。

“啊，春信大人。”

女子低声呼唤春信的名字。春信停住脚步。

春信是第一次看见这个女子。她细长脸庞，肤色之白不像是此世之人。皮肤白得几乎透明，似乎可以看得见背后的东西，整个人仿佛是由弥漫的雾气凝结而成。

为什么这个女子知道我的名字？看来一定是妖物。

“你怎么会知道我的名字？”

“春信大人的勇武，都中上上下下谁人不知！”

“可是，名字倒也罢了，怎么连我的相貌也知道？”

女子抿起薄薄的嘴唇，嘻嘻一笑。

“因为春信大人从这桥上来来往往走过好多次，那时就记住了。”

诚如女子所言，春信的确好几次经过这座桥。话虽如此，其实不仅是春信，满城的人们都从这座桥上走过。

还没来得及问，女子却先开口了。

“春信大人，今有一事相求，盼望大人同意。”

“你先说说看。”

“是。”女子行了一礼，用右手从怀中取出一样东西。

仔细一看，女子的右掌上托着一小块白色的石子。

“那是什么？”

“务请春信大人帮忙拿住这石子……”

“拿住这石子吗？”

“是。”

“光是拿着就行了吗？”

“是。”

说着，女子把那圆圆的白色小石子般的东西递过来，春信不觉用左手接住。

好重。看上去是个小石子，重量恐怕要相当于大过手掌的石块。

他右手本握着火把，却情不自禁要去托住它。

“哦？”

拿上手，那石子好像慢慢变重了。不仅如此，随着重量的增加，它在手中越变越大，越大便越重。

“哦！”

春信哼出声来。

那白色小石子居然还发热，而且捧在手中仿佛有脉搏跳动一般，忽而膨胀开来，忽而又缩小。膨胀时便长大，缩小时要略小些，却绝不回到原先的大小。

它反反复复地忽而膨胀忽而缩小，体积却不断变大。

随着体积变大，分量也变重，而随着分量变重，体积又越变越大。

这简直——

春信想：“不就是活物吗！”

终于，它变得又大又重，一只左手无论如何也拿不住了。

“请两只手一起来吧。”

女子把春信手中的火把拿开了。

"唔。"

春信双手抱住那块石头。它已经和人头差不多大小，重量分明是大块的岩石，达到常人五个也拿不动的分量了。

"怎么样？拿不动了吧？"

"还早还早。"

春信的额头涔涔地冒出汗水，顺着面颊流到粗壮的脖颈，再从衣领淌进胸膛。

"啊呀，流了这么多汗呢……"

"什么话！"

"还会越来越重的，您还行吗？"

"小事一桩，算得了什么。"

春信的脸已经变得血红。

原先只是白色小石子，现在已成了一抱大的大石块。

如果是站在地面上，由于重量的缘故，双足一定会扑哧扑哧陷进泥土中，一直埋至踝骨。

春信脚下，桥板嘎嘎吱吱作响。

春信咬紧牙关，脖颈上血管暴起，牙齿几乎要咬断了。

"坚持一会儿，春信大人……"

"哦……"春信紧闭双目呻吟。

这时，双臂紧抱的东西忽然变得软绵绵了。柔软，而且温暖。

悚然一惊，春信睁开眼一看，怀抱的白色巨石变成了一个赤裸的白色婴儿。

婴儿睁开眼，张开口，口中露出一个晃悠悠的东西。

是细细的、红红的舌头。

"哇！"春信惊呼一声，扔下婴儿，拔出腰间的长刀。

他大叫一声"呀"，一刀砍向女子，却毫无砍中的感觉。刀咣当削在桥栏杆上。

女子也罢，婴儿也罢，都仿佛雾散烟消一般，无影无踪了。

刚才还拿在女子手中的火把飞舞在黑暗中，火焰盘旋着，掉落在桥下漆黑的堀川河水里，熄灭了。

真正的黑暗立刻降临，春信昏厥过去，仰面朝天摔倒在地……

情况大致如此。这件事就发生在三天前。

三

博雅眺望着萤火虫。身畔，议论还在继续。

藤原景直和橘右介是谈话的中心人物。

“诸位难道不想弄清那桥头女子的本来面目吗？”

“可是，大概再也不会有人肯去了吧。”橘右介说道。

“这不，连梅津春信大人这样的豪杰，好像都为瘴毒所侵，在家里一连躺了两天。”这是藤原景直说的。

“我看，此事只怕已经奏闻圣上了。”

“这种事原本就不属我们分内，应该归僧侣或阴阳师来处理才合适吧。”

“既然如此，就应该劳烦土御门的安倍晴明大人才合情理吧？”

“如果要找晴明大人……听说源博雅大人跟他关系很密切哟。”

“哦，是博雅大人吗？”

“可不就是博雅大人嘛。”

“博雅大人！”

“博雅大人！”

以藤原景直和橘右介为首的一帮人，高声呼唤博雅。事已至此，看来无法假装没听见了。

博雅从萤火虫身上收回视线，回道：“什么事？”

“原来在那儿呀。太好了。请到这边来一下，跟我们一起说说话好吗？”橘右介笑容可掬地望着博雅，“哦，正好正好。来来，请到这边来！”

“噢。”博雅搔搔脑袋，直起了腰。

四

博雅徒步走在夜路上，腰际挂着长刀。

云团碎裂开来，断云飞散。与其说是在云团之间露出了夜空，不如说夜空之下碎絮般的乱云在飘来飘去。

博雅单独一人走在路上。

“为什么偏偏是我呢？”

博雅思忖着：干吗是自己一个人？

他思来想去。要说有什么不对，那便是自己不对了。说来当时站起身，就是酿成错误的开始。

从某种意义上说是水到渠成，但自己生性不忍拒绝别人求情，也是原因。

人家都说了，能否相烦转告晴明大人。自己却没有办法贸然允诺，说“行啊”。

因为并不曾有人被杀害。大家都是自己要去桥边的。而且本来毫无冒险前往的必要，却偏偏特意赶去会那女子。

如果不想会那女子，完全可以不去；有事要到对岸去，也完全可以走其他的桥。置之不理的话，应该会相安无事。

为了这样一桩事情，自己无法请求晴明出面相助。

“唔……嗯……”

他只能支支吾吾地含糊其词。

“既然如此，博雅大人索性先亲自去会一会那位女子，探明虚实，然后再转告晴明大人，怎么样？”有人说道。

"好主意！"

"听说博雅大人曾经和晴明大人一道前往罗城门，把被鬼盗走的琵琶玄象夺回来。"

"对对，博雅大人先亲自去了解了解情况，至于是否要请晴明大人出面帮忙，就由博雅大人自行决定，怎么样？"

"果然是个好主意。"

"哎呀，博雅大人，拜托拜托。"

藤原景直和橘右介等人施礼求告。

一来二往之间，不知不觉便形成了博雅必须前往的氛围。

源博雅这个汉子，似乎生性不会悖逆业已形成之事。他不禁觉得自己好像上当受骗一般，但说不明白到底上了谁的当、受了谁的骗。

恐怕是被那种场合的气氛骗了吧。社交场这玩意儿，似乎比妖物还难以对付。

"要带侍从去吗？"

听到这样问，自己竟鬼使神差地答道："我一个人去。"现在却后悔不已。但已经应允了，就不得不去。这一点确定无疑。

不无悲哀，不无懊悔，并且，不无恐惧。

大气清爽，充溢着熟透而吸足了水分的树木和花草的气息。天空变得晴朗,包含在大气里的丰饶的植物香味和水汽,让人觉得舒畅惬意。

月亮出来了，皎洁、硕大。

真美!

博雅不禁从怀中摸出叶二凑近唇边。一面走，一面吹笛子。

音色美丽的笛声，仿佛是含着香气的无形花瓣融化在风中，悄然滑入潮湿的大气。

这是从大唐传来的秘曲《青山》。

悠悠地，仿佛腾身于这音乐之上，博雅和着笛声迈步前行。

不知不觉，自己的心被叶二酿造出来的乐音攫夺，恐惧、悲哀、懊悔等，一概都不以为意了。

博雅仿佛化作透明的大气，走在风中。

不知不觉，来到了堀川桥前，但他没有停下脚步。

终于，夜空渐渐转晴，变得透明。博雅沐浴着静悄悄洒下来的月光，走过了桥。

嗯？博雅回过神来。

哎呀，自己怎么还在桥上？

这座桥，不是刚才已经走过了吗？可是，为什么依然还在桥面上走呢？

博雅一面疑惑不已，一面继续向前走去。

从桥的西端走向正中央，然后再走到东头……

根本无人站在桥堍。

莫非全是心理作用？博雅一面这么想着，一面走完桥面。这时，竟发现自己依旧站在桥西头。

博雅终于停止吹笛，站住不动。

这次不再吹笛，徐徐地留心走过桥去。

月光明亮，连桥对面大学寮的建筑、树木的梢头，都黑黢黢地隐约可见。

向下望去，滔滔的河水映着月光，哗啦响着流过。

东头桥畔，丝毫没有人站立在那里的气息。

向前走去。来到东头，刚刚向前迈出一步，便又站在了桥的西头，面朝东方，眺望着与刚才一模一样的风景。

反反复复好多次，结果还是完全相同。

这座桥似乎是处于晴明所布置的结界中。

“哦？”博雅出声自语。难道是被狐狸之类捉弄了吗？

反过来，想返回西头，这下却又站在了东头。

除了桥上，任凭哪个方向都无法去成。

风景就在眼前，清晰可见，月光也明晃晃地照着四方，可就是走不进对面的风景中。

博雅叉腿立在桥上，双手交叉抱在胸前。“真没辙……”

这是怎么回事？博雅百般思索。

隔了一段时间，又尝试了好几次，结果依然相同。怎么办？

博雅忽然想到什么，从桥上向下俯视河面与河滩。

既然笔直向前走不通，那么就往旁边去。如果从这里跳下去，不就可以逃脱这座桥了吗？即使不成功，也无非是重新回到桥上罢了。

桥下并不一定全都是河水。靠近西头或者东头，应该是没有流水的河滩。高度约莫二间，并不是不能跳下去。

“好！”

博雅下了决心，将叶二揣进怀里，把手放在靠西头的栏杆上。

“呀……”

调整几次呼吸之后，博雅大吼一声，纵身越过扶手跳下。

五

没有任何冲击感。跨越栏杆的一刹那，感觉好像轻飘飘地悬浮在半空中，回过神来，已经站住。

脚下并不是满布野草和碎石的河滩，但也不是原来的桥。

好像是成功地逃离了那座桥，却不知道自己身在何处。

好像是站在泥土上。没有草，只有普通的泥土。

没有月光，但勉强可以看见周围。眼前是一座很大的宅院，但建筑式样很陌生。

四周环绕着高高的围墙，屋顶的瓦是青色。难道这是大唐风格的宅院？

这时——

从那座宅院中，走出一个女子。她身穿白色礼服。

是那个女子吗？

博雅正思忖间，女子仿佛滑行般飘然走来，站在博雅面前。

“一直在恭候大驾光临呢，博雅大人。”女人深深行礼。

“一直在等？你事先知道我要到这儿来？”

“是。因为桥上布置有结界，若不是非凡的人物，不可能从那儿走出来。”

“如果走不出来，就得从桥上往下跳吗？”

“是。”

“为什么？”

“因为我接到了这样的吩咐……”

“吩咐？是谁？谁这样吩咐的？”

“就是那位在桥上布置结界的大人。”

“什么？！”

“先请到这边来，博雅大人。”女子弯腰鞠躬，敦促着博雅。

博雅听从她的指引，移步跟随在女子身后，走进围墙内，继续向深处走去。

进入宅邸里面，博雅又被引至一间宽敞的房间。

那个房间里坐着一个男子，他身穿白色狩衣，盘腿而坐，脸上浮着清澄的微笑，望着博雅。

“晴明？！你怎么会在这里？”博雅惊呼出声。

“哦，坐下吧，博雅。”晴明语气一如平素，“酒也预备好了。”

晴明的面前放着装有酒的瓶子，还有酒杯。

“这是怎么回事？我可弄糊涂了。”

博雅说着，坐到晴明的面前。

身穿白色礼服的女子拿起酒瓶斟酒。博雅端起斟满的杯子，与晴明面对面。

“来，喝呀。”晴明劝酒。

“唔，嗯。”博雅百思不解。但望着晴明的脸，便也安下心了。

“喝！”

“嗯。”

博雅和晴明同时喝干杯中的酒。妙不可言的香气和甘甜醇和的美味，顺着喉咙直透进肺腑。

刚放下酒杯，白衣女子又立刻斟满。举杯又饮。

终于，博雅的情绪镇定下来。

“喏，告诉我，晴明，究竟发生了什么事？”

“就是那个呀。”晴明的视线投向里屋。

里屋的角落从天花板垂挂着落地的竹帘。留神观察，听到竹帘后面传来低低的呻吟声。似乎是女子的声音。

“那是什么？”

“好像快要生了。”

“什么?!”

“这家的女主人，今夜生子。”

“生子？”

“是的。”

“等等。你等一下，晴明。这话来得太突然，我可听不明白。你先回答我的问题。首先，你怎么会在这里？快告诉我。”

“有人求告我了。”

“求告？是谁？”

“小野清麻吕大人呀。”

“你说什么？”

“昨天中午，清麻吕大人来到我家里，说这件事情要我帮忙。”

“为什么？”

“大概是那天晚上约好幽会的女子吃醋，让他害怕了吧。那女子以为清麻吕大人在撒谎，说他又相好上了其他女子，才没去见她。”

“哈哈哈！”

“于是他请我给想想办法。”

“可是……”

“什么？”

“你怎么会知道我要来这里？”

“我当然知道。”

“所以才问你是怎么知道的呀。”

“是我故意安排，让你到这里来的。”

“什么?！”

“昨天夜里，我派式神去了藤原景直和橘右介的府邸，念了整整一夜博雅的名字。说要派人到桥上去的话，就派博雅就派博雅。”

“哦……”

“在桥上布置结界的也是我。我猜想如果到不了桥对岸，你最终一定会从桥上跳下,到这里来。万一你不来,我还打算到桥上去喊你呢，结果当然用不着这么做。”

“我还是不明白。”

“就是说啊，那边那位夫人要生孩子，她一百年才生产这么一次。因此夜里如果有人吵吵闹闹地过桥，乳母便出去告诉他们，让他们安静。她们正好居住在桥下，如果要拆桥重造的话，便无法安心生孩子。所以乳母请他们奏闻圣上，推迟修造新桥的日期。”

“……”

“梅津春信大人真够可怜的。春信大人来的时候，恰好赶上分娩最艰难沉重的时候。正是由于春信大人分担了一阵分娩的沉重，今夜总算可以指望安然生育了。”

“哦……”博雅依然不明白。

“清麻吕大人回去后，我到这座桥来看了一看，立刻明白这下面住有人家。便登门拜访，打听到很多事情，是她们告诉我女主人即将分娩。”

“可是，把我喊来又是为什么？”

“因为需要有人理解这里发生了什么事情，并浅显易懂地解释给宫中众人听。”

“那个人就是我喽？”

“哦，是的。”

“为什么你自己不做呢？”

“太麻烦。”晴明坦率地说。

“噢。”博雅表情复杂。

“不过，你的笛声可真是魔力非凡啊。”

“哦？”

“女主人仍觉得分娩过于沉重艰难，心中忐忑不安。可是刚才一听到你的笛声，情形立刻好转了。”

“你说什么？”

“你的笛声缓解了女主人分娩的痛苦。我正担心万一分娩不顺该怎么办呢，你来得太好了。”

“……”

“博雅，接着刚才继续吧。”

“什么？”

“能不能继续吹笛子？”

“我也恳求您了。”

女子俯首行礼时，竹帘内的呻吟声猛然变得痛苦起来。

“来吧，博雅。这种场合，比起我的咒来，还是你的笛子灵啊。”

听到催促，博雅从怀中取出叶二，贴近嘴唇吹奏。

于是，痛苦的呻吟声停止了，只有咻咻的喘息声。

“见效了，博雅。”晴明说。

博雅吹着叶二，女主人的呼吸渐渐安宁下来。

过不多久，“哎哟——”竹帘内第一次响起女主人的声音。

忽然，一股浓烈的血香从竹帘里飘了过来。

“生下来啦！”乳母发出欢喜的声音。

“噢，太好啦。”晴明说。

“请请，这是喜酒。请饮此杯，博雅大人。您的笛声真是帮了大忙。”

女子斟满了酒。博雅和晴明一起干了两三杯。

喝着喝着，也许是醉了，周遭的风景渐渐变得朦胧。世界的边界开始模糊。

竹帘也罢女子也罢，不知什么时候都看不见了。

“天马上就要亮了。”晴明说着，站起身来，“博雅，放下杯子，站起来。”

“唔。”博雅顺从地站起来。

“闭上眼睛。”

听晴明这样说，博雅不明所以地闭上了眼睛。

“听好了，下面按照我说的走。”

“知道了。”

“向前走三步。”

博雅向前踏出三步。

“向右走五步。”

博雅又向右迈了五步。

“再向右走十步。”

走了十步。

“往左走九步。”

“向右走两步。”

就这样，走了好几次。

“行啦。”晴明的声音响起，“可以睁开眼睛了。”

博雅依言睁开了眼睛。他已在原先的桥面上，和晴明并肩而立。

东方的天空泛白，快要天亮了。云朵在游动。残星一二。

“我们回来了吗，晴明？”

“嗯。”

“刚才那是什么？”

“大约一百年前，从大唐来到我国的蛟精白蛇。”晴明笑着，又说，“你不但在她分娩时到场，还用笛子救了她。这可不是谁都能做到的事情啊。”

博雅的表情似乎很高兴，又似乎还有点莫名其妙。

夏季的风，从东方吹来。

“唔，晴明，好风呀。”博雅喊出了声。

“嗯。好风。”

博雅点点头，又仰头望着天空。

六

八月，三条东堀川桥拆了重造。据说，有三四个工人看见了这幕情景。

从桥梁下，出现了两条巨大而美丽的白蛇，还有一条小小的白蛇，沿着堀川向下游漂流而去……

平安时代中期的平安京示意图

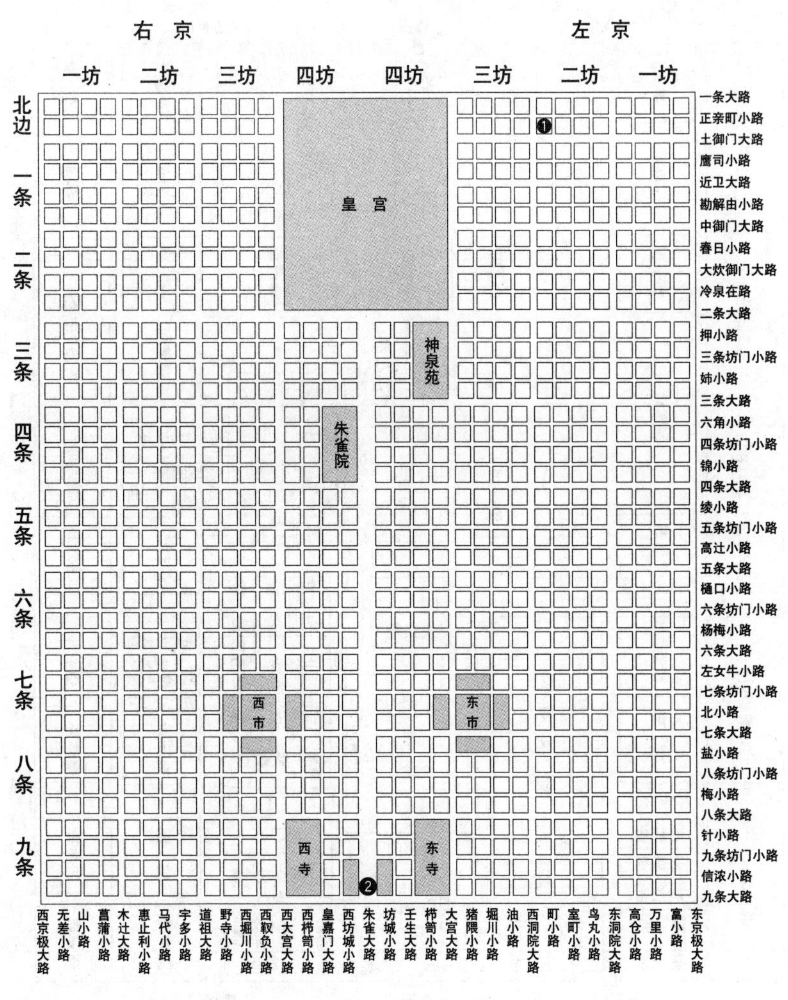

❶安倍晴明宅邸　❷罗城门

平安宫大内里示意图

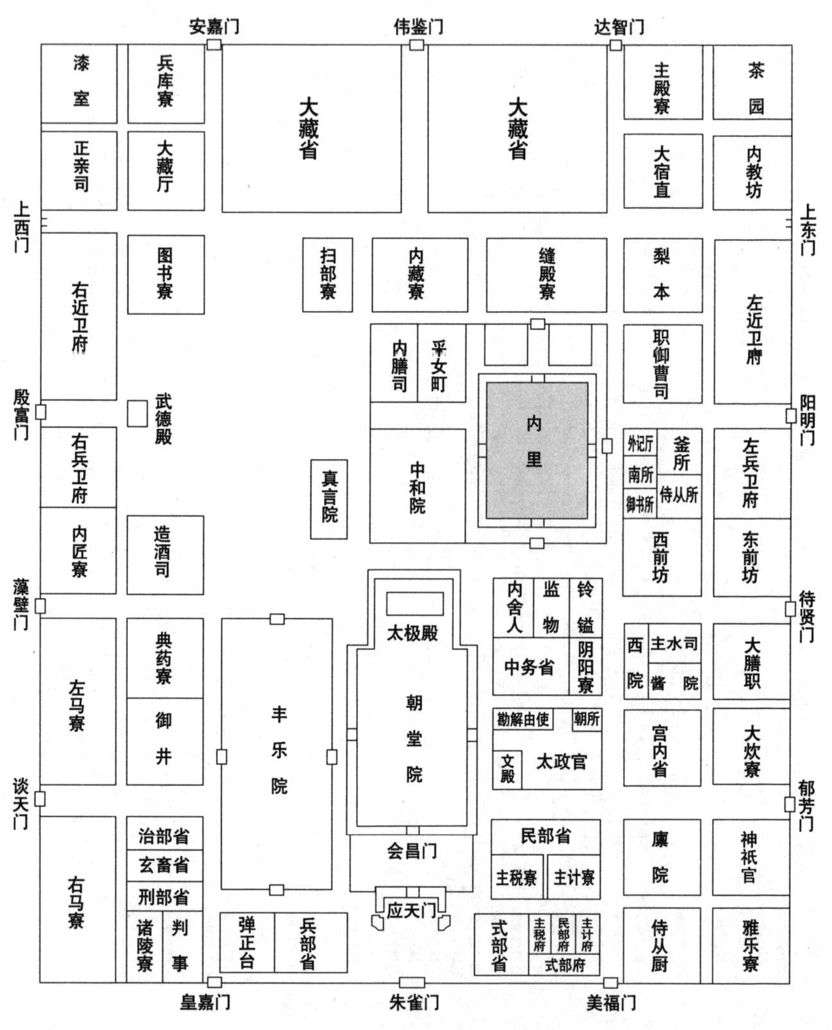

平安宫大内里示意图

平安宫内里示意图

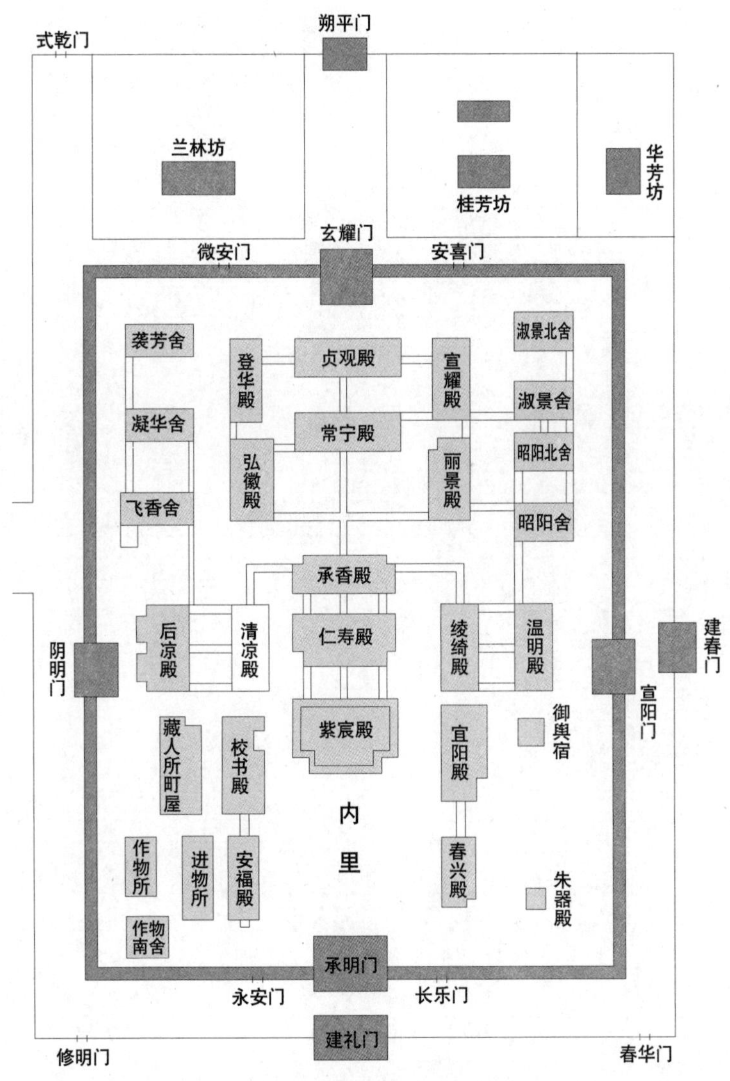

朔平门
式乾门
兰林坊
桂芳坊
华芳坊
玄耀门
微安门
安喜门
袭芳舍
登华殿
贞观殿
宣耀殿
淑景北舍
淑景舍
凝华舍
常宁殿
弘徽殿
丽景殿
昭阳北舍
飞香舍
昭阳舍
承香殿
后凉殿
清凉殿
仁寿殿
绫绮殿
温明殿
阴明门
建春门
宣阳门
紫宸殿
藏人所町屋
校书殿
宜阳殿
御舆宿
内
里
作物所
进物所
安福殿
春兴殿
朱器殿
作物南舍
承明门
永安门
长乐门
建礼门
修明门
春华门

图书在版编目(CIP)数据

阴阳师.第1卷/〔日〕梦枕貘著；林青华、施小炜译.
—2版.—海口：南海出版公司，2014.1
ISBN 978-7-5442-6965-0

Ⅰ.①阴… Ⅱ.①梦…②林…③施… Ⅲ.①短篇小说—小说集—日本—现代 Ⅳ.①I313.45

中国版本图书馆CIP数据核字(2013)第268840号

著作权合同登记号 图字：30-2012-011

ONMYÔJI
Copyright © 1988 by Baku Yumemakura
First published in Japan in 1988 by Bungeishunju Ltd.
ONMYÔJI - Hiten no Maki
Copyright © 1995 by Baku Yumemakura
First published in Japan in 1995 by Bungeishunju Ltd.
Simplified Chinese translation rights arranged with Baku Yumemakura Office through Japan Foreign-Rights Centre/ Bardon-Chinese Media Agency
All rights reserved.

阴阳师.第一卷
〔日〕梦枕貘 著
林青华 施小炜 译

出　　版 南海出版公司 (0898)66568511
　　　　　海口市海秀中路51号星华大厦五楼 邮编 570206
发　　行 新经典发行有限公司
　　　　　电话(010)68423599 邮箱 editor@readinglife.com
经　　销 新华书店

责任编辑 翟明明
特邀编辑 朱文婷
装帧设计 韩 笑
内文制作 田晓波

印　　刷 北京天宇万达印刷有限公司
开　　本 850毫米×1168毫米 1/32
印　　张 9.75
字　　数 246千
版　　次 2005年1月第1版 2014年1月第2版
印　　次 2020年12月第16次印刷
书　　号 ISBN 978-7-5442-6965-0
定　　价 49.00元

版权所有，侵权必究
如有印装质量问题，请发邮件至 zhiliang@readinglife.com